SEGUNDOS FORA

FSC
www.fsc.org
MISTO
Papel produzido a partir de fontes responsáveis
FSC® C012418

A marca FSC® é a garantia de que a madeira utilizada na fabricação do papel deste livro provém de florestas que foram gerenciadas de maneira ambientalmente correta, socialmente justa e economicamente viável, além de outras fontes de origem controlada.

MARTÍN KOHAN

Segundos fora

Tradução
Heloisa Jahn

COMPANHIA DAS LETRAS

Obra editada no âmbito do Programa "Sur" de Apoio a Traduções do Ministério das Relações Exteriores, Comércio Internacional e Culto da República Argentina.

Grafia atualizada segundo o Acordo Ortográfico da Língua Portuguesa de 1990, que entrou em vigor no Brasil em 2009.

Título original
Segundos afuera

Capa
Flávia Castanheira

Foto de capa
© Francis G. Mayer/ CORBIS/ Corbis (DC)/ Latinstock

Preparação
Ciça Caropreso

Revisão
Adriana Cristina Bairrada
Camila Saraiva

Dados Internacionais de Catalogação na Publicação (CIP)
(Câmara Brasileira do Livro, SP, Brasil)

Kohan, Martín
Segundos fora / Martín Kohan ; tradução Heloisa Jahn. — 1. ed. — São Paulo : Companhia das Letras, 2012.

Título original: Segundos afuera.
ISBN 978-85-359-2049-9

1. Ficção argentina I. Título.

12-00645 CDD-ar863

Índice para catálogo sistemático:
1. Ficção : Literatura argentina ar863

[2012]

EDITORA SCHWARCZ S.A.
Rua Bandeira Paulista 702 cj. 32
04532-002 — São Paulo — SP
Telefone (11) 3707-3500
Fax (11) 3707-3501
www.companhiadasletras.com.br
www.blogdacompanhia.com.br

Para Julia

Um

É uma corda, Dempsey sabe, e não um elástico. É uma corda como a que, quando treina, utiliza na academia; um pouco mais grossa, sem dúvida, e enrolada em lona, mas basicamente uma corda. Isso significa que as fibras de que é feita podem se esticar até determinado ponto, mas não mais. Cada fio se estica sem se partir, sem arrebentar, protegidos cada um e todos juntos pela lona da envoltura, alguns milímetros, alguns centímetros, cada fio um pouco porém todos juntos um tanto assim. Não é um elástico, não poderia sê-lo, não vai servir para ir para trás e depois voltar impulsionado por uma força igual mas de sentido contrário. Dempsey sabe. Não obstante, calcula, mesmo confusamente, enquanto cai de costas, que a corda talvez seja suficiente para segurá-lo, para sustentá-lo, esticando-se, vamos supor, trinta centímetros, cinquenta centímetros, e depois impulsioná-lo para a frente e deixá-lo em pé. Dempsey pensa nisso, zonzo com um soco brutal do argentino, o nome não se lembra, Fripp ou Flipp, o apelido é El Toro; pensa nisso com a esperança não necessariamente equivocada de que a corda se encaixe logo abaixo de suas omoplatas. Se isso acontecer, não cai. Por pouco que a corda se estique, por menor que seja sua semelhança com um elástico, que é o que a rigor resolveria o problema de Jack Dempsey, ela pode ajudar a amortecer seu tombo e devolvê-lo ereto à luta. Nessa esperança, cai. Seu rosto dói, mas consegue concentrar-se principalmente nas costas, no que talvez sinta nas costas quando atingir as cordas. Quanto tempo leva? Pouco e nada. Seu rosto ainda arde, o osso por dentro ainda dói, mas nas costas, abaixo das omoplatas, exatamente onde previa, ele sente a corda. A corda (ou seja, a lona com a corda dentro): sente-a ali, abaixo das omoplatas, onde previa, mas sente-a muito úmida, ou francamente molhada, e isso ele não previa. A corda está molhada. É possível que os segundos, os dele ou os do outro, tenham exagerado, no canto, ao jogar água, antes do início, no rosto dele ou no do outro. Outra possibilidade, Dempsey considera outra possibilidade, é que suas costas estejam molhadas, suas costas, e não a corda, ou não somente a corda, suas costas largas, robustas, musculosas, definitivas, suas costas de boxeador. A umidade do ambiente, ou a transpiração, ou a baba derramada pelo outro sobre seu ombro, se é que em algum momento, num clinch, num contato breve, como se não quisesse, ele se apoiou. Há várias explicações possíveis e nenhuma interessa: o fato é que a corda, ou as costas, ou ambas, estão molhadas. E então, quando Dempsey, caindo, chega à corda e vai se apoiar, na esperança de que ela lhe sirva de elástico, para sua surpresa ele escorrega. Molhado ele, molhada a corda, escorrega para trás, com toda a força do impulso com que vinha. Vai cair. Não há alternativa. São, e ele sabe muito bem, males do boxe. Vai cair. Mas a corda não o suporta nem mesmo no tombo. Desliza em seu corpo das omoplatas para baixo, pelos rins, pela cintura; deixa-o passar enquanto cai, em vez de detê-lo para que caia só dali para baixo. Vai cair: uma vicissitude na vida do boxeador. Mas há mais do que isso. Não vai cair, é o que parece, junto às cordas, sobre o ringue, como sempre acontece. Pela grande área molhada que o faz deslizar, ele vai cair, por entre as cordas, para fora do ringue. Isso Dempsey ainda não sabe.

— Gustav Mahler costumava dizer uma coisa muito interessante. Gustav Mahler, o músico boêmio. Mahler dizia que em vez de dar as partes mais expressivas de sua música aos instrumentos de maior expressividade, por exemplo aos violinos, dava-as aos mais duros, aos metais, a um trompete ou a um trombone. Interessante, não? As partes mais expressivas para os meios menos expressivos. Interessante.

— Eu não capto muito bem esse negócio. Parece meio bobagem... Imagine se o Firpo, na hora do nocaute, em vez de pegar pesado na porrada resolvesse pegar leve. O que o senhor ia achar de uma pessoa que fizesse isso? Que é um idiota.

— Não seja burro, Verani, faça-me o favor.

— O que o senhor está dizendo não faz sentido. Não tem pé nem cabeça.

— Não sou eu que estou dizendo, imagine. Gustav Mahler é que dizia.

— Tanto faz, Ledesma, não enche. É besteira, isso, de qualquer jeito é besteira.

— Eu não entendo, realmente não entendo essa sua teimosia. Que mania de querer comparar uma coisa com a outra.

— O que o senhor está dizendo não tem pé nem cabeça.

— Uma luta de boxe, derrubar o outro, machucar o outro. E uma sinfonia, no caso a primeira, de Gustav Mahler. Evidentemente o senhor não faz ideia do que estou falando.

— O senhor vem e me diz: as partes delicadas da musiquinha tocadas a porrada. Não faz sentido.

— A gente nunca sai do mesmo lugar, Verani, porque o senhor continua decidido a não ouvir nem um pedacinho da obra.

— É que eu durmo, Ledesma, o que é que eu posso fazer?

— Mas não estou falando uma sinfonia inteira. Só um pouco, para saber do que se trata.

— Que tal dizer isso ao Roque?

— Claro, ao Roque, é uma possibilidade.

— Olha ele ali. Diga a ele.

— É, mas e o senhor?

— Eu? Ah, por favor, não me faça perder tempo. Quanto tempo ainda temos para entregar as notas? Eu mal comecei.

— Ainda temos umas duas semanas, um pouco mais. Que dia é hoje? Ainda temos doze, quinze dias... Deixe ver. Ainda temos mais de quinze dias. Temos dezessete dias. Para ser exato.

— É por isso que lhe digo, não me faça perder tempo. O amigo Roque, aqui, parece interessadíssimo. Que tal convidar o Roque?

Dizem-me que parece que ele derrubou um copo de água logo antes de morrer, que jogou o copo direto no chão com um tapa brusco, ansioso, ou que no gesto medido mas impreciso daquele que deseja pegar alguma coisa na mesa de cabeceira tenha derrubado o copo, que caiu no chão. Não se sabe: pode ser que tenha querido, ao sentir-se mal, retirar outro comprimido da caixa roxa ou que, sem perceber direito que estavam no meio da tarde e que havia sol de sobra na janela, tenha querido acender a luz do abajur. Uma hipótese mais improvável é que tenha querido apanhar o telefone, usar sua última energia para discar um número e avisar alguém ou pedir ajuda a alguém, esquecendo-se de que naquela mesa de cabeceira nunca houvera telefone, ou confundindo aquele quarto com outro onde pudesse ter estado em outra ocasião.

Nada disso importa agora. São só os detalhes que se mencionam para poder acrescentar alguma coisa à notícia lacônica, necessariamente sucinta, de que um pouco depois do meio-dia, sozinho em sua casa, deitado de costas na cama, enrolado nos lençóis, Ledesma morreu. Telefonam para mim e me dizem ("O Ledesma, Roque. Acaba de falecer"), evitando a palavra morte assim como antes evitavam a palavra câncer ("Ele está doente, Roque, e não tem cura. Está ferrado"). Segue-se um silêncio, porque não digo nada, e começam os detalhes. O copo quebrado, a água derramada, que será que ele quis fazer naquele momento tão estranho, ou que a gente imagina que é tão estranho? O que há de concreto é que ele morreu, e não dá para dizer que não percebeu que estava morrendo.

Me dão as informações: o velório é hoje à noite ("Tipo nove, nove e meia") numa das duas casas de velórios da cidade ("Não, não, não na irmãos Vignazzi, na outra"), e depois disso já não há muito a fazer além de começar a se acostumar com a ideia de que nunca mais vou ver o Ledesma. O enterro é amanhã de manhã depois das onze.

Anoitece, passa das nove, não vou ao velório. Também não durmo nem vou para a cama, não me ocupo, não me distraio, simplesmente não vou. Passo várias horas pensando em Ledesma e me satisfaço com isso. Mais de uma vez hesito e me pergunto se não deveria estar lá, no meio das coroas, com os enlutados, com os que foram amigos, com os companheiros. Todas as vezes decido que não, que é melhor ficar ("Melhor não, mas para quê"), e entre uma coisa e outra me aproximo do armário e pego a sacola que está na última prateleira.

No pátio, o dia está clareando. Ergo a persiana. Ponho algumas coisas na sacola, as indispensáveis, pergunto-me como será a expressão da morte no rosto de Ledesma, pergunto-me se deixei de ir ao velório para não encontrar Verani. A sacola não pesa nada: não será preciso despachá-la. Apertando um pouco, posso levá-la comigo, em cima, e na chegada evito a espera diante da esteira.

Avisaram a filha de Ledesma ontem à noite, por telefone. Foi difícil localizá-la, não estava em casa, já havia saído do trabalho; e quando finalmente conseguiram falar com ela e dar-lhe a má notícia ("Seu pai, Raquel. Estou ligando por causa do seu pai"), já estava tarde para pegar o último voo do dia. Por isso ela chega hoje, para o enterro, depois de quase vinte anos sem vir. Pergunto-me se vou faltar ao enterro, como de fato já faltei ao velório, para não ver o momento em que Verani e a filha de Ledesma voltem a se encontrar.

São oito da manhã.

— Vamos fazer uma coisa. Que tal o senhor cantar um pedacinho?

— Eu?

— Só um pedacinho, companheiro, sua parte preferida.

— Eu cantar? O senhor quer que eu cante?

— Claro, amigo. Se é só para eu ter uma ideia da coisa, para que se dar ao trabalho de ir até a vitrola? O senhor desafina muito?

— A questão não é saber se eu desafino, Verani, é que o senhor evidentemente não sabe do que está falando.

— Vai ver eu não estou empregando a palavra certa, Ledesma, mas procure sacar a ideia. O que eu estou lhe dizendo é que cante um pouquinho, e de repente estou dizendo besteira, porque certas músicas não têm letra para serem cantadas. Está entendendo, Ledesma? Dê uma assobiadinha, saque a ideia.

— O que o senhor está pensando, Verani? Na sua opinião, estamos falando do quê? O que o senhor imagina que seja a música de Mahler?

— Não imagino nada, é por isso que estou lhe pedindo que cante um pouco.

— Está na cara que o senhor imagina que é como um tanguinho de Rivero, que dá para cantar um pouco, aqui no bar, e resolver o assunto sem maiores problemas.

— Não sei. Por isso estou perguntando.

— Maluquice, Verani. Pura maluquice.

— Não estou lhe dizendo para cantar, o senhor não faz o menor esforço para entender. Só para cantarolar um pouco, dar uma assobiadinha. Já entendi que não são canções com letra, dessas que a pessoa canta.

— E como o senhor imagina que dá para cantar alguma coisa aqui, com esse barulho todo lá fora? Além disso, a coisa não é tão fácil. Mahler tem suas sinfonias, uma melhor que a outra, é uma pena que o senhor faça questão de viver sem escutá-las; mas ele também tem canções.

— É mesmo?

— Tem.

— Canções com letra?

— É.

— Não falei?

— Bem, não. Não é como o senhor falou. O senhor está imaginando que vai aparecer um Edmundo Rivero, ou um Nino Bravo, canções para cantar. Não é bem assim.

— São canções com letra?

— São, cara, são.

— E não dá para cantar?

— Olhe, Verani, que tal você ir até lá em casa e ouvir os discos como Deus manda?

— Dá ou não dá para cantar?

— Claro que dá, Verani.

— E então? Cante uma!

— O que acontece é que o senhor imagina que é só cantar, como por exemplo cantar "Noelia". Aqui no bar, improvisadamente, com essa gritaria lá fora que me deixa doente. Essas canções exigem outro clima, outra situação, e além disso elas são muito, mas muito difíceis de cantar, nem um aficionado conseguiria.

— Não?

— Não.

— Nem o senhor.

— Nem eu.

— Mas são canções com letra.

— Com letra.

— E falam do quê?

— O quê?

— As letras.

— As letras?

— É.

— Bom, sei lá. São em alemão.

— Em alemão?

— É, em alemão. Mesmo assim, posso lhe dizer alguma coisa.

— Mande.

— Há uma série de canções compostas por Mahler com o seguinte título, preste bem atenção: "Canções para a morte das crianças".

— Puta merda.

— É uma música bastante terrível, a pessoa ouve e tem calafrios. Com um tema desses, imagine. A coisa é que depois de algum tempo, não sei quanto, mas não muito, a filhinha mais velha de Mahler morreu.

— Não me diga.

— É. Uma menina de quatro anos que se chamava Maria. Ficou doente, foi piorando, piorando, e no fim morreu.

— Tão novinha.

— Imagine que golpe pavoroso. Uma dor tremenda. E aí a Alma Mahler, que era a mulher do Mahler, vai e diz para o marido que de certa maneira ele é que foi o culpado de tudo, por musicar com aquela música tão terrível aqueles poemas tão terríveis. Diz a ele que, de certa maneira, foi ele quem chamou a desgraça.

— Sei lá, o que eu posso lhe dizer? Para mim a mulher tinha razão.

— Não consigo contar essa história sem pensar na minha Quelita.

— O que posso lhe dizer? Para mim a mulher tinha razão. Com tanto tema bonito no mundo, que necessidade ele tinha de se meter com um assunto desses? As mulheres pressentem essas coisas. Como era o nome dela mesmo?

— Da mulher do Mahler?

— É.

— Alma.

— Alma. Lógico, com um nome desses, como ela não ia pressentir?

Donald Mitchell teve de fugir da casa dos pais em Newark, mas foi para seu bem. Havia nascido no último ano do século, em 1899, se é que o último ano do século foi esse e não o seguinte, como afirmam alguns, com argumentos difíceis de refutar. Não se casou, quase não teve amigos. Ninguém sabe como nem por que se interessou tanto pela óptica, matéria na qual, antes de completar vinte anos, chegara a se tornar pouco menos que um especialista. Os pais, agricultores humildes, previram para ele um futuro promissor na fabricação de lupas e óculos, e festejaram o fato de que mais uma vez se confirmasse a regra segundo a qual os filhos vão mais longe que os pais. Previsores, precavidos, protestantes, separaram, mês a mês, com paciência e não por avidez, tudo o que restasse, mesmo que fosse pouco, do rendimento do sítio. Debaixo de uma tábua do assoalho da sala, que secretamente podia ser levantada, reuniram, sigilosos, as cédulas. A intervalos retiravam-nas para contá-las e recontá-las, verificando o que já sabiam: que com o tempo, e tal como o tempo, lentamente mas com constância, a soma aumentava. Um belo dia, porém, ou um dia horrível, seria o caso de dizer, faltaram todas as cédulas de uma só vez. Tiveram de pedir perdão a Deus mais tarde pelas suspeitas infundadas que ousaram conjecturar, quando não a manifestar, sobre os possíveis autores de um roubo tão abjeto. É que o ladrão, por inconcebível que pudesse lhes parecer, não era outro senão Donald, seu próprio filho; Donald Mitchell, o estudioso, o filho único, melhor pensar que num impulso e não numa decisão longamente meditada, ergueu a consabida tábua quando não havia ninguém em casa além dele, apropriou-se das cédulas e concluiu, se é que não o sabia desde antes, que essa ação o obrigava a abandonar a casa paterna. Do ponto de vista dos pais, muito habituados à humildade, o total era relativamente copioso, e de alguma maneira era de fato. Para Donald, mal foi suficiente para que adquirisse, a meio caminho de sua fuga para a cidade de Nova York, um desses modernos e sofisticados aparelhos de tirar fotografias, que na época não eram comuns e produziam grande impacto. Era a única coisa com que contava ao empreender sua precária viagem de trem, razão pela qual se dedicou a examinar minuciosamente os mistérios das lentes e dos mecanismos, mais que o deslizamento das paisagens reais do vagão. Enquanto isso, aperfeiçoava, porque havia tempo de sobra, o esboço mental da história do jovem pobre que triunfa na cidade grande, esforçando-se para senti-la como própria. Tinha razão, os fatos o demonstrariam, ao acreditar que iria em frente sem ter necessidade de nenhuma outra coisa além de sua audácia e sua novíssima aquisição. Enganava-se, porém, coisa que os fatos também demonstrariam, ao supor que uma vez triunfante poderia voltar à casa dos pais e ser recebido e perdoado. Seja como for, ainda faltava muito tempo para que se decidisse por esse regresso, realizasse-o e se desiludisse; por enquanto deixava Newark atrás de si e se sentia, impulsionado para diante como de fato estava a bordo do trem, um conquistador do mundo. A desmedida urbana não o amedrontou; ela era inumana e, consequentemente, não lhe dizia respeito; só podia ser afetado pelo que fosse humano. Começou com sorte, com a sorte que se diz ser privilégio dos principiantes, porque conseguiu, pouco depois de chegar, um emprego na *Sports Illustrated*. No início, todo o seu tempo era dedicado a retratos amáveis de remadores sorridentes. Mais tarde as coisas foram melhorando: fotografar o rosto dos halterofilistas no momento maiúsculo de seu esforço mais denodado lhe abria melhores possibilidades. E finalmente chegou, como se por não haver duvidado disto tivesse conseguido ele próprio transformá-la em seu destino, a grande noite. No dia 14 de setembro de 1923 o encarregam, não sem deixar bem claro o que implica a tarefa, da cobertura da luta do campeão de boxe. Donald assiste, sabendo o desafio que lhe é imposto: capturar na imagem imóvel a figura efêmera dos corpos em movimento. Algumas dessas fotografias, talvez a maioria, ficarão reduzidas a uma espécie de mancha com nuances toda vez que na realidade os fatos transcorrerem mais velozmente que o gesto de acionar o aparelho com a luz. Mas será suficiente, e ele não duvida disso, a perfeição esporádica de algumas tomadas que evidenciem sua precisão, para que prossiga nessa atividade que chama ou começa a chamar de sua carreira de fotógrafo. Já no estádio, que se mostra lotado, declina da localização panorâmica, aquela que parece preferível para a obtenção de uma visão geral dos acontecimentos. Habituado aos primeiros planos, solicita, e não por extravagância, uma maior proximidade. À força de insistir, obtém o que pediu: designam-lhe um lugar à beira do ringue, entre um narrador de rádio e um dos juízes. Em vez de ficar sobranceiro, terá de acocorar-se, confiando, ou intuindo, que devido à proximidade obterá algum tipo de privilégio. É um homem do olhar, é um fotógrafo, e contudo o que mais o surpreende quando a luta tem início e o campeão e seu desafiante já estão lutando são os sons, aquilo que por estar tão próximo ouve e que se estivesse um pouco mais afastado não ouviria: os gemidos do esforço ou da dor, o rangido da borracha das botinas no chão, a queixa da luva atingindo um corpo. Esmera-se em não perder a concentração, à espera do momento exato. Não ter pressa, não demorar, não desperdiçar. É impossível saber de antemão qual será o momento exato: esse momento é intuído, em raro anúncio, quando está a ponto de se produzir, ou é reconhecido, quase milagrosamente, no instante em que acontece. É uma espécie de vibração que passa pelo corpo, pela mão que escora o foco de magnésio, pelo dedo tenso que tem de engatilhar, e Donald Mitchell a sente, ou acredita senti-la, agora, neste segundo, neste segundo e não em outro, da noite de 14 de setembro de 1923, quando o desafiante, o aspirante ao título, atinge em cheio o corpo do rival, quando o estádio inteiro parece ser sugado por um poço de silêncio ou de assombro, e Jack Dempsey, o campeão, o dono do título, começa a cair, ou já cai.

Lembro-me de tudo por partes.

Passaram-se os anos, quase vinte anos, dezessete, e já não é possível ser preciso sem esforço.

A ideia foi de Arteche, o chefe de redação. Ele achou que era uma ideia tão boa que se fez felicitar por todos os seus subordinados: um suplemento especial para comemorar o aniversário da fundação do jornal.

Completavam-se cinquenta anos, um número redondo. Para além de Trelew, para além de Chubut, o nosso era o jornal com mais história de toda a região patagônica. Eram cinquenta anos. Precisávamos retroceder à origem, setembro de 1923. E escolher, cada um de acordo com sua editoria, uma notícia daquele mês, para reproduzi-la, ou melhor, para recriá-la (quem se corrigiu foi Arteche).

"O mundo naquele tempo" seria o nome do suplemento. Faltava um mês para que saísse, mas seria preciso entregar as matérias em pouco mais de duas semanas. Era um trabalho especial que vinha somar-se às numerosas notícias diárias que precisavam ser publicadas; mas ninguém procurou saber se haveria um pagamento extra por aquilo.

Com mais pressa que interesse, vieram todos juntos consultar o arquivo do jornal. Atendi-os como pude, e me parece que um ou outro teve de voltar no dia seguinte. Um arquivo é sempre mais pobre que a realidade.

Ledesma e Verani definiram suas pautas naquela mesma tarde. Verani fazia esporte e Ledesma cultura. Lembro-me como se fosse hoje. Na saída do jornal, fizemos o de sempre: tomar um café no bar do hotel do Touring e conversar. Fora, na rua, havia palmas e gritos e outros acontecimentos que em parte se tornariam notícia.

Verani já sabia: em setembro de 1923, nos Estados Unidos, houvera uma luta entre Firpo e Dempsey. A luta do século. Ou seja, para ele o mês ficara pequeno, o ano ficara pequeno. A luta do século, simplesmente. Belo momento para lançar um jornal.

Ledesma também sabia: em setembro de 1923 Richard Strauss visitara Buenos Aires à frente da Orquestra Filarmônica de Viena. Fora uma espécie de maratona, suficiente para que tocasse quase tudo: Beethoven, Bruckner, Brahms; Wagner, Haydn, Schubert; Weber, Mozart, Mendelssohn. Também apresentara composições próprias: *Dom Juan*, *Dom Quixote*, *Salomé*; *Vida de herói* e *Assim falou Zaratustra*; a *Sinfonia doméstica* e a *Sinfonia alpina*. Ledesma estava deslumbrado, lembro-me, com o fato de que fosse possível preparar e apresentar tanta música de qualidade em pouco menos de um mês. Mas o fato que lhe parecia mais significativo, e que escolhera como pauta para a matéria retrospectiva do suplemento especial, era a primeira apresentação em Buenos Aires da Primeira Sinfonia de Mahler. Isso acontecera no Teatro Colón na noite de 22 de setembro, uma segunda-feira, e na opinião de Ledesma era o acontecimento de maior relevância em todo aquele mês, e mesmo em todo aquele ano.

Verani desqualificou a ideia, que julgou exagerada, e quis saber quantas pessoas cabiam naquela época no Teatro Colón.

Eu não disse nada: na época tinha menos de vinte anos, gostava de passar por discreto, e como estava acostumado a andar com pessoas mais velhas do que eu, sempre achava preferível escutar e ficar calado.

— O que estou lhe dizendo é verdade: não posso acreditar que o senhor esteja falando sério.

— E por que não estaria? Estou falando sério porque o senhor sempre fala sério.

— É, mas me diz cada maluquice que me faz pensar que no fundo o senhor está é de gozação comigo.

— Pode ter certeza de que não estou, Ledesma. Imagine se eu ia ficar de gozação com o senhor.

— É que o senhor me diz cada asneira, me desculpe, mas cada asneira, que só posso chegar à conclusão de que, para ser tão mal interpretado, só se for de propósito.

— Juro que não estou de gozação com o senhor.

— Está bem, Verani, acredito, não é que não acredite, mas é que há momentos em que fico achando que é mentira.

— Eu achei que estava dizendo o mesmo que o senhor.

— Achou, achou, mas achou errado. Eu disse boêmio porque ele nasceu numa região chamada Boêmia. Olhe que naquela parte do mundo, com as guerras e as insurreições, as coisas mudam o tempo todo: o que hoje é Alemanha, Alemanha Oriental, Alemanha Ocidental, o que hoje é Áustria, o que é Tchecoslováquia, enfim, é uma história muito complexa, em outras épocas era outra coisa. Hoje dizemos Polônia e todo mundo entende, mas durante cem anos a Polônia nem sequer existiu.

— Aí a coisa complica.

— É a história do mundo, Verani, já está na hora de tomar conhecimento. E o senhor vai e me aparece com a história do cantor popular.

— Eu não quis ofender ninguém. Dá para perceber que eu entendi mal o que o senhor disse.

— Dá para perceber, dá para perceber, claro que dá para perceber, a vários quilômetros de distância já dá para perceber. Em primeiro lugar, ele não era um cantor.

— É que o senhor falou que eram canções com letra.

— É, eu falei isso, mas daí não se conclui que quem cantava era ele. O que ele fazia era compor.

— Compor.

— É, compor. E era um grande regente.

— Não me diga.

— Era. Veja a que distância estamos do que o senhor estava imaginando: um bêbado de boteco desafinando atrás de um acordeão.

— Não falei que ele era um bêbado.

— Só rindo. O que o senhor estava imaginando? Um sujeito fazendo baderna, cantando em cima de uma mesa enquanto os marinheiros bêbados respondem em coro?

— Não falei em bêbado.

— O senhor sabia que Gustav Mahler chegou a reger a Ópera de Viena? Sabia?

— Não, não sabia.

— Não sabe, não sabe, mas fala.

— Pode ser que eu tenha entendido mal.

— Não entende porque não quer entender, a verdade é essa. Fica obcecado. E agora com certeza vai ficar achando que não tem nada de popular nessa música, e acontece que não é nada disso.

— Ah, não?

— Pois eu estou lhe dizendo. Claro que não é nada disso. Há muitas coisas retiradas das tradições populares, melodias que se inspiram diretamente no folclore.

— Veja só.

— Mas agora eu lhe falo em folclore e o senhor vai imaginar que estamos falando num Cafrune.

— Não, que é isso.

— Falo porque estou vendo que o senhor se anima e esquece que estamos falando de um músico refinado, de um músico de vanguarda; o senhor confunde tudo e fica achando que dá no mesmo uma sinfonia de Mahler ou qualquer música de raízes populares.

— O senhor é que falou em folclore, não eu.

— Falei para o senhor entender, Verani, mas o senhor não quer entender.

— Pode ser que eu não entenda, isso não vou negar. Mas o senhor deveria reconhecer que não está explicando direito.

Verani virou a página dedicada à notícia da luta sem deter-se por muito tempo. Eu estava olhando para ele e o fato chamou minha atenção, por isso me lembro até hoje. Não era um homem de leitura ágil. Lia murmurando, com dificuldade; acompanhava as linhas das letras escritas com um dedo ou com a borda escura de uma unha. Quem começasse a ler junto com ele certamente terminaria muito antes, e depois seria obrigado a esperar, ou a disfarçar a vantagem para não feri-lo.

Ele só se deteve por uns dois minutos na matéria sobre a luta. Lembro-me porque vi. Não pode ter tomado nota de mais que o geral: que o nosso deveria ter sido o vencedor, mas que o vencedor fora o outro. Para ele foi o bastante, ou vai ver que se cansou do assunto, ou deixou para outro dia a tarefa de fazer uma verificação mais detalhada. Vi-o virar aquela página e se distrair com outras.

Um pouco mais adiante, se deteve. Nesse momento, sim, percebi o tremor de reza da boca que murmurava: ele estava lendo. Senti curiosidade e tratei de descobrir o que atraía sua atenção. Vi pouco, quase nada: uma notícia bem secundária na página policial. Aquela notícia, sim, ele leu, eu diria que inteira, e se não me engano até anotou alguma coisa em seu caderno. Naquele momento não percebi do que se tratava. Não quis perguntar, ou não me atrevi a fazê-lo, imaginando que um pouco mais tarde, no Touring, ficaria sabendo de tudo.

Não foi o que aconteceu, porém, pelo menos naquele dia. Naquele dia Verani não disse uma só palavra a respeito; e nada indicava que nos dias seguintes fosse falar tanto exatamente daquilo que agora parecia ter esquecido. Mais uma vez, preferi não perguntar, ou não me atrevi a fazê-lo. E Ledesma, mais que em outras ocasiões, estava absorto em seus próprios assuntos. Andava nervoso, um pouco alterado, era na época em que sua filha, Raquel, estava sob a guarda dele.

* * *

Nem bem encoste no chão, começa a contagem: de um a dez. Com voz clara e nítida, para que o que caiu, mesmo grogue, possa discernir a contagem firme que vaticina sua derrota. Para que os mais próximos, na lateral do ringue, possam ouvi-lo. E para os que ficam mais afastados, nas fileiras mais separadas, nas bancadas mais distantes, afastar e baixar o braço, como um balanço, deixar que oscile, pendular, como se contando também pudesse instruir o já no chão e talvez vencido.

É melhor quando desmoronam, rotundos, de costas ou de bruços, até quicando um pouco, com grande salpicamento de sangue, suor e ranho. É melhor quando caem assim, de corpo inteiro, quando caindo se perdem em tudo o que são, porque assim é mais fácil saber em que momento (afinal de contas não são mais que momentos) começar a contagem.

Há vezes, contudo, em que tocam o chão de maneira menos notória, em que caem menos cabalmente. Mais que cair sentam-se, por exemplo, escorregam dobrados, encolhidos, até apoiar o traseiro no chão, e também isso é queda e, sendo-o, exige-se que mister Gallagher conte.

Outras vezes se inclinam para um lado, totalmente obnubilados, quase de cócoras, e para não cair tocam o chão com um punho: tocam o chão com uma luva e dessa maneira não caem. Para efeitos de contagem, contudo, essa não queda é computada como queda, já que queda é tocar o chão com qualquer coisa que não seja a sola das botas, a planta dos pés. Fazem isso para não cair, e de fato não caem, mas ele, mister Gallagher, tem de ver aquilo como uma queda, e como tal considerá-la. Ou seja, contar.

Nem bem encoste no chão, começa a contagem: assim, com esse ditame, prepara-se mister Gallagher, mister John Slowest Gallagher, ao perceber que o campeão vai cair. Podem cair muito, um ou outro, e depois levantar-se; a coisa será até que um deles deixe de levantar-se, ou pelo menos não o faça com a presteza necessária.

O leigo dirá que é fácil perceber quando um homem, boxeador ou não, está de pé e quando caiu. É verdade que é fácil, dito assim, visto assim; mas quando o que importa é o instante em que tem início o contato do homem com o chão, o momento exato em que finalmente os dois se tocam, a necessidade de precisão é grande.

Tudo isso requer que ele esteja o tempo todo muito atento, que tenha uma dose maiúscula de concentração. Agora, por exemplo, o campeão cai. Cai como caiu, e mais vezes, o outro. Quando tocar o chão, será necessário abrir a contagem. Quando tocar o chão.

Dois

Como acontece com quase todas as cidades, o aeroporto está localizado fora da área urbana. Mas como acontece em todas as cidades pequenas, ou nas que não são tão grandes, também fica muito perto. Mesmo que esteja localizado fora da área urbana, fica muito perto, isso porque em todas as cidades pequenas, ou nas que não são tão grandes, o que está fora da área urbana fica perto. De carro, não se demora mais que quinze minutos para chegar. Quem tiver mais tempo, ou mais paciência, pode recorrer ao micro-ônibus que faz a viagem até Puerto Madryn e que vai para aquele lado; mas quem escolher essa variante precisará ter, além de tempo e paciência, vontade de andar, porque o micro-ônibus se limita a parar no acostamento, e da estrada até o aeroporto é preciso percorrer uns setecentos ou oitocentos metros, ou talvez mil.

Sinto-me sem paciência e sem vontade de andar contra o vento, embora talvez não esteja com o tempo tão apertado assim. Por isso passo pelo Touring e peço que chamem um táxi. Abel dirige. Conversa um pouco, porque sempre conversa, porque todos conversamos, e o tema é justamente o que dominará Trelew durante o dia de hoje e também, embora cada vez menos, no decorrer dos próximos dias ("Com o que ele tinha de bom e com o que tinha de ruim, como todo mundo, construiu sua vida. O importante é que partiu em paz"). Concordo e não digo nada, ou digo alguma coisa de passagem que é o mesmo que não dizer nada ("E quem tem o direito de julgar os outros?"). Abel de vez em quando ergue os olhos para o espelho retrovisor ("A filha vem?"), e naquela faixa invertida estou eu ("Vem. Nesse voo"). Depois chegamos.

É o aeroporto novo, onde não acontece nada. O aeroporto velho, o das novidades, onde um dia tudo aconteceu, caiu no abandono, hoje não passa de uns pedaços de ruína dispersa, matagal seco e pedra quebrada no meio das ervas secas e das pedras quebradas do deserto próximo. Essa evocação aumenta o nenhum acontecimento do aeroporto novo. É possível tomar um café diante das vidraças do andar de cima, e a vista, que com toda aquela planície vira panorâmica, confirma a impressão de tempo parado e de ausência. Na pista não há nem sequer aviões, porque só um avião vai e vem. O que vai me levar daqui a pouco para Buenos Aires é o mesmo que neste momento deve estar vindo para cá, ainda no alto de Viedma ou já tomando o rumo da península Valdés, e como não há outros aviões além desse por chegar ou partir, a pista vazia se achata e se perde.

Com o segundo café vem a consulta que no primeiro ficou amenizada ("Diga, Roque, é verdade que Ledesma faleceu?"), no aeroporto servem um café forte demais e não me lembrei de pedir que pusessem um pouco de leite ("É, ontem à tarde. Deve ter saído alguma coisa no jornal de hoje"), poderia pedir agora para acrescentarem o leite ("Tem razão, é verdade. Na verdade não prestei atenção"), mas não o faço ("Nem eu, mas deve ter saído alguma coisa").

A bandeja acomodada, vertical, sob o braço, de encontro à axila, anuncia uma conversa mais prolongada ("E o senhor deve estar com muita necessidade de viajar para a capital. Quer dizer, para deixar de comparecer ao enterro"). Não estimulo nem deixo de estimular o prosseguimento do papo ("A verdade é esta: eu não faria esta viagem se Ledesma estivesse vivo"), mas bem aí aparece um portenho no bar que se senta e brinca ("E então, Roque, Ledesma, claro, antes de morrer, chegou a fazer as pazes com Verani?"), ergue um dedo e responde também brincando ("Até onde eu sei, não"), e a conversa se interrompe ("O senhor permite?").

Se não fosse o vento, que ora entorta, ora endireita as pontas mais compridas da grama rala, seria possível imaginar que a visão emoldurada pelo janelão é uma foto, um desses murais desmesurados com os quais, sem se dar conta, alguns bares se desmerecem, e não uma parte da realidade que lá fora continua assim, em seu nada, indiferente, como se ninguém tivesse morrido, como se eu não estivesse de partida.

São nove da manhã.

— O senhor sabia que Jack Dempsey é o boxeador estrangeiro que mais vezes saiu na capa da *El Gráfico*?

— Não, não sabia.

— No outro dia, justamente, estava lendo isso. Dezoito vezes, ele saiu. Jack Dempsey.

— Veja só.

— E olhe que estou falando de boxeadores estrangeiros. Agora, se a gente quiser falar de caras como Justo Suárez, Eduardo Lausse, Pascualito Pérez, aí a história muda.

— Tigre Gatica.

— *Monito* Gatica, claro; os argentinos. Aí a história muda.

Me refiro aos boxeadores estrangeiros, entende? Dos boxeadores estrangeiros, dos americanos, fundamentalmente, o que saiu mais vezes na capa foi Jack Dempsey. Dezoito vezes.

— Eu não sabia.

— E olhe que tem muito boxeador, hem, Verani? Alguém poderia imaginar que tinha sido o Joe Louis, o Rocky Marciano, o Jake La Motta, o Cassius Clay, em tempos mais recentes. Mas não: nenhum deles. Jack Dempsey.

— Jack Dempsey.

— É, Jack Dempsey. Dezoito vezes. Imagine o que era a revista *El Gráfico* naquele tempo.

— Imagino.

— Li no outro dia, justamente. Quando vi, pensei no senhor. Disse para mim mesmo: o Verani com certeza vai se interessar por isso.

— É mesmo, claro, me interessa.

— Por isso estou falando. Eu nunca teria imaginado.

— Nem eu.

— Veja como às vezes a pessoa faz ideias equivocadas.

— Isso mesmo.

— Eu teria imaginado que era Joe Louis, a verdade é essa. E não: era Jack Dempsey. Jack Dempsey! Li e logo pensei no senhor.

— Não diga.

— Verdade.

— Eu não fazia ideia de que o senhor gosta de boxe.

— Não é isso, não é que eu goste. Vai ver que em outro momento não teria prestado atenção na informação, mas agora não, agora quando eu vi, logo falei: preciso contar isso a Verani.

— Claro, mas como o senhor comentou que estava lendo sobre boxe.

— Estava lendo, é verdade, nem me lembro onde, olhe só

como são as coisas. Porque, bom, a gente lê um pouco de tudo, a verdade é essa. A gente lê um pouco de tudo.

— Mas agora estava lendo sobre boxe, por isso imaginei que o senhor gostasse.

— A gente lê um pouco de tudo, Verani, a coisa é essa. Mas gostar, gostar mesmo, não, na verdade não gosto.

— Não gosta de boxe?

— Não, na verdade não gosto. Para ser bem sincero, acho boxe um horror, uma coisa animalesca. Largar dois homens em cima de um quadrilátero para que se matem a socos... Acho um negócio estúpido.

— Mas há quem goste, não é mesmo?

— Bom, Verani, mas também a massa gosta de cada coisa... Não entendo como não proíbem a rinha de galos, coitados dos bichinhos, e como não proíbem o boxe, que afinal de contas é a mesma coisa só que com seres humanos. Pense bem, Verani, não é uma coisa animalesca dois homens começarem a dar porrada um no outro até que um deles desmaia e perde os sentidos? É uma coisa animalesca, pura barbárie.

— Não, não, o que estou dizendo é que como o senhor me falou que estava lendo sobre o tema...

— A gente lê um pouco de tudo, Verani, ou o senhor não sabe o que é cultura geral?

— Pensei que o senhor gostava.

— Mas não, na verdade não gosto nem um pouco, acho um horror. Se a gente for por aí, também leio muito sobre as guerras na Europa e nem por isso gosto de guerra.

— Ah, não, claro, guerra não. Guerra, sim, é uma coisa bem nojenta.

— A guerra, Verani, é o aspecto mais inumano da condição humana.

— A guerra é uma coisa muito nojenta.

* * *

O morto apareceu num quarto do quarto andar do City Hotel de Buenos Aires, o quarto onde ele tinha o hábito de se hospedar. O que poderia haver naquele quarto: o imaginável: duas camas de solteiro, quase arrumadas ou completamente feitas, uma mesa, uma cadeira, um armário, um ponto de calefação, uma poltroninha perto da janela. E da janela o que seria possível avistar: as cúpulas dos edifícios mais visíveis da Avenida de Mayo; outra cúpula mais atrás, mais importante, a do Congresso Nacional, porque ainda não existiam os edifícios que com o tempo acabariam encobrindo sua vista a partir daquele ângulo; e a Câmara Municipal da cidade, na época ainda não encoberta por outras edificações, para quem tivesse coragem de abrir um pouco a janela e debruçar-se olhando para a direita.

No centro do quarto, uma peça de ferro, trabalhada sem excesso, da qual saíam três tulipas e três luzes. A peça, bem fixada ao teto, permitia que nela se prendesse um cinto de homem, com o peso morto desse homem, também morto, pendurado ao cinto. É que foi assim que o encontraram: pendurado no quarto, preso ao cinto, asfixiado pelo nó corrrediço que o couro lustrado e escorregadio proporcionara sem que fosse necessário maior esmero, o rosto inflamado pela pressão, pelo esforço, pelo ar que faltava, pela chegada da morte.

A cadeira não estava nem perto nem longe do lugar onde pendia o corpo. Não se tratava de um detalhe secundário, de modo algum, porque a cadeira era a única coisa que o homem poderia ter utilizado para primeiro subir, depois pender. Uma cadeira muito simples, a mais comum das cadeiras, nem tão distante nem tão estranha à cena a ponto de dar como certo que alguém tivera de participar da disposição dos elementos, mas tampouco próxima, tampouco caída ou posicionada debaixo do corpo a ponto de dar como certo que o homem se encarregara de tudo.

O traje: roupa de rua. Ou seja, o homem acabava de chegar ou estava a ponto de sair; e se de fato havia outra pessoa com ele, não necessariamente se tratava de alguém de sua confiança. Se o nó da gravata, que na época se usava pequeno e ajustado, tivesse atenuado a pressão do cinto, talvez tivesse contribuído para evitar ou retardar o momento da morte; aumentando essa pressão, contudo, como parecia ter acontecido, sem dúvida o precipitou.

Verani tornara a passar pelo arquivo duas vezes na mesma tarde; os demais já haviam tomado suas notas e suas decisões e cada um empreendia, com maior ou menor entusiasmo, a preparação de seu artigo. Verani insistia, mais leitor que qualquer outro, mas não com seu tema, a que já não se dedicava, e sim com esse outro assunto com que deparara fora de sua seção e fora de suas obrigações.

Algum dia existirá, mas por enquanto ainda não existe, o que virá a chamar-se, mas ainda não se chama, contagem de proteção. Por enquanto só existem duas alternativas, que são as duas de que mister John Slowest Gallagher dispõe: contar até o momento em que o caído se levante ou então, caso ele não se levante e continue caído, contar até dez e, ao chegar a dez, encerrar a contagem, a luta, tudo. Quanto tempo depois desse lapso o caído vai conseguir se levantar é assunto que já não diz respeito à luta, nem consequentemente ao árbitro, mesmo que por piedade a questão não deixe de interessar ao árbitro. Para a luta já não faz diferença: o outro, o que o derrubou, já exibirá punhos erguidos e estará sobre ombros; é a hora dos segundos compungidos ou exultantes, é a vez do médico dedicado.

Algum dia haverá o que hoje ainda não há: contagem de proteção. Sem conceber nitidamente uma medida dessa índole, mister Gallagher calcula, ou simplesmente intui, que algum tipo de diminuição da crueldade poderia ser necessário na regulamentação desse esporte. Nisso consiste, afinal de contas, o progresso, tanto nessa questão específica como em tantas outras: numa maior contemplação da dignidade da pessoa humana.

Assim será, quando vier a existir, a contagem de proteção; muito simples: é preciso supor que o sujeito cai. Cai como todo mundo cai: zonzo, abalado, mais para lá do que para cá, transformado num traste. Assim que toca o chão, abre-se a contagem: um, dois, três. É preciso supor, a título de hipótese, que, embora ao cair ele desse a impressão de que estava caindo para sempre, pode ser que de repente se recupere, exatamente como qualquer adormecido num instante acorda. Se levanta com tempo de sobra, quando a contagem ainda não vai além de quatro ou cinco. Mostra-se inteiro, muito inteiro, talvez exagerando a inteireza, para assim reduzir o impacto sobre o júri e a confiança do adversário, e das maneiras mais diferentes (risadas, piscadelas, gestos desafiadores, punhos ansiosos) deixa claro que está perfeitamente pronto para reiniciar a contenda. Não importa que as risadas e os gestos desafiadores sejam ou não sinceros: o árbitro continuará contando até oito. Não chegará a dez, porque se fizesse isso seria o fim, mas tampouco interromperá a contagem nos quatro ou cinco segundos de que o caído possa ter necessitado para se pôr novamente em pé. Tem de continuar contando até oito para assim ajudar o perturbado, já que nisso consiste a proteção, a desanuviar-se antes de voltar à pauleira que recebe ou dá, que padece ou aplica.

Por enquanto, porém, as coisas não são assim. Os avanços do humanitarismo, embora inexoráveis, exigem tempo e é preciso esperá-los. São outras as regras a que mister Gallagher deve ater-se nesta noite e nas outras em que tenha a função de mediar entre pugilistas: medir com a contagem o tempo que dura uma queda e interromper a contagem quando a própria queda se interrompe. O caído quem protege é Deus; e na ausência de Deus, ninguém (porém mister Gallagher não acredita que não haja Deus).

Outra coisa que não existe, e que virá a existir, é o que um dia se chamará, mas ainda não se chama, canto neutro. Mister Gallagher também tem algumas intuições a respeito: pressente que há algo da ordem do encarniçamento no modo como hoje em dia transcorre esse esporte, algo que deveria ser atenuado ou suprimido. Como se passam as coisas naquela época, ou naquela noite, sem precisar ir mais longe? O pugilista que continua em pé, agitado por ter derrubado o outro e sentindo mais próxima a oportunidade de ser o vencedor e não o derrotado, se aproxima do caído e permanece em suas imediações. Às vezes o árbitro tem de afastá-lo um pouquinho para poder se aproximar e contar. Contrastando com o que jaz no chão, vê-se que está especialmente ereto, mais nas alturas, robustíssimo. Parece ameaçador e pronto para arrematar o que começou. Assim que o outro se erguer, se é que vai se erguer, retomará o batuque insistente das luvas no rosto. Não atacará o caído, isso não, porque além de ser terminantemente proibido pelas regras do boxe, é uma das formas mais lamentáveis de covardia; mas atacará, e muito, o que acaba de levantar-se, para devolvê-lo o mais depressa possível ao estado de que acaba de emergir.

Quando o que ainda não existe vier a existir, o canto neutro, as coisas serão diferentes: não haverá mais soco alto à espera do caído. O pugilista que permanecer em pé deverá, mesmo que isso esteja em contradição com seus instintos, afastar-se na direção do canto oposto àquele onde o caído tiver caído, ou do canto oposto à parte do ringue em que ele tiver caído, já que nem sempre o caído cai num canto. Ali deverá aguardar que o adversário se levante, controlando suas urgências. Depois poderá tornar a atacá-lo, se quiser, e mesmo tornar a derrubá-lo, se conseguir; mas já não poderá exercer a crueldade insistente daquele que, mais que reiniciar, remata.

Todas essas especulações, que sem maiores exageros de vez em quando atazanam mister Gallagher, são, sem dúvida, as principais: são para o boxe as questões de fundo, assim como se estabelece, justamente no boxe, que uma luta é uma luta de fundo. Não obstante pertencem, como fica dito e demonstrado, ao futuro, a um tempo ainda por vir. Não é o ponto a considerar esta noite, nesta altura do serão de 14 de setembro de 1923. O que mister Gallagher precisa determinar agora é o momento em que o campeão, que apesar de sê-lo caiu, irá tocar o chão com seu corpo ou, como às vezes se diz: com toda a sua humanidade.

Lembro-me de Verani atracado com a leitura, precisamente porque não era o que se esperaria que acontecesse com ele. Na ocasião o fato me chamou a atenção por sua estranheza, e pela mesma razão me lembro dele agora, transcorridos tantos anos.

O texto da notícia era breve, talvez porque se tratasse da versão resumida de um artigo original publicado em outro lugar, ou talvez porque, como pouco se sabia, houvera pouco a escrever. Fosse como fosse, Verani estava demorando muito para terminar de ler, muito até mesmo para ele, que soletrava tão devagar. Deduzi então que estava lendo a informação diversas vezes.

Veio, foi, tornou a vir. Nunca frequentou tanto o arquivo do jornal. Até ali não comentara nada comigo nem mencionara o assunto no Touring. Tomou algumas notas. Perguntei-lhe de passagem como ia o artigo sobre a luta do dia 23 e ele me disse que ainda não havia começado a escrevê-lo.

O relato policial era tão breve que desanimava toda aquela constância. Era tudo muito sucinto: um cadáver num quarto de hotel e nada mais. Quase não havia onde apoiar a paixão de uma insistência como a manifestada por Verani. Ele, porém, não desistia, escrevia coisas, descartava-as, cogitava hipóteses.

Depois ele me devolveu o exemplar daquele dia e imaginei que finalmente se cansara de remexer na superfície. Mas não: voltou um pouco mais tarde e me pediu os dois exemplares dos dias seguintes. Queria saber como os fatos haviam se desenvolvido. Dei-lhe sete, oito jornais, ele os levou e pouco depois os trouxe e me deu; pediu-me mais dez, os dos dias posteriores, deu uma olhada rápida e também os devolveu, e assim sucessivamente até completar a verificação dos dois meses que se seguiram ao dia em que o morto foi encontrado.

Não houvera mais nenhuma notícia: nenhuma. Verani esperava, como qualquer pessoa teria esperado, a continuação da crônica do caso com os detalhes dos avanços da investigação. E se a investigação não avançara nada, como aliás acontecia tantas vezes, as notícias deveriam ter continuado a sair, apelando, para tanto, para as fórmulas do mistério ou do enigma. Nada disso aparecia, contudo, nas notícias policiais dos dias subsequentes, nem a solução do caso nem sua ausência de solução, que inclusive teria sido mais chamativa para os leitores do jornal. Não havia mais nada, nada em absoluto, nenhuma referência, nenhum esclarecimento, nenhuma retificação. A história do morto parecia ter se volatilizado, parecia ter se desmanchado no nada, como poderia ter acontecido, e não aconteceu, com o corpo do morto. A julgar pela cobertura ou pela falta de cobertura do jornal, alguma coisa pior que o esquecimento terminara por dissolver aquela referência circunstancial e isolada.

A perda de todo rastro não fez mais que aumentar o interesse de Verani, que de repente se viu sem saber o que fazer.

— Pense um pouco, Verani, imagine essa saraivada de golpes sobre a cabeça de um pobre moço, certamente um garoto humilde, um garoto do interior, que mesmo antes de apanhar tanto já não teria muitas luzes. Porque os boxeadores são assim, o senhor há de concordar.

— Aparece de tudo.

— Os boxeadores são assim, Verani, não vá me dizer que não. Desde antes, muitas luzes eles não têm. E depois é preciso acrescentar a isso o acúmulo de pancadas na cabeça, socos e mais socos e mais socos na cabeça.

— O boxeador enfurecido acerta só a cabeça do outro. Se está um pouco mais lúcido trabalha o corpo.

— Repare, Verani, eu não entro nesses tecnicismos. Para mim são dois animais se matando de pancada. Se ainda por cima arrebentam com o fígado um do outro ou saem de costela partida, para mim não muda nada. Só lhe peço que imagine o que acontece no cérebro com cada um desses trompaços, faça a soma: todos os trompaços de uma luta vezes todas as lutas de uma vida. A cada trompaço o cérebro é sacudido e estremece, sofre derrames, fica avariado. Uma coisa pavorosa.

— Ninguém põe a mão em Locche.

— Em quem?

— Em Locche.

— O que tem o Locche?

— O senhor não conhece o Locche? Ninguém põe a mão nele, Ledesma. Nele ninguém bate.

— Ah, não, Verani, não me venha com essa, eu estou falando sério. Vou até o fundo da questão, vou até a filosofia do esporte. E o senhor me vem com um exemplo, um exemplo específico de um caso específico de um boxeador específico que mesmo assim quero só ver como vai estar daqui a alguns anos. Não se disperse com anedotas, porque assim a gente não vai se entender.

— Anedota nada. Anedota é outra coisa. Antes da luta com

o Fuji, quer dizer, da disputa do título, deitaram Locche numa maca. Estavam no vestiário, faltavam dez minutos para ele subir ao ringue, queriam que se acalmasse. Mas Locche estava tão tranquilo, mas tão tranquilo, que adormeceu ali mesmo. Faltavam dez minutos para o início da disputa do título mundial! E Locche adormece, de tão tranquilo que estava.

— Está bem, mas e daí? Como isso entra na história?

— Estou lhe contando uma anedota, Ledesma, para que o senhor veja o que é uma anedota no boxe. A outra coisa que lhe falei não é nenhuma anedota, é outra coisa: é que ninguém põe a mão em Locche. Sabe qual é o apelido dele?

— Sei. Sei qual é o apelido dele. E também sei o que é uma anedota, não é preciso o senhor me explicar.

— Uma anedota do boxe, como eu já lhe disse.

— Do boxe ou de seja lá o que for, Verani, não torre. Uma anedota é uma anedota, não tem nada que explicar. Sei muito bem o que é uma anedota. E também sei que o senhor imagina que é capaz de desmontar toda uma argumentação contrapondo um simples exemplo. Seu erro é esse, Verani. Não lhe ocorre nem por um segundo que possa tratar-se de uma exceção que confirma a regra. Eu venho e lhe faço uma explanação de fundo, me esforço para fazê-lo raciocinar, e o senhor vem e me sai com o Locche. Às vezes, como é que posso lhe explicar, às vezes me pergunto por que nós dois perdemos tempo com tanta conversa mole.

— O Roque acha interessante.

— O Roque, claro. O Roque acha interessante. O Roque é um bom menino.

Todo bom pugilista, e Dempsey é um bom pugilista, luta com um olhar cristalino, de olhos bem abertos. Caso seu olhar se turve, ele perde, e sabe disso. Tem de distinguir sem demora cada lance, cada defesa, os golpes que o são e os que não o são, do adversário; também tem de perceber onde o outro, por descuido, lhe oferece uma brecha, uma brecha que só terá condições de apreciar se observar atentamente. Durante a recepção de um impacto, contudo, no exato momento em que vem o soco, essa conveniência cessa. É bom ver o golpe a caminho, querendo, como se quer, evitar que ele chegue ao destino; mas quando ele chega, e nesse caso sem dúvida ele chega, é inútil contemplar sua chegada. Mais vale fechar os olhos, coisa que de fato um pugilista fará, como qualquer outro também, mesmo que não seja um pugilista, se lhe acertarem um soco na cara. Por isso mesmo a regra é que aquele que cai caia de olhos fechados, e, caso abertos, que estejam toldados, porque fechá-los tem a ver com instinto e com reflexo, não é questão de preferência nem objeto de decisão, não é questão de vontade. De pouco adianta tornar a abri-los logo depois, quando ainda se está sob a comoção do golpe, já que, justamente em decorrência do golpe, mesmo que os abramos, pouco veremos. Essas regras do boxe, não menos que todas as outras, são de conhecimento de Jack Dempsey, pois sem elas é difícil, ou impossível, prevalecer nas lutas e chegar a campeão, como efetivamente ele conseguiu. O punho do outro, cujo nome no momento lhe foge da mente, mas que apelidaram Toro, é a última coisa que ele vê. Vê-o aproximar-se por seu flanco esquerdo, muito veloz, vindo direto na direção de seu rosto, e embora chegue a vê-lo e a pensar que seu próprio punho deveria se interpor, não consegue fazê-lo, o que demonstra que nem sempre, nem necessariamente, a mão é mais rápida que a visão. Vê o punho vindo, depois vê uma sombra, depois um nada; depois vê a si mesmo, ou melhor, imagina que se vê, cair. Nesse exato instante, deverá estar de olhos fechados, com as pálpebras afundadas, e, atrás das pálpebras, viradas, as pupilas. Por isso consegue imaginar, imaginar-se: porque para imaginar é preciso não estar vendo. Não obstante, Dempsey se recupera num instante (sua capacidade de recuperação é notável, e nunca essa característica ficará mais comprovada do que naquela noite). Está em pleno desmoronamento e já tem, de novo, os olhos abertos. Cai, e sabe que está caindo. Assim, ao abrir os olhos, não espera topar com o rosto do rival ou com suas luvas operosas, como aconteceria se estivesse em pé. Caindo, como cai, talvez possa captar uma última visão do peito suarento do outro, ou de seu abdome convenientemente coberto pela calça puxada, ou, na pior das hipóteses, de seus joelhos fletidos na pose do boxeador em guarda. Nada disso, porém, se apresenta diante dos olhos de Jack Dempsey quando ele os abre, e sim outra coisa bem diferente e até certo ponto inesperada. O outro, como era mesmo o nome dele, não aparece em lugar nenhum, embora seja inquestionável, não existe alternativa, que está ali, ou por ali. O que vê é outra coisa, é uma corda ou, melhor, uma lona envolvendo uma corda. Até um segundo atrás estava pensando nisso, numa corda. Esperava tocá-la com as costas. Agora a vê diante do rosto (não a das costas, na verdade, mas a que se encontra imediatamente acima da das costas). Abre os olhos e a vê: molhada e trêmula. Vê-a passar. Vê-a passar diante de seu rosto machucado, num movimento rapidíssimo. Não é que a corda se mova, claro, ele é que está caindo. Dempsey compreende tudo isso. Mas se está vendo a corda passar na frente de seu rosto, já que está caindo, deveria vê-la subir primeiro a partir do queixo, depois à altura da boca, depois à altura dos olhos e por fim perder-se entre a testa e o começo do cabelo. E a verdade é que as coisas acontecem ao contrário: a corda passa primeiro diante da testa, depois à altura dos olhos, depois à altura da boca, e se perde no queixo. Alguma coisa muito estranha, alguma coisa verdadeiramente estranha está acontecendo naquele tombo.

* * *

— O senhor sabe o que Dempsey disse a Jack Doc Kearns?

— Não.

— Mas sabe quem era Jack Doc Kearns.

— Não.

— Jack Doc Kearns era o treinador de Dempsey. Na verdade, estava no canto na noite de 14 de setembro de 1923. O senhor deve imaginar por que o pessoal o chamava de Doc.

— Não.

— Bom, Verani, ponha a imaginação para funcionar. Chamavam o cara de Doc porque ele era médico.

— Claro.

— E era por isso também que ele estava no canto do Dempsey.

— Entendo.

— E sabe o que o Dempsey disse a ele?

— Não.

— Estavam no intervalo entre o primeiro round e o segundo round da luta. Aquele acabaria sendo o único intervalo da luta, porque como o senhor sabe a luta acabaria no segundo round, mas isso eles não tinham como saber. Estavam no intervalo. Firpo havia caído sete vezes. Sete vezes, nada menos.

— Hoje em dia a terceira queda vale como nocaute.

— Hoje em dia, sim, claro, mas temos que nos situar historicamente, estamos em 1923, cinquenta anos atrás. Firpo caíra sete vezes durante o primeiro round. Sete. E Dempsey só uma. Claro que nada nos impediria de dizer que essa uma valia tanto quanto as outras sete juntas.

— É verdade.

— Tanto assim que no intervalo Dempsey se aproxima do canto, senta-se no banquinho e pergunta a Jack Doc Kearns: "Em que round ele me nocauteou?".

— Como "em que round"? Só tinha havido um round.

— Claro, Verani, mas o senhor precisa entender que Dempsey estava totalmente desnorteado. É sobre isso, justamente, que estou querendo conversar com o senhor. Imagine por um minutinho só o estado em que devia estar o cérebro daquele homem, um rapaz jovem, um garoto sadio; procure entender o que estaria acontecendo naqueles neurônios machucados, com os coágulos de sangue obstruindo o pensamento. Naquele momento, Dempsey não fazia ideia do que estava acontecendo.

— Ele perguntou em que round, e só tinha havido um round.

— Isso, Verani, estamos falando de um homem completamente alheado, porque além da confusão dos rounds tem outra coisa ainda mais importante, outra coisa mais terrível também, e é que Dempsey achava que tinha perdido. Conseguiu aguentar de pé até o fim do round, mas quando chegou ao canto, procure imaginar o que era o cérebro daquele pobre rapazinho, ele achava que tinha perdido por nocaute.

— Mas não tinha perdido.

— Claro que não tinha perdido. É isso o que Jack Doc Kearns lhe diz, vermelho de fúria, enquanto o borrifa com água gelada para fazê-lo reagir. Diz que ele não foi derrotado. E que não só não foi derrotado, como está ganhando a luta. Enquanto Jack Doc Kearns gritava, furioso, seu rosto inchava e ficava vermelho. Nesse estado, disse a Dempsey que ele estava ganhando a luta, mas que levantasse mais a guarda, senão o outro animal arrancaria sua cabeça com um soco.

— Tudo isso em inglês.

— Em inglês, claro. Mas veja o senhor até que ponto um homem pode se deteriorar por causa de uma pancada. Procure imaginar, Verani, a degradação, o nível de aturdimento em que estava aquele homem, para acreditar que havia perdido a luta por nocaute. O senhor não acha uma coisa impressionante?

— Não, porque no fim ele ganhou.

* * *

Antes de bater cada foto, é preciso pensar duas vezes. Porque embora todos os grandes avanços técnicos, no caso das máquinas fotográficas, certamente abram novas e melhores possibilidades, tais possibilidades não são, contudo, ilimitadas. Tirar fotografia é uma grande coisa e ninguém melhor que Donald Mitchell para não ter a menor dúvida a respeito, porque Donald Mitchell sacrificou tudo, ou quase tudo, por uma máquina fotográfica e uma carreira de fotógrafo. Se dependesse dele, cada finta, cada negaça, cada golpe interceptado ou conseguido, cada fricção de luvas ou de ombros, cada explosão de suor ou de água numa cabeça sacudida, mereceria a tentativa de uma tradução em imagens imóveis. Mas não se pode nem se deve abusar dos materiais disponíveis, nem do tempo, que, não menos que os materiais, também não sobra. Cada disparo que se faz exige em seguida uma laboriosa preparação para que a máquina volte a estar em condições de ser utilizada. Às vezes, quando se termina, não resta mais nada do cheiro de magnésio no ar. Cada round dura três minutos, e o primeiro da luta mal chegou ao fim. Um minuto separa cada round do anterior ou do seguinte. O argentino, o desafiante, já caiu sete vezes. Donald Mitchell acha que capturou boas imagens de pelo menos duas dessas quedas, embora só possa vir a ter certeza absoluta disso depois de dedicar-se à arte química da revelação. Por enquanto tudo fica em suspenso entre o olho, o dedo e a memória óptica; ou entre tudo isso, que é a perícia e a esperança. Uma vez, lamentavelmente, uma perna de Gallagher, o árbitro, se interpôs. Outra vez um movimento brusco do desafiante deixou a imagem fora de foco e talvez até fora de quadro. Outra vez, não se sabe por quê, o flash falhou. Mesmo assim, de tanto insistir, duas ou três imagens tentadas talvez tenham saído boas. Todas correspondem às abundantes quedas que o desafiante sofreu ao longo desse primeiro round. Numa delas, queira Deus que tenha dado certo, se vê, ou deveria ver-se, uma luva do argentino apoiada na bota do campeão que está de pé. É um detalhe, sim, não há dúvida, ninguém no estádio deve tê-lo percebido no fragor do combate ou no entusiasmo de ver que um dos dois havia ido ao chão. É um detalhe, sim, mas esse detalhe é a foto. É um detalhe da realidade, porque na realidade há muitas outras coisas, e aquela luva naquela bota não deve ter sido vista por ninguém; mas na foto haverão de ver, porque na foto luva e bota não são um detalhe, na foto luva e bota são tudo. Poderia ter sido a imagem cabal da derrota e da vitória, se naquela queda a luta tivesse chegado ao fim, mas não foi o que aconteceu, porque naquela vez, tal como nas outras seis, o desafiante se recompôs e continuou lutando. Agora quem cai é o campeão: Jack Dempsey. Sempre é mais impactante quando quem cai é o campeão. E sempre faz mais barulho, do ponto de vista jornalístico, a derrota de um campeão do que sua vitória, como se a vitória pertencesse ao mundo do possível e a derrota, só a derrota, fornecesse um fato realmente extraordinário. Além disso, quando um campeão vence, as coisas ficam tal como estavam antes: nada mudou e portanto, de alguma forma, nada aconteceu. Em compensação, quando um campeão perde, passa a existir um novo campeão, e pelo menos duas vidas não voltam a ser como antes. Agora quem cai é Dempsey. Pode ser que se levante, pode ser que não se levante, mas já está caindo. A queda é um fato e o fato é notícia. É estranho o que está acontecendo com Donald Mitchell: por um lado, antes de tirar cada foto, tem de pensar no assunto duas vezes. Essa precaução está na ordem da detenção reflexiva, da contenção do impulso. Por outro lado, a chance que Donald Mitchell possa ter de conseguir uma boa foto se deve à mais pura intuição, à instantaneidade, à velocidade lumínica do olho que vê e do dedo que dispara. É um segundo que não permite duvidar nem pensar coisa alguma duas vezes. Agora, por exemplo, que Dempsey está caindo: é preciso tirar sem vacilações uma foto desse acontecimento. Há um brilho religioso nos olhos de Donald Mitchell. Seu dedo está a postos.

Na época, Ledesma andava preocupado. Dava para perceber que ele estava bastante nervoso desde que a filha voltara a viver com ele, depois de quase oito anos sem contato com ela. Não que estivesse descontente com o fato, ao contrário, mas além de contente estava preocupado e ficava nervoso por qualquer coisinha.

Sua mulher ainda não havia morrido, longe, em Buenos Aires, mas já começara a morrer. Alguém já havia me contado a história que corria sobre Ledesma e aquela mulher, e todo mundo em Trelew a ouvira pelo menos uma vez. Para mim era difícil acreditar que fosse verdadeira, pois não correspondia à imagem de aprumo e equilíbrio que se podia fazer dele. Agora que o via bem mais irritável, às vezes até áspero, eu achava um pouco mais verossímil que um dia ele pudesse ter perdido o controle e tivesse querido dar um tiro na própria mulher.

Raquelita, a filha, circulava agora entre as mesas do bar do Touring; às vezes se enfiava atrás do balcão, onde os garçons puxavam conversa com ela, ou ia para o cabeleireiro do hotel, onde de vez em quando um viajante ajeitava o corte de cabelo ou um morador local ia fazer a barba. Enquanto isso, Verani finalmente contava, pela primeira vez, a história do crime (crime ou suicídio) do City Hotel. O mais interessante, enfatizava, era a maneira como a notícia fora apagada do noticiário jornalístico depois de sua primeira aparição.

Em outras circunstâncias, Ledesma o teria deixado falar sem estimulá-lo nem desestimulá-lo, ou teria se dedicado a observar a passagem animada dos que cantavam na rua. Em outras circunstâncias, Ledesma teria preferido manter-se indiferente. Mas naquele tempo ele não conseguia deixar de dizer o que lhe passava pela cabeça, e se irritava com facilidade. Quase não deixou Verani terminar o que estava dizendo e começou a desqualificar todas as suas incipientes conjecturas, para no fim dizer-lhe, categórico, que não entendia como ele não se dava conta de que a notícia com toda a certeza fora inventada para encher linguiça na página do jornal, e que por isso nos dias seguintes não se voltara a falar do assunto.

Verani pôs um pouco mais de açúcar em sua xícara de café com leite e ficou mexendo a bebida em silêncio.

Ledesma ergueu os olhos e procurou a filha. Ainda não se acostumara a estar atrelado a ela.

Três

— A primeira sinfonia, como é que eu vou lhe explicar, começa a partir do silêncio. Assim começa a primeira sinfonia de Mahler, o primeiro movimento da primeira sinfonia, o que significa dizer: o início de toda a sua obra sinfônica. Começa a partir do silêncio. Claro, o senhor me dirá: "Todas as sinfonias começam assim". Que outra coisa pode haver antes, um segundo antes do princípio, logo antes do primeiro som, senão o silêncio? O senhor me dirá: "Isso acontece com todas as sinfonias" (inclusive, eu mesmo poderia acrescentar, o início da primeira sinfonia de Beethoven, que tem a forma inesperada, milagrosa, de um final). O senhor me diz isso e aparentemente tem razão. Aparentemente. Porque o que eu estou lhe dizendo não é que a primeira sinfonia de Mahler começa depois do silêncio, mas que ela começa a partir do silêncio. Estou sendo claro, Verani? Não é que ela interrompa o silêncio, como qualquer som poderia fazer, e sim que ela surge dele. Nasce com um som muito tênue, muito leve, que muito lentamente vai se tornando perceptível. Veja, é assim que acaba o último movimento da nona sinfonia de Mahler, que, aliás, é a última que ele conseguiu completar (o senhor me dirá: "Para não ultrapassar Beethoven, que chegou a nove". Também gosto de imaginar uma superstição desse tipo). O último movimento da nona sinfonia de Mahler (Não se surpreenda, Verani: é um adágio) termina com um som de cordas que diminui, diminui, diminui, diminui, até se fundir com o silêncio, até se transformar em silêncio. Assim termina a obra sinfônica de Mahler. E começa da mesma maneira, só que ao contrário: fazendo o som, em vez de dissolver-se no nada, brotar do nada. Assim começa a primeira sinfonia de Mahler: o senhor iria gostar de escutá-la, acredite. Começa em estado de suspensão. De suspensão, Verani, não sei se estou sendo claro, não é fácil traduzir em palavras, seria preciso escutá-la. Começa em estado de suspensão (que é como termina a nona, por outro lado), com aquela introdução das cordas em lá, sobre a qual as madeiras enunciam um motivo simples de quarta (lá-mi). Não sei se estou lhe dizendo alguma coisa com isso, Verani, mas, acredite, é importante. Não se esqueça de que de tudo isso irão derivar as rupturas drásticas do atonalismo. Derivam daqui, mas ainda não estão presentes (quanto mais na primeira sinfonia). Em seguida aparece o primeiro elemento temático: um chamado de caça, ao longe, que curiosamente não fica a cargo das trombetas ou dos cornos, mas dos clarinetes, dois clarinetes. Explicado dessa maneira pode parecer um pouco confuso, mas o senhor precisa ver a clareza com que se percebe tudo isso quando se escuta a sinfonia. Se prestar atenção, perceberá com certeza: o som lembra o do canto do cuco. E depois se passa ao tema principal desse primeiro movimento, um tema extraído diretamente de uma das canções que Mahler havia composto. E é isso que eu estava lhe dizendo, Verani, mais claro impossível: o tema de uma das canções passa quase intacto para a primeira sinfonia. O senhor me dirá, ou poderia me dizer: "De que caça o senhor está falando,

Ledesma? De que cuco? A música não representa nada!". E teria razão. Cem por cento razão. Só que foi o próprio Mahler, também é preciso dizer, quem se prestou a esse tipo de confusão, pelo menos em sua fase mais inicial. Observe que ele mesmo indica, em relação a esse primeiro movimento: "Como um som da natureza". Seria o caso de entender, então, que o compositor partia de ideias extramusicais e que por causa disso sua música era uma música programática? Ou deveríamos ater-nos, apesar de tudo, à certeza do absoluto musical, de que a música ao fim e ao cabo é pura forma, forma pura e mais nada? Se o senhor me disser, como já me disse, ou como estava prestes a me dizer, que não está nem aí para o cuco e que uma sinfonia não representa nada, é que tem uma posição assumida. Eu também tenho, Verani, e pressinto que nós dois estamos de acordo.

Caio, caio, pensa Jack Dempsey. Não pensa, como poderá pensar depois, um pouco mais tarde, ou como poderia pensar um *criollo*: caio e depois me levanto. Por enquanto não. Por enquanto tudo é cair, só cair, e sobre levantar-se em seguida ainda não se sabe nada. Por isso Jack Dempsey pensa: caio, caio. E corrigindo um pouco os termos, sempre em inglês, pensa: estou caindo. Pensa-o dessa maneira, para ser mais condizente com a ideia de duração, com a sensação de duração que está tendo. Estou caindo, pensa, e o estranho é isto, o que aquela queda tem de mais peculiar: sua duração. Qualquer nocauteado sabe: toda queda é instantânea. Como o que cai cai, quase sempre, desmaiado ou quase desmaiado, já que se não estivesse assim não cairia, o que se experimenta é um tombo repentino, sem transcurso, de repente tudo e de repente nada, o mundo que estava ali de repente não está mais, e num segundo só o que existe é o chão, a contagem, a náusea, a iminência da toalha. Tudo acontece de repente. Quando o caído abre os olhos, se é que os abre, e recupera suas conexões com a realidade exterior, dá de cara com o árbitro avançando na contagem: um, dois, três. Ao voltar a si, talvez encontre esse árbitro ainda mais adiantado: dizendo seis ou dizendo sete. Essa é a maneira de saber que, enquanto isso, o tempo continuou passando, que o que pareceu um segundo não era um segundo, mas vários segundos. Assim o nocauteado fica sabendo que um pouquinho de seu tempo desapareceu sem que ele se desse conta, que esse tempo escapou dele, que se comprimiu num instante, perdendo sua duração. Desta vez, porém, as coisas acontecem de outro jeito com Jack Dempsey. Verifica-se essa diferença no registro que ele tem, por mais superficial que seja, do que ocorre com ele. Basta que pense: caio, e não: caí; porque há um tipo de coisa que só se entende depois que ela já aconteceu. Mas Dempsey não apenas pensa: caio, corrigindo um: caí, como pensa: estou caindo. Estou caindo, pensa, enquanto o estádio começa a despertar para o assombro e ocorre um leve revoluteio de pernas suspensas no ringue. A duração, ele a intui, é o instinto do boxeador que tem colado ao corpo um saber do que seja derrubar ou ser derrubado. Esse tempo pertence aos saberes do corpo. No corpo em suspenso mede-se a duração daquela queda, que é mais prolongada, por isso Dempsey passa, em seus pensamentos, de um: caio para um: estou caindo. Não atina, contudo, a perguntar-se por que razão esse ato de cair tem uma duração maior. A resposta que seria preciso dar, caso tal pergunta fosse formulada, é tão simples quanto inquietante, responde a uma regra elementar da relação entre tempo e espaço que, mesmo sendo uma regra, aqui poderia mostrar-se inesperada: essa queda dura mais porque é mais extensa.

Verani também já fora obrigado a encher linguiça, e mais

de uma vez, como qualquer outro em sua profissão. No dia em que o cheque de Salustiano SRL, o da loja de artigos esportivos, voltou porque estava sem fundos e com isso caiu o anúncio que ele havia encomendado, foi preciso acrescentar dez linhas à crônica do jogo entre Independiente de Comodoro e Gayman F. C., e Verani descreveu em detalhes uma finta de Pistola Rigante que provavelmente nunca existiu. Mas aquele caso, quase se poderia dizer que por olfato, parecia-lhe diferente. Uma coisa era acrescentar uma finta à realidade, ou um pênalti não marcado, e outra muito mais grave acrescentar a ela um morto e um mistério.

Verani não achava que a história do crime (crime ou suicídio) do City Hotel pudesse ser simplesmente invenção de algum jornalista, como Ledesma lhe dissera (também ele, naquele momento, atribuíra aquela desfaçatez aos nervos de Ledesma). O morto do hotel tinha de ser verdade. O resto, sim, era só conjectura, inclusive a omissão de qualquer outra novidade ou ausência de novidade do noticiário dos dias seguintes. Mas um corpo pendurado de um cinto num quarto de hotel era um fato concreto demais, definido demais, para não ser verdade. Assim raciocinava Verani.

O tempo disponível para entregar as matérias do suplemento dedicado aos cinquenta anos do jornal estava passando. O prazo já se reduzira a duas semanas; não era pouco, sobretudo para um jornalista, mas para Verani a escrita, assim como a leitura, não ocorria com facilidade. Naquela tarde ele me deu a entender, pela primeira vez, o que mais adiante me pediria abertamente: que eu escrevesse para ele a matéria sobre a luta de Jack Dempsey e Luis Ángel Firpo. Acrescentou que a história do morto do hotel o estava absorvendo muito.

Eu não lhe disse que sim nem que não. Mas quis dar-lhe uma mão naquela história do crime ou suicídio, já que era tão importante para ele. Passei-lhe o número do telefone de um conhecido meu, o Valentinis, que trabalhava no arquivo de um jornal de Buenos Aires. Achei que era a forma mais simples de verificar se a notícia em questão fora ou não fora inventada pelo redator da página policial de nosso jornal. De toda maneira, adiantei-me à objeção que Ledesma sem dúvida faria: que a notícia também poderia ter sido inventada pelo jornalista de Buenos Aires e que o pessoal do jornal daqui se limitara a reproduzi-la, já que nos jornais de Buenos Aires também se usa esse tipo de truque (Ledesma, embora portenho de nascimento, se apropriara deste hábito tão típico da província: o ódio à capital).

Valentinis dedicou um bom tempo ao assunto, que parecia, realmente, tê-lo interessado. Foi informado de nosso telefonema e naquela mesma tarde, pouco depois, respondeu-o. A notícia, de fato, fora publicada no jornal de Buenos Aires. Saíra num boxe lateral da página de polícia do dia 16 de setembro de 1923 (um dia antes da nota do jornal de Trelew, o que tornava muito provável a hipótese de que aqui não se fizera mais que resumi-la e adaptá-la). Informava um fato ocorrido dois dias antes, no dia 14. A notícia original já era curta, em decorrência das poucas informações disponíveis: o morto, o cinto, o quarto de hotel.

Nos dias que se seguiram, embora de forma tão sucinta quanto esporádica, houvera novas referências ao caso. Todas, porém, limitavam-se a constatar a mesma lacuna: não se sabia coisa alguma. Nada de nada (o jornalista daqui, compreensivelmente, considerara inútil continuar reproduzindo aquelas notícias sobre a falta de notícias e abandonara o acompanhamento do fato). Uma, duas, três vezes se informou sobre aquela mesma persistente nulidade. Mas quanto tempo é possível escrever sobre nada, até desistir? Com a passagem dos dias, e diante da falta de indícios consistentes, a polícia parou de investigar, os jornalistas pararam de escrever e o assunto foi sendo relegado ao esquecimento.

* * *

Donald Mitchell incorporou o olhar do fotógrafo: olha o mundo e o vê como se fosse uma fotografia. Mas sua imaginação vai mais longe, e pertence ao cinema. Agora ele contempla as costas de Jack Dempsey, o campeão. São as costas de um campeão mundial de peso pesado: da calça para cima, ele começa a dilatar-se em camadas sucessivas de musculatura firme, grumos de fortaleza acumulada em contornos que nunca conheceram a indecisão. Percebe-se que, caso se ponha a mão ali, será duro. No centro encontraremos a coluna vertebral, é verdade, e ali o duro será o osso, tal como quando seguimos com o dedo a linha curva de uma costela. Mas apalpando mais adiante encontraremos a mesma dureza, agora decorrente da tonicidade da musculatura, e óssea apenas em sua aparência ao tato. São costas vastas, inteiriças, trabalhadas; bastam para explicar e justificar que sejam designadas no plural, como se a imagem de uma única coisa não bastasse para dizer, por exemplo: "Levava todo aquele peso nas costas". Mitchell tem as costas de Dempsey diante dos olhos. Aprecia-as como uma joia anatômica. Faria o mesmo, talvez, se tivesse a oportunidade, diante de uma escultura de Rodin: atentaria para cada fibra, para cada enervação. Mas aqui se soma, a seu olhar de fotógrafo, a imaginação cinematográfica. Donald Mitchell percebe a forma, mas também o movimento. São as costas de um homem que está caindo. Vê as costas, o que elas são, mas também se antecipa ao que virá, ao que elas serão. Agora as costas estão ali, imensas, e tudo são costas. Mas à medida que Dempsey continue caindo, como já está caindo, por trás de suas costas em declive se começará a ver a outra parte da cena, a parte que lhe dá sentido: o gesto altivo e categórico do desafiante, que acaba de atingir e derrubar o adversário. É preciso esperar que as duas figuras se vejam: a do possível vencedor e a do possível vencido, para que o fato completo, como vitória e como derrota, fique capturado na imagem. É preciso esperar que prossiga a declinação daquelas costas absolutas para que surja por trás delas a outra figura, complementar. Nesse momento será preciso acionar o aparelho. Donald Mitchell espera, porém alguma coisa acontece. Olha atento e o que vê, não sem assombro, são mais costas, cada vez mais costas, cada vez mais costas. Olha, atento, e vê isto: cada vez mais costas.

— Se lhe digo "energicamente agitado", Verani, o que lhe vem à cabeça? Provavelmente nada. Ficará olhando para mim dessa maneira, sem dizer uma só palavra, da maneira que está me olhando agora. E contudo, meu amigo, se o senhor finalmente concordasse em ser apresentado, com um trago e umas azeitoninhas, uns queijinhos, a essa música magnífica, compreenderia tudo com uma clareza meridiana. Aposto minha cabeça. Porque é assim que começa o segundo movimento da primeira sinfonia de Mahler, Verani: agitado. Agitado. E começa citando outra canção, sabe. Um lied de 1880 sobre um tema que o senhor sem dúvida identificará: Hansel e Grethel. João e Maria. Vamos, Verani, não me diga que não conhece; se não conhece é porque é pior do que dom Fulgencio. Porque me diga: que histórias lhe contavam quando o senhor era pequeno? Vamos, homem, todo aquele que ouviu na infância essa história pavorosa das crianças no forno se lembra dela pelo resto da vida. E Gustav Mahler, sempre atento ao mundo da infância, assim como ao da música popular, compôs uma canção sobre esse tema. Depois vem um trio, Verani, que o senhor adoraria, um trio em fá maior: uma valsa lenta que termina em sol maior e que faz citações deliciosas de formas musicais de baixa extração. Mas, atenção, falei em "citações"; são intervenções vulgares das duas trombetas opondo-se magistralmente ao luxo evidente do tema principal. Se o senhor tiver um pouco de paciência, Verani, e lhe recomendo que tenha, não tenho a menor dúvida de que ficará impressionado com o terceiro movimento da sinfonia. É, como estou lhe dizendo, uma marcha fúnebre em ré menor. Não sei se o senhor está me acompanhando. Se ouvir a sinfonia vai entender, Verani, juro, é uma marcha fúnebre em ré menor. Assim a seco é um pouco difícil de explicar. Lá em casa, em compensação, com um vinhozinho, se for preciso misturamos com um pouco da marcha fúnebre da terceira sinfonia de Beethoven. Claro que o mais provável é que, dos dois, o senhor prefira a de Gustav Mahler. E sabe por quê? Porque nela o senhor também poderá reconhecer certas formas musicais populares a que Mahler sempre recorria. Para aquele trecho ele se baseou, o senhor nem imagina, numa canção popular, a do irmão Jaques, uma canção infantil do sul da Alemanha sobre o enterro de um caçador do qual participam, amorosamente, os diferentes bichinhos da floresta: os veados, as lebres, uma delícia, sabe. Já sei, já sei, não me venha outra vez com essa história de que a música não representa nada, isso o senhor já me disse, ou esteve a ponto de me dizer, e eu na mesma hora lhe dei toda a razão. Se quiser, esqueça tudo sobre os veados e as lebres, que eu o apoio e acompanho, e não faça mais que entregar-se à fruição da música como puro jogo de formas. Ou será que existe uma maneira mais adequada de perceber as ressonâncias das melodias populares? O senhor verá que matizes alegres elas imprimem à sinfonia, inclusive quando partimos de uma marcha fúnebre. Isso lhe parece extraordinário? Quer dizer, estou vendo que o senhor ergueu as sobrancelhas. Ou será que é por causa do barulho lá fora? O senhor nunca saberá o que é realmente um contraste muito brusco enquanto não ouvir a música de Gustav Mahler. Uma marcha fúnebre, pois é, e de repente a alegria. Não venha me dizer que a vida é isso mesmo, porque a vida não é isso mesmo, posso lhe garantir. Em dois compassos passamos de um estado de ânimo a outro; na vida isso leva dias, semanas, às vezes anos inteiros. Aqui o senhor percorre a marcha fúnebre e, de repente, sem saber muito bem como, a coisa ficou alegre. Uma alegria, é verdade, um pouco duvidosa, isso não vou negar. Uma alegria que podemos perfeitamente atribuir às características da música popular, ou à cultura popular em geral, se quisermos entender a coisa dessa maneira. Mas também podemos entender, se quisermos, que esse certo ar alegre adotado pela sinfonia naquele ponto seria quem sabe resultado da disposição, como dizer, um tanto irônica ou francamente irônica com que Mahler cita e incorpora esses elementos da tradição popular. Não me peça, Verani, que lhe dê meu veredicto sobre uma questão tão delicada. Tudo é questão de sentar-se para ouvir e de cada um chegar a suas próprias conclusões. O amigo Roque, aqui, já me disse que vai.

Em outra mesa estava Arregui, o encarregado da página policial. Ele nunca ou quase nunca ia ao bar do Touring, mas naquele dia estava lá. Lembro-me do que bebia: Gancia sem gelo. Estava sozinho.

Verani aproveitou um momento em que Ledesma se retirou para levar Raquelita até a casa de sua irmã. Pediu licença, falou que já voltava e se aproximou da mesa de Arregui. Ouvi a conversa entrecortada; a voz de Verani, principalmente, de vez em quando sumia, mas do que ouvi lembro-me bem.

Com um palito de dentes de madeira, Arregui se dedicava a alguma coisa que ficara presa em sua gengiva desde a hora do almoço. Não se interrompeu para responder. Verani lhe perguntou se sabia quem era o responsável pela página policial do jornal lá pelo ano de 1923. Uma pessoa que não assinava as matérias.

Arregui não fazia a menor ideia, talvez houvesse mais de um responsável; outra possibilidade era que não houvesse ninguém em especial, o mais provável naquela redação não muito povoada era que todos fizessem um pouco de tudo. Contar com uma pessoa para cada coisa é sinal de um progresso que dificilmente deveria existir no jornal daquele tempo.

Assim Verani descartou a possibilidade já em si difusa de tentar localizar, depois de tantos anos, a pessoa que na época acompanhara ou procurara acompanhar o caso. Essa pessoa, se ainda vivesse, já teria se esquecido de tudo. Por outro lado, tomou a decisão de sugerir a Arregui que considerasse aquele episódio para dedicar-lhe seu artigo do suplemento de aniversário. Não era um caso rumoroso, pelo contrário, mas tinha o interesse daquilo que para os contemporâneos passara despercebido.

Houve um momento em que os dois ficaram falando ao mesmo tempo, acho que Arregui não deixou Verani acabar de fazer sua sugestão. Para ele as coisas eram bem simples: um caso em que ninguém prestara atenção quando acontecera não tinha por que merecer a dele agora. Ainda mais cinquenta anos depois. Seu artigo já estava escolhido, e seria sobre um caso policial de grande repercussão na época, a ponto de ter ocupado um amplo espaço nas primeiras páginas de então. Acontecera em Rosario, que Arregui não deixara de qualificar como a Chicago argentina. Continha tudo o que era indispensável: violência, marginalidade, toques macabros, o manto da noite, o estilo da máfia. Consistia em um pouco mais do que a aparição de um cadáver, já que as aparições haviam sido cinco. As aparições, esclareceu Arregui, não os cadáveres. O cadáver era só um. E não é que ele tivesse aparecido cinco vezes, mas que aparecera em cinco pedaços, em cinco caixas de madeira, em cinco lugares diferentes do porto de Rosario. O torso de um lado e, separadamente, cada uma das extremidades: um braço, o outro braço, uma perna, a outra perna.

Tudo laboriosamente seccionado com uma serrinha de fio insuficiente. Resta dizer que faltava a cabeça, que nunca apareceu. Os peritos, na autópsia, haviam determinado que a vítima ainda estava viva no momento crucial de ser desmembrada. Os detetives da polícia, de seu lado, constataram que as impressões digitais estavam borradas com ácido e ficaram sem rosto nem dentadura com que tentar estabelecer uma identidade fiável. Não obstante, valendo-se de outros indícios, conseguiram desvendar o caso. Eles nunca deram crédito a Sentinelli, que dizia que a dissolução da sociedade Sentinelli-Waisser ocorrera porque Waisser decidira abandonar o negócio dos licores para ir viver uma vida mais plácida em algum lugar do interior da província. Sabiam, como todo mundo, que era muito comum que as contas de Waisser reiterassem certos erros dificilmente involuntários. E desconfiaram, como quase todo mundo, que Sentinelli era um homem perfeitamente capaz de incorrer em decisões desmedidas. Que as caixas de madeira onde haviam aparecido os pedaços do corpo fossem idênticas, ou quase, às utilizadas pela firma Sentinelli-Waisser para o desembarque tantas vezes irregular dos fermentos de ovo ou de tangerina foi, na opinião da polícia, a prova final e irrefutável da autoria do crime. O juiz, contudo, e depois do juiz a câmara de apelações, concluiu que tais provas nada provavam, que nem sequer era possível dar Waisser por morto, embora não houvesse meio de encontrá-lo, e que Sentinelli ficava isento de culpa e dolo por falta de méritos.

Esse é o tipo de história que interessa ao grande público, sentenciou Arregui. Sentinelli continuou vivendo em Rosario, gozando de razoável prosperidade, até que uma tarde no fim dos anos 1940 seu Chevrolet último modelo despencou de uma estrada no Norte e caiu de cabeça nas águas do Paraná.

Verani voltou para a mesa onde eu o esperava e não disse mais uma palavra até Ledesma voltar.

* * *

— Sugiro que não espere, como poderia razoavelmente esperar, a pausa que separaria o terceiro movimento do quarto: aquele silêncio que, nos concertos, se aproveita para tossir, e no qual tantas vezes prorrompe o aplauso dos desavisados. Nesse caso não o espere, porque ele não existe. O quarto movimento prossegue do terceiro sem nenhuma interrupção, como se os dois fossem uma coisa só. A diferença, não obstante, é perceptível, e me ofereço para colaborar com o senhor, que é leigo, para que não lhe passe despercebido. Esse quarto movimento, que como o senhor bem intui é o último, se opõe, efetivamente, por si mesmo aos três que o precedem, tanto por suas dimensões como por sua aparente complexidade formal. Começa em fá menor. Mahler ainda não concebia (estamos, lembre-se, em 1888) a possibilidade de concluir uma sinfonia numa tonalidade diferente da que havia utilizado no início da obra. Não é que desistisse do emprego da tonalidade evolutiva, tão frutífero, aliás, mas ainda não seria naquele momento que haveria de aplicá-lo à estruturação integral de uma sinfonia completa. Tempo ao tempo, Verani, tempo ao tempo. Por enquanto tem início o quarto movimento em fá menor, e dá gosto escutar o modo que Mahler encontrou para recuperar o ré maior e o mundo otimista do primeiro movimento (Mahler disse que seu acorde em ré maior deveria soar como se tivesse caído do céu, como se viesse de outro mundo. Me explique, Verani, eu lhe imploro, como o senhor não está morrendo de curiosidade para ir à minha casa ouvir esses discos). Multiplicam-se, no trecho final, as citações e as repetições de outros trechos da obra, principalmente do começo. Até ali podemos dizer que a sinfonia havia progredido. Uma vez naquele ponto, torna-se necessário parar e olhar para trás. Não sei se estou sendo gráfico, pressinto que sim. É a própria imagem de uma recapitulação. Avanço, progressão, desenvolvimento para diante. E antes de concluir, logo antes de dar início ao percurso final, uma detenção retrospectiva para rememorar o trajeto precedente. Só então Mahler pode encarar a culminação apoteótica com que conclui a obra. Quem quiser se mostrar um pouquinho detalhista, e espero que não seja o seu caso, poderia apontar, na construção desse final, um certo ressaibo de romantismo tardio. Refiro-me, naturalmente, ao esquema de "triunfo depois da luta" que Mahler sabiamente evitou nos três primeiros movimentos, e para o qual apelou no quarto. Não vamos brigar por causa disso. Estamos falando da primeira sinfonia composta por Mahler, Verani, não se esqueça disso, estamos falando de um rapaz que na época tinha apenas vinte e oito anos. E de todo modo ainda seria preciso discutir se devemos necessariamente ver essas permanências do romantismo musical como um defeito. Peço-lhe que não me adiante sua opinião enquanto não tiver ouvido a sinfonia. Mahler é capaz de demolir todo preconceito, embora não preconceitos como os seus, que justamente o impedem de sentar-se para ouvir a música. O quarto movimento é longo, não vou negar, e a vida é curta. Mas lhe garanto que não o sentirá, de nenhuma maneira, como um tempo perdido. Alguns contemporâneos o declararam cansativo, lá por 1889, quando a sinfonia estreou. Mas os contemporâneos nunca compreendem, isso é quase uma norma, especialmente quando o que está sendo apresentado é uma coisa substancialmente inovadora. Há exemplos de sobra dando conta dessa incompreensão; Mahler foi, em reiteradas ocasiões, uma de suas vítimas. Vezes demais não o entenderam, ou o entenderam mal, ou fecharam os ouvidos para o que há de melhor em suas rupturas formais. Claro, eram os contemporâneos. Mas agora estamos em 1973, Verani, atualize-se: já se passaram mais de oitenta anos desde a estreia dessa sinfonia em Budapeste, e exatamente cinquenta anos desde que ela soou pela primeira vez no Teatro Colón de Buenos Aires.

* * *

Como explicar? A regra é simples: um homem caiu quando toca o chão com alguma parte do corpo que não os pés. Por isso mister Gallagher pratica uma leve flexão de joelho esquerdo e se inclina para melhor ver o ângulo da queda de Jack Dempsey e a linha do chão onde se espera que vá cair. Mas evidentemente Dempsey já caiu, inclusive já caiu muito, muito mais do que o normal, e mesmo assim mister Gallagher não viu nenhuma parte do corpo dele tocar o chão. Tampouco tocam o chão, e isso é que é estranho, seus pés, suas botas de pugilista. Mister Gallagher sente-se confuso e não sabe como proceder.

Claro: é que aconteceu o inefável, o mais inconcebível, o impossível de acontecer. John Dempsey caiu, mas caiu fora do ringue. O outro animal o arremessou, literalmente, para fora do retângulo onde tudo acontece ou onde tudo deveria acontecer. Esse fato ficará, sem a menor dúvida, na história do boxe. É o que percebe mister John Slowest Gallagher naquele instante. Ali permanecerá por ser insólito, por ser único, e tempos afora se continuará falando dele. Sobretudo porque se trata de uma luta por um título mundial, travada nada menos que no Polo Grounds de Nova York, e não de uma luta menor, para preencher a programação, travada em algum ginásio perdido, uma dessas em que dois mortos de fome se enfrentam para trocar pancada sem piedade nem técnica. É uma luta pelo título mundial, além disso é uma luta entre dois pesos pesados. Porque entre dois pesos-moscas, entre dois pesos-penas, seria concebível um voo daqueles: por alguma razão esses pesos têm o nome que têm. Mas a mesma coisa entre dois pesos pesados é extremamente improvável, pouco menos que impossível. E mesmo assim está acontecendo.

Por isso mister Gallagher sabe bem: ficará para sempre na história. Esse tempo magno, o dos anos, o das décadas, mister

Gallagher calibra com acerto. Mas o tempo da minúcia, o do que é mais palpável neste momento, não obstante, ou por isso mesmo, fatalmente lhe escapa.

Menina ainda, chamavam-na Quelita. Que eu saiba, nunca a haviam chamado de Raquel. Quelita e, para repreendê-la, Quela, que é como alguns a chamariam depois de grande. Partira de Trelew levada pela mãe quando tinha pouco mais de três anos. Eu não me lembrava dela na época, ainda não havia entrado no jornal, só conhecia Ledesma de vista, do jeito que se conhece todo mundo. Não me lembrava da menina com aquela idade, vai ver nem cheguei a cruzar com ela se for verdade que, como dizem, os pais quase nunca saíam com ela. Verani se lembrava. Justamente. Verani brincava de cavalinho com ela, sacudindo-a com as pernas ou fingindo que ia deixá-la cair e segurando-a no último momento, isso na época em que Quelita mal falava.

Depois aconteceu o que os amigos de Ledesma chamavam de *ex abrupto*. As pessoas mais calmas às vezes também perdem a calma, e nesses casos costumam ser mais assustadoras que os que têm o hábito de perdê-la. Seja como for, parece que Ledesma secretamente mantinha um caderno de anotações sobre a vida passada de sua mulher; a mera existência desse caderno era um escândalo e dava a entender que alguma coisa não funcionava muito bem na cabeça de Ledesma. Eram anotações que ninguém nunca leu, e que alguns dizem que na verdade nunca existiram, sobre os anos e as coisas que haviam acontecido antes de os dois se conhecerem. O que dizer, então, quando foram contar a Ledesma umas histórias daquela época: o que se poderia esperar! Nas cidades pequenas sempre circulam histórias, cada um decide se acredita ou não nelas. Ledesma acreditou.

Ele nunca falava desse assunto. Talvez com alguém de mais confiança. É provável que o tenha mencionado à irmã, os dois sozinhos, só isso. Ledesma nunca falava desse assunto. Em certa ocasião parece que houve alguém, algum indiscreto, que se permitiu uma alusão ao caso em sua presença. Ele escutou com ar ausente, como se estivessem lhe falando de outra pessoa. Estava dando corda no Seiko e acertando a hora, inclinou-se para a janela (estavam, claro, no bar do Touring) para consultar o relógio da torre do Banco Nación. Disse apenas: São coisas que acontecem. Disse bem baixinho, sem a intenção de que o ouvissem.

Agora, oito anos depois, Quelita fazia os deveres da escola numa das mesas do bar, onde podia espalhar suas coisas. Todas as tardes o pai pedia para ela leite bem quente com um pedaço de chocolate dentro, sem considerar que os dias mais frios do ano já haviam passado. Com a desculpa de esperar que o chocolate derretesse, a menina deixava o leite esfriar.

Verani se aproximou entusiasmado, acabara de falar ao telefone. Tinha novidades de Buenos Aires, Valentinis estava se mexendo. O morto do City Hotel era estrangeiro. A novidade era essa. Para Verani, a informação parecia reveladora, não quanto à morte propriamente dita, que é o destino de um estrangeiro tanto quanto de um compatriota, mas quanto à maneira como as coisas se diluíram depois. Eu também achava mais razoável que a morte de um estrangeiro, de um homem que morre num lugar ao qual não pertence, pudesse se diluir mais facilmente no nada. Aquele que morre no meio de suas coisas, no meio de sua gente, fica cercado por suas próprias pegadas e ao morrer não pode deixar de continuar deixando pegadas. Porém aquele que morre em outro lugar, como estrangeiro, já está desvinculado do lugar e nesse caso sua morte também pode ficar desvinculada.

Um estrangeiro é um homem solto. Foi o que eu disse. Um estrangeiro é um homem solto. Sua morte, caso morra como estrangeiro, é igualmente um fato solto. A notícia desse fato pode muito bem ficar solta. Verani concordou. Ledesma discordou.

Verani e Ledesma se conheciam havia mais de dez anos, mas se tratavam por "senhor".

O deserto aumenta o céu. A montanha não, nem o mar. A montanha se sobrepõe a ele e o interrompe, o mar compete com ele. O deserto, um deserto como este, que nem areia tem, que nem grama tem, este nada que agora olho por hábito e por inércia faz do céu uma coisa maior. Para piorar ou para melhorar as coisas, hoje não se vê uma única nuvem lá em cima. Puro céu, daqui e até sempre, e em algum lugar um avião, é o que há.

Alguém poderia dizer que com a vista tão aberta deveria ser possível distinguir o avião de longe. Não obstante, não é isso o que acontece. Num céu tão grande, tão extenso, o pormenor que é um avião em pleno voo se perde mais facilmente. Olhamos e não percebemos nada. Mesmo que a pessoa saiba, como eu sei, que o avião chegará por aquele lado e não por aquele outro, porque vem de Buenos Aires e não de Ushuaia ou de Comodoro, e com isso possa orientar-se e esperá-lo, não consegue vê-lo de longe.

São dez da manhã.

A chegada é anunciada para as dez e dezessete. Pode parecer despropositado programar um fato futuro com tanta precisão, mas é verdade que voos desse tipo, sem escalas e que portanto têm a margem de eventualidades reduzida, não costumam atrasar. Às vezes, inclusive, há voos que se adiantam um pouco, se acontece por exemplo de o céu estar muito limpo ou de o vento soprar a favor. Às vezes eles chegam pontualmente, no momento exato do minuto anunciado, e existe nisso algo semelhante a uma profecia que se realiza.

Por fim se vê o avião, não tão longe ("Sua atenção por favor"), dá a impressão de ter aparecido de súbito e não de ter se aproximado aos poucos. De fato, quando afinal o avisto já se encontra relativamente próximo, como se pudesse ter resistido a deixar-se ver de longe. Durante um longo tempo não era possível vê-lo, durante todo o tempo não foi visto, e de repente aparece ("Sua atenção por favor").

Quando aterrissa, mais flutua do que voa. É difícil admitir que não cessou de avançar em alta velocidade, porque não é o que parece à primeira vista ("Aerolíneas Argentinas anuncia a chegada de seu voo 1814, procedente da cidade de Buenos Aires"). À primeira vista parece suspenso e até imóvel. Mas se aproxima. Se deixarmos passar alguns instantes com o olhar fixo no brilho do sol sobre as asas cinzentas, percebemos que se aproxima ("Os senhores passageiros desembarcarão pelo portão seis").

O ruído dos motores chega depois, quando já se vê o detalhe das letras ou dos contornos em dois tons de azul do avião. É então que percebemos que o silêncio aumentava o efeito de uma suspensão no ar. Agora que se escuta o assobio do aparelho em pleno voo, o movimento e a velocidade são evidentes. A fumaça branca da fricção de borracha e asfalto indica o momento em que o avião toca o solo.

Depois há um longo taxiamento, o arquejo dos motores, o percurso até a lateral da pista, e por fim ele se detém. O avião fica diante do janelão de onde o fito, muito perto. Pouco depois já há um caminhão da YPF parado ao lado dele e um carrinho com um engradado para transportar as bagagens, e as duas escadas brancas rodando na direção das portas.

Lentos, perscrutadores, como se acabassem de despertar de um sono insuficiente, os passageiros começam a desembarcar. As escadas de metal exigem algum cuidado, porque o vento as faz oscilar um pouco e porque toda a sua trama é coberta de orifícios: todos olham cada degrau onde estão pondo o pé. Depois é preciso andar uns cinquenta metros pela pista, do avião até o prédio do aeroporto. Vão em fila e eu os observo.

Presto atenção numa mulher loura de cabelo liso, porque pressinto que seus olhos são escuros e que se sorrisse (não sorri) os contornos de sua face se destacariam de determinada maneira. Penso que sei como se chama, que sei quem ela é. Aproxima-se pouco a pouco com uma sacola azul na mão. Depois, porém, vejo outra, que sai por outra porta, pela dianteira, e comparando as duas verifico que havia cometido um engano com a primeira. Não é tão fácil concluir de que maneira uma menina de onze anos terá podido se transformar numa mulher de vinte e oito. É preciso prestar atenção no tipo de coisa que nunca desaparece.

Anda de olhos baixos (é compreensível: vem para um enterro) e embora o casaco que está vestindo seja evidentemente muito leve, não demonstra sentir frio nem incomodar-se com o vento. Não sabe quem eu sou. Não tem como reconhecer-me nem como se lembrar de mim. Eu poderia lhe dizer meu nome, que para ela não significaria nada. Poderia contar-lhe quem eu sou, qual era o meu trabalho, e tampouco isso teria significado para ela.

Em compensação, sei que ela se chama Raquel Ledesma, que a chamam de Quela, que nasceu em Trelew, Chubut, em 1962, no mesmo mês em que Frondizi caiu; que quando tinha três anos, ou seja, em 1965, algo de muito grave aconteceu entre seu pai e sua mãe, suficientemente grave para que a mãe resolvesse partir para Buenos Aires, levando-a consigo; que oito anos depois, ou seja, em 1973, a mãe morreu de câncer e que, ao saber que isso ia acontecer em pouco tempo, determinou que, apesar de tudo, a filha deveria voltar para junto do pai e o pai cuidar dela; que voltou para Trelew em 1973, com onze anos, depois de oito sem ver o pai, enquanto a mãe morria na capital; que voltou para ficar para sempre, como se diz, construindo sua vida naquela cidade que na época estava prosperando; que apesar disso acontecera alguma coisa, grave, mais uma vez, e o que deveria ser uma volta prolongada não durou mais que algumas semanas; que seu pai resolveu devolvê-la a Buenos Aires para que vivesse com os avós, os pais da mãe, os quais, aliás, com a neta tão próxima, encontrariam mais consolo para a perda da filha; que nos anos seguintes pai e filha se encontraram a intervalos, sendo sempre ele o que viajava para Buenos Aires e nunca ela para Trelew, ou melhor, para Gaiman, para onde o pai se mudara; que o tempo passou até chegar ao presente, a esta manhã tão clara, ou um pouco antes, a um passado muito próximo, até a tarde de ontem; que na tarde de ontem morreu Ledesma, o pai, também de câncer, só que com uma agonia mais prolongada por ter mais idade; que ela vem ao enterro, que será celebrado agora, dentro de uma hora, para falar a verdade, no cemitério velho da cidade de Trelew, onde sem dúvida estará Verani, onde estarão todos, os amigos, os conhecidos, os de antes e os de agora, onde estarão todos menos eu, que estou partindo, que já vou partir.

Raquel Ledesma passa muito perto da janela. Pago e me levanto ("Sua atenção por favor. Aerolíneas Argentinas anuncia o embarque para o voo 1817, com destino ao aeroparque Jorge Newbery da cidade de Buenos Aires"), não quero cruzar com ela.

Quatro

Ledesma estava perfeitamente convencido de que, Verani por falta de habilidade e eu por inexperiência, estávamos equivocados. O fato de que o morto fosse estrangeiro para ele não significava nada. Raciocinando um pouco, que outra coisa esperar de alguém de passagem num hotel de Buenos Aires? Não havia tantas circunstâncias que justificassem que o hóspede fosse portenho. Assim, as possibilidades mais condizentes eram ou bem um viajante do interior, ou bem um estrangeiro. É o tipo de gente que se costuma encontrar no hotel de uma cidade: pessoas que não são da cidade. Não se referia, claro, aos hotéis familiares dos bairros afastados, das pensões, desse tipo de lugar onde não faltam desesperados ou indivíduos que perderam tudo. Ledesma falava com fartura de gestos, afinal de contas também estávamos num hotel, no café de um hotel, o mais antigo e tradicional da cidade.

O City Hotel de Buenos Aires ficava, e fica, em pleno centro, a uma quadra da Plaza de Mayo, da Câmara Municipal, da Catedral, da Casa do Governo: localização ideal para um turista. Para os que vinham da província, outro bom motivo se somava aos anteriores: a proximidade do moderníssimo trem que passava por baixo da terra. Era o primeiro da América Latina e ia até a praça Miserere. Para esses, bem como para quem viesse de fora do país, também contava a proximidade dos sepulcros dos dois heróis nacionais mais notórios: um para o lado da praça, numa das laterais da nave da igreja principal; o outro para o lado oposto, no pátio de entrada de outra igreja, ao ar livre.

Não havia em tudo aquilo nada de extraordinário, dizia Ledesma, e tinha razão. Tudo era previsível. O que ele não admitia, porém, ou não queria admitir, era que toda aquela previsibilidade fosse um requisito necessário para que o imprevisível pudesse acontecer. Porque, com efeito, um estrangeiro num hotel central era a coisa mais fácil de se esperar. Muito mais intrigante, justamente, era perguntar-se de que maneira alguém podia passar dessa normalidade à morte abrupta, ser morto ou se matar; como fora possível que aquela rotina se transformasse na decisão de dar um nó num cinto e utilizá-lo no ferro para que outro morresse ou para que ele próprio morresse.

Ledesma dava de ombros.

Não olhava para fora.

O mundo se altera com as pernas tão elevadas. As pernas são a base, o princípio do equilíbrio, o que define a excelência e o estilo de luta do boxeador. Os pesados são mais lentos, justamente por serem pesados, mas nem por isso as pernas deixam de ser o princípio dinâmico do boxe. Os que não sabem pensam que tudo é mãos, soco vai, soco vem, mão e rosto e nada mais. O que sabe olha os pés, olha as pernas, o ir e vir, o saltitar, a flexão entre ponta de bota e tornozelo, nunca jamais os dois pés paralelos, retos os joelhos nunca jamais. O que sabe entende que as pernas são a base e o princípio dinâmico do boxe. E Dempsey tem, agora, as pernas para cima. Trata-se, literalmente, do mundo de pernas para o ar, porque o puseram, literalmente, de pernas para o ar. Viraram-no, literalmente. No começo a coisa toda lhe parece difícil de entender, como costuma acontecer quando as metáforas se materializam: crueza demais, realidade demais. No início Dempsey não entende por que está de pernas para cima, por isso ensaia aquele brevíssimo agitar de pés e botas com que imita os ciclistas. Está procurando o chão. Deveria encontrá-lo, com as pernas, se caísse dignamente, e com as costas, se desmoronasse. Não acontece nenhuma das duas coisas. Nas sestas da infância, retirava da nuca o travesseiro de penas onde gostava de afundar. Depois de amassá-lo laboriosamente com as mãos, colocava-o debaixo dos pés. Eram conselhos da mãe para melhorar a circulação sanguínea. Daquelas tardes para cá, passaram-se mais de vinte anos, toda uma vida, toda a sua vida. Num segundo recupera, por baixo da rajada de uma lembrança esboçada, aquela remota sensação da infância: os pés mais altos que a cabeça. É assim também que treina na rotina do ginásio, exigindo com a postura o rendimento do esforço abdominal. Mas lá, posicionado na borda de uma superfície reta, o torso em declive para trás, conta com a ajuda de Jack Doc Kearns. Ele o segura pelos pés e lhe dá condições de fazer uma alavanca. Não é a ele que tenta encontrar, de certa maneira, com suas pedaladas fugazes e inúteis? Porque o que acontece agora tem certa semelhança com aquela esmerada sequência de exercícios, com a diferença de que debaixo das costas não há nada e não há ninguém firmando seus pés. No rosto, as luzes. Os potentes refletores do estádio Polo Grounds continuam caindo em borbotões brancos sobre o ringue, mas além disso agora caem sobre seus olhos. Vê as luzes e fica ofuscado. Fica ofuscado e aperta as pálpebras. Esse gesto, que adota tão somente devido ao enceguecimento, concede-lhe porém a aparência da dor.

* * *

Fora, embaixo, tudo continua igual: é tudo um mesmo clarão monótono. Pouco depois de decolar, aí, sim, algumas coisas saltam à vista e se destacam: primeiro aquela curva que é Madryn, triste como todos os portos; depois a península Valdés, de contorno tão nítido que aquele que olha reconhece o desenho do mapa e se permite acreditar que mapas e realidade possam chegar a assemelhar-se. Mas depois, em parte por voar mais alto, em parte por afastar-se mais do litoral, por cima do mar, tudo se torna uma mesma indefinição, às vezes azul-clara, às vezes branca.

A brevidade da escala em Trelew (descer, subir, abastecer e voltar para o ar) faz com que a limpeza interna do avião dificilmente ultrapasse o superficial. Quem viaja sempre precisa sentir que é o primeiro a ocupar aquele assento, a utilizar aquela mesa ou a girar o foco do ar oxigenado, quem viaja precisa sentir que nunca ninguém esteve naquele lugar onde ele está. Mas aqui ficaram rastros excessivos de quem acaba de voar de Buenos Aires para Trelew nesse assento. Assim, viajo com a sensação dessa presença recente. Só me resta imaginar que se trate da filha de Ledesma e que estou ocupando o mesmo lugar que ela acaba de ocupar. Toco as coisas (a proteção da janela, o botão da luz, a tampa do que foi um cinzeiro, a fivela do cinto de segurança) para pensar que ela acaba de tocá-las. Lembro-a um instante atrás, avançando pesarosa pela pista do aeroporto. Lembro-a em seguida dezessete anos atrás, fazendo os deveres numa pequena mesa do bar do Touring ou passando o tempo no cabeleireiro do hotel, na lateral do corredor sombrio que leva aos toaletes.

São onze da manhã. A esta hora já devem ter terminado de retirar as sucessivas pazadas de terra áspera. A esta hora o enterro de Ledesma deve estar começando. Aqueles dois rapazes magros, sempre distraídos, talvez um pouco bobos, que costumam se encarregar da rotina excessivamente rotineira de cavar e descavar, devem estar um pouco suados. Cultivam uma expressão indolente, que talvez se deva a suas poucas luzes, e que é mais que adequada ao trabalho que fazem. Nunca se agasalham com mais que um pulôver puído, independentemente do frio que estiver fazendo, e sempre suam um pouco. No verão andam com um pedaço de pano que passam pela testa, sujando-a.

Quando acabam de retirar a terra, se afastam. É o que devem estar fazendo agora. Então chega o momento mais doloroso, ou um dos mais dolorosos: o de posicionar as cordas para deslizar o caixão para a fossa. Neste exato instante, devem estar baixando o caixão, fazendo um esforço homogêneo para que o caixão não vire e não entorte. Alguém soltará um soluço contido. Depois vão retirar as cordas, já inúteis, aplicando um ou dois puxões que não têm como não ser bruscos. Agora o morto já deve estar na terra, como tem de ser. E terá início o longo processo, que com o tempo haverá de completar-se, de que a ideia de que é realmente Ledesma quem está ali dentro, ali embaixo, se torne irreal. Os primeiros punhados de terra começam a cair agora. Jogam-nos, com a mão, os familiares, os entes queridos. A terra se choca com a madeira, fazendo um barulho ingrato. Quando se pensa que lá dentro está o Ledesma, surge uma sensação dolorosa de abandono. Tomara que isso não esteja acontecendo com Quela. Tomara que Quela, que agora tira um lenço da bolsa, seca as lágrimas dos olhos, sacode o pó dos dedos, esteja entendendo que aquele que está lá embaixo foi o Ledesma, mas agora não é mais.

Os dois rapazes voltam à tarefa como se voltassem à vida ou à consciência. Por um momento ficaram à margem de tudo, esquecidos e esquecendo. Agora vão se aproximar outra vez, de pá na mão, prontos para desmanchar o que fizeram pouco antes, tampar o buraco, devolver a terra à terra. Como há pouco a terra caía em porções escassas, jogada com as mãos, e agora cai com fartura das pás e sob o ritmo intenso de um bracejar constante, a impressão que se tem é de que tudo se acelera. Alguns, ou todos, devem estar pensando que é melhor assim. Que a coisa acabe de uma vez. Essa é a finalidade dos ritos parcimoniosos, a procissão, a despedida, o rosto entre as mãos, do pó viemos e para o pó voltaremos. Agora só falta cobrir a fossa, completá-la, aplainá-la depois sem que pareça um pisoteio, dissimular a aparência da terra removida, dissimular o fato de que agora sobra terra, sobra a diferença entre a terra que retiraram antes e a que agora devolvem, e que decorre, evidentemente, de que antes Ledesma não estava lá e agora está.

Os que têm fé vão se persignar e murmurar algum tipo de oração. Para eles neste momento Ledesma está indo para o céu. Eu estou realmente no céu e me dou conta de que essa crença é falsa. Completamente falsa. Estou no céu e no céu não existe nada. Ledesma morreu. Está sendo enterrado. Neste momento devem estar terminando de enterrá-lo. Raquel, a filha, olhará tudo, perto de sua tia, ou de seus primos, no centro da cena. Verani, que eu sei que foi, terá sabido ser discreto e manter-se de lado, valendo-se da tristeza para nunca ter de levantar os olhos.

— O senhor sabe como era o apelido do Firpo?

— Lógico que sei, Ledesma, com quem o senhor acha que está falando? O apelido dele era El Toro.

— Não era só El Toro.

— O apelido era El Toro, como é que eu não ia saber? Porque ele era grande e forte como um touro, um homem capaz de arremeter.

— É mesmo, o apelido era esse, isso eu não discuto, mas Justo Suárez também era chamado de El Toro, ou melhor, de El Torito.

— Torito, isso. El Torito de Mataderos.

— Claro, Verani, exatamente: El Torito de Mataderos. Dá para perceber que o senhor leu o conto do Cortázar.

— Quem é que não conhece Justo Suárez, o Torito de Mataderos? Que tempos, Ledesma, não é mesmo?

— É.

— Que tempos. Justo Suárez: Torito de Mataderos.

— É por isso que lhe digo, Verani, essa história do Firpo, do Luis Ángel Firpo. O apelido dele não era só El Toro, porque El Toro, ou El Torito, também podia ser o outro, o que ficou com o diminutivo porque era de outro calibre. Firpo era duas ou três cabeças mais alto que ele, saiu uma foto no *El Gráfico* em que aparecem os dois, o Firpo e o Suárez, eles estão se apertando as mãos, um dia desses me lembre para que eu lhe mostre.

— Que encontro, hem? Como se hoje em dia reuníssemos Bonavena e Monzón. Uma coisa assim.

— Claro. Mas a esse outro caso o senhor precisa acrescentar o peso da história, Verani. O peso da história. Anos vinte, Verani, o senhor sabe o que este país prometia? Alvear não precisava nem se mexer, o país crescia sozinho.

— Uma maravilha.

— E agora, veja só que esculhambação. Às vezes não aguento de dor de cabeça.

— Chamavam Firpo de El Toro Salvaje.

— El Toro Salvaje, claro. Puxa, que apelido!

— Só de ouvir já dá medo.

— E o que o senhor acha?

— Uma barbaridade.

— Mas não se esqueça de que Jake La Motta também seria apelidado de Toro Salvaje.

— Toro Salvaje.

— É, Toro Salvaje.

— Como o Firpo.

— Bom, na realidade não. Como o Firpo, não. É isso, justamente, que estou tentando lhe dizer. Como o Firpo, não. Porque Firpo não era chamado só de El Toro, não era chamado só de El Toro Salvaje. Era chamado de El Toro Salvaje de las Pampas.

— E é a mim que o senhor vem dizer isso? Com quem o senhor acha que está falando, Ledesma? El Toro Salvaje de las Pampas. Só de ouvir isso já dá medo.

— El Torito de Mataderos também dá. O senhor, que leu o conto do Cortázar, sabe muito bem. De Mataderos, ainda por cima, o senhor imagina aquele bairro, a morte, o gado; me lembra o conto de Esteban Echeverría.

— O incrível é que nenhum dos dois foi campeão do mundo. Enquanto o Monzón, esse, sim, chegou. E o Bonavena, tenho certeza absoluta de que ainda vai chegar.

— Deus queira. Passe lá em casa um dia desses que lhe mostro a foto. Aparecem os dois: o Firpo e o Justo Suárez.

— El Toro e El Torito.

— Que dupla, não é mesmo? O Firpo era muito mais alto, e além disso mais velho. Por isso o outro ficou com o diminutivo. De todo modo, quem ouve alguém falar em Torito de Mataderos treme.

— Quem não se arrepia quando ouve um nome desses?

— Claro que é pior quando alguém fala em El Toro Salvaje de las Pampas. Primeiro porque não tem diminutivo. Depois porque tem o Salvaje. E finalmente porque entra o pampa, Verani, que era o lugar da barbárie.

— Era um nome muito argentino.

— É verdade, ali tem de tudo. "O matadouro" de Echeverría, unitários e federais, o *Facundo* de Sarmiento. Tem de tudo.

— Que patriota terá inventado um nome desses?

— Como assim, que patriota?

— Claro. El Toro Salvaje de las Pampas.

— E patriota por quê?

— O que o senhor acha, Ledesma? El Toro Salvaje de las Pampas. Dos pampas! Nesse nome há mais pátria que na bandeira nacional.

— O senhor acha?

— Claro, homem. Mais pátria que no escudo.

— Olhe que no boxe essas coisas são muito utilizadas para a promoção das lutas. No fundo se trata de um negócio. Um negócio e nada mais.

— E a venda de discos por acaso não é um negócio?

— O que estou querendo destacar é que esse tipo de apelido é inventado com fins puramente publicitários.

— O que não impede que esse, especificamente, tenha muita pátria: El Toro Salvaje de las Pampas. Quem será que inventou?

— O senhor quer mesmo saber? Foi o Damon Ruyon.

— Quem?

— O Damon Ruyon.

— Fale mais devagar.

— Damon Ruyon.

— Gringo?

— O que o senhor acha?

— Um gringo?

— Um jovem jornalista do *New York Tribune*. Amigo do Dempsey, para ser mais exato.

— Não encha o saco, Ledesma. O senhor é que inventa essas coisas só pelo prazer de me irritar.

— Não diga isso, Verani, que o senhor sabe que tenho muito apreço pelo senhor. Se não acredita, dê uma passadinha lá em casa que lhe mostro o exemplar do *El Gráfico* onde consta tudo isso que eu estou lhe dizendo. E de quebra o senhor ainda vê a foto do Firpo e do Suárez se cumprimentando.

— El Toro Salvaje de las Pampas foi inventado por um gringo?

— É, o Damon Ruyon. Um jovem jornalista do *New York Tribune*.

— Não acredito.

— E o que o senhor queria, Verani? Que tivesse sido inventado por um gaúcho? Ora, nossos gaúchos sabem muito bem que os touros do pampa são mais mansos que água estagnada.

— Inventado por um gringo...

— Por um gringo, isso. Que dá para perceber que confundiu os touros do pampa com os búfalos do oeste da Califórnia.

Havia três versões do episódio. As três eram contadas em Trelew com o mesmo grau de certeza ou incerteza. De acordo com a primeira versão, Ledesma nunca pretendera disparar: simplesmente empunhara o revólver e o apontara para a mulher ao ficar sabendo ou desconfiar que era verdade que ela frequentava a casa do bairro de Malvinas, e que para ela essa ameaça fora suficiente para que se mudasse para Buenos Aires com a menina, que na época estava com três anos, e nunca mais voltar.

De acordo com a segunda versão, Ledesma pretendia, sim, disparar, chegara a apertar o gatilho, e por uma dessas coisas da ferrugem e da sorte o tiro não saíra. Para a mulher não fez diferença o disparo não ter existido, quem sabe foi até pior. Faltando o tiro, faltava um desenlace, e essa era uma falta que ela não conseguia suportar. Por isso, de alguma maneira, e também para proteger Quelita, partira de Trelew.

De acordo com a terceira versão, houvera, sim, um tiro, e esse tiro a atingira num ombro. Um pouco mais para o lado e poderia ter acabado com o rosto dela, um pouco mais para baixo e poderia ter feito um rombo em seu peito. Por ter má pontaria, ou por ter uma pontaria especialmente boa, Ledesma acertara no ombro da mulher. Ela preferira não fazer nenhuma denúncia à polícia. Esperara que a ferida curasse e depois de recuperada mudou-se com a filha para a capital. Os que chegaram a vê-la disseram que havia ficado bem, a não ser por uma dorzinha que aparecia principalmente nos dias de muita umidade. Disseram também que fora por pena ou por exaustão que ela não fizera os trâmites na delegacia.

Durante anos ela não quis nem ouvir falar em Ledesma, e de fato ao longo desse período os dois nunca se falaram. Mas depois de oito anos ela escrevera uma carta a ele. Em poucas linhas lhe transmitia a má notícia que havia recebido dos médicos, frios como só eles sabem ser. Já estava morrendo. E sentiu que a filha, apesar de tudo, deveria ficar com o pai.

O que acontece com um homem do olhar, quando de repente cessa de ver? Qualquer um, na mesma situação, perde o centro e se perde. Só que ele mais. Porque para ele de pouco adianta não deixar de escutar com nitidez ou preservar seu sentido do equilíbrio e a consciência palpável de seu corpo. Donald Mitchell precisa ver. Enquanto puder ver manobra o mundo, mas se por algum motivo deixa de ver se anula no mundo. E agora ele não vê nada. Olhava, e ainda olha, pelo visor de sua câmera fotográfica, que é quase a extensão de seu próprio olho. Uma extensão natural de seu próprio olho, assim como a luva é, para o boxeador, uma extensão natural do punho cerrado e posicionado para o trompaço eficaz. O visor da máquina enquadra para ele as cenas da vida, organiza-as e lhes dá sentido. Agora estava vendo a queda terrível do campeão do mundo dos pesos pesados, Jack Dempsey, que descuidara da guarda baixando o braço esquerdo e assim permitira que por ali se infiltrasse um direitaço do desafiante transformado em Fênix. Via-o e se preparava para fotografá-lo (tomadas demais para um único round, é verdade; mas como parar de apertar o disparador quando a realidade se torna generosamente fotografável de um modo tão continuado?). O dedo fica, porém, imóvel sobre o disparador, porque de repente Donald Mitchell nada vê. Nada: tudo é negror. Sombras, negror, nada de nada, escuridão. Teme, acima de tudo, que sua máquina fotográfica tenha quebrado. É compreensível que seja isso o que em princípio mais o preocupa; afinal de contas, para obter aquela máquina sacrificou sem vacilar a família e a honra. Talvez, pensa, teme, alguma coisa ruim tenha acontecido entre as placas e as lentes. Mortifica-o pensar nisso tanto como pensar que alguma coisa pode estar errada com seus olhos. Se a máquina estragou, sua carreira está encerrada, e sua vida também. Idem se o problema for com sua visão, mas não pensa em sua visão. Pensa na máquina. Talvez algum dia o fascínio dos avanços tecnológicos consiga se libertar do medo de que o aparelho estrague. No momento não. Por enquanto não. Ainda perdura a impressão de que há algo da ordem do milagre no motor do carro que arranca depois que engatamos a marcha, no avião que sobe para o céu e se afasta, no aparelho de luz que captura uma cena e a reproduz, na pua de metal que aplicada a uma placa dela extrai uma voz. E tudo isso pode falhar, ainda parece incrível que em cada ocasião não falhe e funcione. É o que ocorre com Donald Mitchell em relação a sua máquina de tirar fotografias, que agora parece estar danificada porque de repente se tornou incapaz de fazer ver a realidade e só mostra ao olho uma mancha escura e imóvel. Em breve será revelado que a realidade é que se danificou, em rara desintegração, que o que escurece e fica imóvel é a realidade. A máquina de tirar fotografias ostentada por Donald Mitchell funciona corretamente, e seus olhos também.

— Imagine por um segundinho que pudéssemos trazer aqueles dois mastodontes até aqui.

— Nem sonhe, Ledesma. Pode até ser que daqui de Trelew saia algum boxeador, mas vir até aqui, garanto que não vem nenhum.

— Mas não estou dizendo para eles virem até Trelew, até o Touring, onde nós estamos; estou lhe dizendo para imaginar como seria se a gente conseguisse trazê-los até nossa presença para vê-los de perto.

— Para mim seria uma grande emoção.

— É o que eu imaginava.

— Acho até que eu derramaria algumas lágrimas.

— É o que eu imaginava. Se a gente observa os dois de perto, o que vê? Dois mastodontes.

— Dois armários.

— E então. Dois mastodontes. Pior que o jogador de basquete. Porque o jogador de basquete mede mais de dois metros, parece um obelisco, uma girafa. Claro que impressiona, não digo que não: o cara é um animal. Mas um animal estilizado.

— Ele estica de tanto se espichar pra chegar à cesta; é como o pescoço da girafa com os galhos das árvores.

— Uma coisa desse tipo.

— A natureza é sábia.

— É lógico, Verani, como não ia ser sábia. Faça um esforço, imagine o que são dois boxeadores de peso pesado, a categoria máxima.

— Por alguma razão eles são chamados de peso completo.

— Claro, peso completo. Mais não dá para ser. O senhor olha para eles e o que vê? Dois mastodontes. Uma coisa impressionante de músculo e fibra. A nuca, Verani, a nuca: uma coisa deste tamanho. Nem o senhor, que tem mãos grandes, acho que consegue fazer a volta naquelas nucas. Puro músculo e pura fibra. E as costas, é incrível como se abrem. É preciso abrir os braços para rodeá-las. Pode ser que nem se consiga chegar ao peito, abraçando de trás. Nem abrindo os braços se consegue, de modo que imagine só. E experimente espetar um dedo na barriga deles. Experimente, experimente, Verani, experimente e depois me conte. Experimente espetar um dedo na barriga deles. O senhor, que tem esses dedos fortes. Sabe o quê? O dedo não afunda. Espete o dedo e faça bastante força, Verani, que o dedo não afunda. Com isso já estou lhe dizendo tudo. É como encostar numa parede, mas numa parede feita de músculo.

— Muito exercício no ginásio.

— Deve ser isso.

— Pau e pau na corda e no saco de areia, todos os dias.

— Imagine eles aparecerem aqui: o Firpo e o Dempsey.

— Nem me fale. Juro que eu me emocionava.

— A gente olha e vê os dois grandões daquele jeito, fortes, e pode ser que olhando ache que são iguais.

— Iguais como? Parecidos?

— Iguais de peso, quero dizer. Um homenzarrão daqueles, Verani, vai ver que olhando e comparando se tenha a impressão de que os dois são iguais.

— Dois armários.

— Isso. Mas lembre-se de que em matéria de peso Firpo levava uma boa vantagem sobre Dempsey.

— Ah, é?

— Claro, Verani. Não se esqueça disso na hora de escrever a matéria sobre a luta, porque esse é um dado relevante. O Firpo pesou noventa e oito quilos na balança.

— Noventa e oito?

— É.

— E o Dempsey?

— O Dempsey, oitenta e sete.

— É uma bela diferença.

— É só fazer a conta: onze quilos.

— Ainda mais entre boxeadores.

— Lógico. Porque em matéria de idade estavam na mesma. Imagino que o senhor já tenha verificado no arquivo. Firpo tinha vinte e sete anos. E Dempsey vinte e oito.

— Quase a mesma idade.

— É, quase a mesma. Os dois haviam nascido no final do século XIX. Em 1923, que foi quando eles se enfrentaram, já eram dois homens maduros.

— Maduros como?

— Maduros, Verani. Já não eram crianças.

— Mas ontem o senhor estava dizendo que com vinte e oito anos a pessoa está mal começando.

— Ontem, ontem. Verani: ontem é ontem, e hoje é hoje. Estamos falando de coisas diferentes. Não insista em comparar o que não tem comparação. Uma coisa é a maturidade artística de um compositor e outra, muito diferente, o desenvolvimento do corpo de um esportista que primeiro é um jovem e depois vira homem.

— Vinte e sete, vinte e oito. Bela idade.

— O Roque que o diga, ele que ainda não chegou lá.

— O Roque que o diga.

— Em matéria de idade, os dois estavam na mesma, mas de peso não. O Firpo tinha vários quilos a mais.

— Onze, o senhor disse?

— É, onze, foi o que eu disse. Noventa e oito menos oitenta e sete. Isso necessariamente fez do Firpo um boxeador mais lento. E o Dempsey deve ter estado mais rápido.

— Em matéria de pesado com mobilidade, só o Cassius Clay.

— Claro, Verani, mas o senhor está pulando para os tempos modernos e eu estou lhe falando de história. Na história estão os fatos que sobrevivem ao esquecimento: o fato de que o Firpo jogou o Dempsey para fora do ringue. Esse mesmo peso que tornava o Firpo mais lento quando ele se movia pelo quadrilátero, na hora do nocaute lhe dava mais potência. Porque o senhor sabe, sabe melhor do que eu, o grande Frascara, o grande Borocotó já diziam isso.* O boxeador não bate apenas com a mão nem com a força dos braços. O boxeador atinge com toda a potência de sua massa corporal arremessada para diante. E é aí que a gente pensa no físico gigante de um Ángel Firpo e se impressiona. É como se uma locomotiva fosse para cima do cara.

— Claro que depois quem ganhou a luta foi o outro.

— O outro?

— A luta, estou dizendo. Quem ganhou foi o Dempsey.

— O Dempsey, isso. O Jack Dempsey.

— Pense só: que potência a do gringo, hem? Sendo o menorzinho. Derrubar o grandão.

— E mesmo assim ele conseguiu.

— Mas não tirou o outro do ringue, como o argentino.

— É, do ringue ele não tirou.

— Do ringue não tirou.

— Mas ganhou a luta.

— Eu sei que ele ganhou, Ledesma, logo para mim o senhor vem dizer isso? Se é justamente o que estou lhe dizendo. Ele era mais velho, se bem que só um pouco mais velho, pesava menos, e levou tamanho bofete que voou para fora do ringue. Mas ganhar, ganhar mesmo, quem ganhou a luta foi ele. Essa é a injustiça, Ledesma, pelo menos na minha opinião.

* Félix Daniel Frascara e Ricardo Lorenzo Rodríguez, conhecido como Borocotó: jornalistas que trabalharam na revista argentina *El Gráfico*. (N. T.)

* * *

Será verdade que ao fim e ao cabo um juiz de boxe é um boxeador frustrado, da mesma maneira como dizem, por exemplo, que um crítico de arte é um artista frustrado? Também ele permanece no limiar, ou no contorno, do que teria gostado de ser, sancionando e legislando. Há quem se incline a estabelecer essa analogia, assim como a norma que a possibilita.

É verdade que Jack Gallagher quando jovem praticou boxe. Comparecia, compenetrado, a um ginásio de seu bairro em Queens, onde por horas a fio ensaiava fintas diante de sua própria sombra na parede, aplicava pancadas num saco pendurado que mal se abalava e também subia, todo importante, ao ringue para trocar murros com algum outro que achasse a mesma graça na coisa.

Dificilmente alguém considerou que ele tivesse condições ou futuro, mas as ilusões costumam desenvolver-se por conta própria, pouco ligando para os dados que o mundo proporciona. A maioria repele, por outro lado, manifestações de desalento, preferindo que outro, ou ninguém, as pronuncie. Desse modo é compreensível que durante algum tempo Jack Gallagher pretendesse tornar-se boxeador. Ele era mirrado demais, sem graça e, para completar, um pouco cambaio para ter a esperança de poder descortinar algum amanhã na arte de esmurrar sem ser esmurrado. Mas precisou beijar a lona, que é como se diz no meio do boxe, reiteradamente para entender que o melhor para ele seria desistir. Uma vez, inclusive, teve a sensação de pressentir uma risada (viu-a ou ouviu-a? Não tem certeza. Acabavam de derrubá-lo, sua mente não estava clara) entre os sujeitos que tinham o hábito de fumar charuto e percorrer os ginásios dos subúrbios em busca de algum talento ainda não descoberto.

A carreira de árbitro permitiu-lhe continuar pertencendo

àquele mundo e ao mesmo tempo deu-lhe a oportunidade de desenvolver um certo sentido inato da justiça que, como se comenta em sua família sempre que começam a contar casos desse ou daquele personagem, cultivava desde a infância. Ele achou que, das coisas que estavam a seu alcance, era a que mais se aproximava de seu desejo básico: ser boxeador. Não a mais semelhante, porém a mais próxima. Pelo menos assim subia ao ringue e vivia uma luta de dentro, ou quase.

Quando raciocinava dessa maneira, era feliz. Mas outras vezes raciocinava diferente. Outras vezes pensava que a arbitragem, justamente por colocá-lo na fronteira do que teria gostado de ser e não fora, constituía a fórmula mais perfeita de sua própria frustração. Que se tivesse se dedicado a outra atividade qualquer, por exemplo à venda de terrenos ou ao processamento de produtos derivados da pesca, talvez tivesse conseguido esquecer que sua vida tinha a marca dolorosa de uma aspiração irrealizada. Como árbitro de boxe, em compensação, não fazia mais que certificar-se dessa frustração e ratificá-la com cruel periodicidade.

Em tais circunstâncias às vezes lhe acontece, enquanto desempenha seu ofício de árbitro entre dois pugilistas, de ficar observando distraidamente os lutadores, fantasiando o que sua vida poderia ter sido. Esforça-se para não negligenciar suas obrigações específicas: ficar atento às cabeçadas ou aos golpes baixos, desprender os braços enredados num clinch, garantir que toda ação se interrompa ao tanger perceptível da campainha. É muito bom em seu trabalho: o jornalismo esportivo, ao que parece com unanimidade, coincide na enunciação desse parecer. Mas ele bem sabe, em seu foro íntimo, sem confessar a ninguém, nem a seus amigos mais próximos, que às vezes, pensando na vida, no que sua vida havia sido e no que deixara de ser, pode perfeitamente acontecer-lhe, no meio de uma luta, que por um instante se distraia e fique como se estivesse ausente.

* * *

— Eu sei que o senhor não é um homem muito viajado. Mas quem sabe, numa dessas voltas da vida, tenha lhe acontecido de passar por Junín.

— De modo geral não saio do lugar, não, sou muito de ficar por aqui mesmo.

— Não é um homem do mundo, por assim dizer.

— Eu sou daqui. Não que tenha tomado a decisão de nunca sair de Trelew, porque de repente dou uma escapada até Gaiman, tenho alguma providência a tomar em Rawson... e quando se trata de ver o mar, dou uma esticada até Madryn ou, melhor ainda, até Playa Unión. Mas tudo aqui perto, entende? Uma horinha de viagem no máximo. Mais do que isso... para quê?

— Ou seja: Junín, nem pensar.

— Junín? E onde fica Junín exatamente?

— Longe, Verani. A oeste da província de Buenos Aires.

— Ah, não, claro, lá em cima. Eu pouco vou para o Norte. Mas conheço um pessoal de Junín. E o senhor também.

— A quem se refere?

— Sabe o Becerra?

— O Becerra, sei. O do armazém de secos e molhados?

— Esse mesmo. Um pouco de tudo ele vende, aquele rapaz. Se vira muito bem.

— No outro dia ele me vendeu um benjamim que não estava funcionando direito.

— Deve ter sido um acidente, porque é um ótimo rapaz. E é de Junín.

— De Junín, província de Buenos Aires?

— De lá mesmo. Ele e a família.

— Eu não sabia.

— Para o senhor ver, Ledesma. Todo dia se aprende alguma coisa.

— Mencionei Junín porque foi lá que o Luis Ángel Firpo nasceu. Não sei se o senhor já tomou nota desses aspectos da biografia dele. Nasceu em Junín, em 1896, deve ter sido um pouco por isso que surgiu aquela história de Toro Salvaje de las Pampas. Nem queira imaginar o que era Junín naquele tempo: estava mais perto de povoado de fronteira que da cidade pujante que seria um dia.

— Fronteira como? Em Buenos Aires?!

— Fronteira com o território dos índios, entende? Fronteira com o Chile é que não seria. Para isso seria preciso atravessar três províncias: La Pampa, San Luis e Mendoza.

— Justamente o que eu estava imaginando.

— Lá em Junín, província de Buenos Aires, em plena planície pampiana, é que nasceu Luis Ángel Firpo.

— Sabe quem mais nasceu em Junín?

— Não.

— Não sabe?

— Não.

— Sério que não sabe?

— Não me venha de novo com o Becerra, do armazém de secos e molhados.

— Não, não. Do Becerra eu já falei. Sério que não sabe, Ledesma?

— Não sei, sério.

— Evita, a porta-bandeira dos humildes, nasceu em Junín.

— Eva Duarte?

— Isso, Evita, a fada boa dos descamisados.

— A Perona?

— Está vendo que coincidência? E o senhor não sabia.

— Não é que eu não soubesse, Verani, é que o senhor está confundindo as coisas.

— Confundindo? Com o quê?

— Eva Duarte não nasceu em Junín. Nasceu em Los Toldos.

— O senhor não vai querer me dizer onde Eva Perón nasceu. Ela nasceu em Junín.

— Não senhor; não nasceu em Junín. Nasceu em Los Toldos. Um povoadinho de merda.

— Amanhã mesmo, Ledesma, tão certo quanto me chamo Verani, lhe trago o exemplar de *Mundo Peronista* onde está escrito que ela nasceu em Junín.

— Tudo invenção, Verani, não seja ingênuo. Ela dizia que tinha nascido em Junín, mas era mentira. Uma entre tantas mentiras. Dizia isso para dar uma melhorada naquele passado turvo dela. Queria esconder o nascimento obscuro em Los Toldos, assim como queria esconder que a mãe era solteira e o sobrenome que na verdade deveria ter, porque em matéria de reconhecimento o pai nunca a reconheceu. Reconheceu os sete irmãos dela, mas a ela não, a ela ele nunca reconheceu.

— Eva Perón nasceu em Junín, tenho certeza. Ou não me chamo Verani.

— Eva Duarte nasceu em Los Toldos e seu sobrenome era Ibarguren e não Duarte. Nasceu em Los Toldos.

— O senhor está querendo dizer a mim onde Evita nasceu?

— Ao senhor e a todos que não souberem que ela nasceu em Los Toldos.

— Evita nasceu em Junín ou não me chamo Verani. E não admito discussão. Ninguém vai me dizer onde ela nasceu.

— Se o senhor tem tanta certeza assim, por que não vai lá para a pracinha tocar bumbo com o resto do pessoal?

— É isso mesmo que eu deveria estar fazendo, em vez de perder meu tempo aqui neste café de merda, ouvindo as besteiras que o senhor fala.

— Não seja sarcástico, Verani. Nem mal-educado. Tudo para não admitir que Eva Duarte nasceu em Los Toldos.

— Nasceu em Junín.
— Nasceu em Los Toldos.
— Nasceu em Junín.
— Nasceu em Los Toldos, estou lhe dizendo.

Havia ficado, como se diz, com sede de vingança. Porque no dia seguinte, no café do Touring, estava distraído raspando a marca de café com leite da borda da xícara quando, através da janela, viu Arregui passar. Levantou-se de um salto, foi para a rua e o interceptou. Estava tão nervoso que se esqueceu do que todo mundo em Trelew sabe: que a porta do café do Touring abre para fora e não para dentro. Levou o tranco e ficou parado, uma coisa que só acontece com as pessoas que não são do lugar.

Eu sei sobre o que os dois falaram porque mais tarde ambos me contaram, cada qual de seu lado. Verani insistiu para que ele se interessasse pela história do morto do City Hotel. Acrescentou o dado novo, confiante de que produziria efeito, de que se tratava de um estrangeiro. Arregui nem se abalou. Discorreu profusamente sobre os tópicos do gênero, falou do enigma do quarto trancado por dentro, do macaquinho, da janelinha, do mistério do quarto amarelo. Verani ficou sem saber qual dos dois não estava entendendo nada: ele ou o outro. De uma coisa tinha certeza: de que Arregui teimava em não escutá-lo, ou em escutá-lo muito mal. Ele nunca havia dito que o quarto era amarelo. Tampouco que estava trancado, nem que estava trancado por dentro. De janelinhas, não falara nada. Podia até ter falado de uma janela ou, melhor, de um janelão com vista para o lado da Avenida de Mayo. Mas de janelinha não. De janelinhas, não tinha falado. Muito menos em macacos. Que macaquinho poderia haver, solto em Buenos Aires, se não fosse, tempos depois, o Mono Gatica? Às vezes o Arregui era meio amalucado, porque aquela história de macaco era bem absurda. Além do mais, ele não chamava Gatica de Mono; chamava de Tigre. De Mono, nunca. Quem chamava Gatica de Mono eram os *contreras*,* os partidários de Prada.

* Nome dado pelos adeptos do partido peronista a seus opositores. (N. T.)

Cinco

Salvar a máquina da pancada. A máquina de tirar fotografia: salvá-la da pancada. Donald Mitchell não pensa em outra coisa. E nem mesmo chega a pensar no sentido de articular mentalmente uma frase, uma imagem ou uma ideia clara a respeito. É um reflexo defensivo, puro instinto de conservação. Só que tal instinto, que por natureza se dirige à preservação da própria vida ou da própria integridade física, se volta, no caso, para o cuidado com o aparelho com o qual as imagens são retidas. Nesse sentido talvez não seja o caso, aqui, de falar em instinto, mas do contrário, do exato oposto, de um gesto puramente cultural. É preciso pensar inclusive que Donald Mitchell se vê na necessidade de sofrear seu instinto de conservação, de reprimi-lo, para fazer o que está fazendo: sentir que quase noventa quilos de pedra vêm para cima dele e preocupar-se antes de mais nada com que sua máquina de tirar fotografias não sofra danos. O incidente bem pode custar-lhe uma contusão importante e até um osso partido. Afinal, Dempsey caindo do ringue é quase como um piano de cauda caindo de uma sacada. E ele, antes de mais nada, o que faz?

Estende o braço direito para afastar a máquina e desse modo salvá-la do impacto. O braço direito é seu braço mais forte; ele todo é um sujeito fracote. Seu outro braço, no entanto, continua livre, o esquerdo, o mais fininho, o mais vulnerável. Estende-o para a frente, para a frente e um pouco para cima, com um gesto semelhante ao que dez anos mais tarde começará a ser praticado em boa parte da Europa. Abre a mão e a deixa rígida. Quer o impossível: interromper a queda do campeão. Suspendê-lo assim, no ar, com uma só mão, como se suspende hasteada no alto uma tocha ou uma bandeira branca: não seria um milagre, um verdadeiro milagre, um milagre de tal envergadura que nem mesmo Deus seria capaz de realizá-lo? Não conseguiria e não conseguirá. Mas estende o braço e abre a mão, endurece o braço e endurece a mão. Deter a queda ele não conseguirá, mas talvez consiga amortecê-la. A curva descendente traçada por Jack Dempsey entre o punho do desafiante e o chão do Polo Grounds não se dará sem resistência. Não é preciso ser especialista em física para perceber que, dessa maneira, a velocidade do corpo arremessado diminuirá, e consequentemente a violência do impacto com o chão será mitigada. Naquele instante da noite, o fotógrafo é isto: um obstáculo, nem mais nem menos que isso. Um obstáculo. Mas um obstáculo desta vez saudável e bem-vindo, e não o agente indesejado de algum tipo de impedimento. Uma verdadeira bênção, pelo menos do ponto de vista de Jack Dempsey. O mais provável é que esse frágil repórter se encolha e se dobre sob o peso do pugilista, resguardado; mesmo assim fará as vezes de uma mola, ou de um colchão de penas, e alguma utilidade terá. O fato é irreversível: Dempsey está caindo. Cai ou caiu, está caindo. Dezenas de milhares de pessoas o contemplam, centenas de milhares de pessoas se dão conta disso. Donald Mitchell o percebe da maneira mais extraordinária, porque o sente com todo seu corpo: com os dedos que rangem, com a mão que se molha, com o braço que estremece, com as costas que se arqueiam, com os joelhos que se dobram, com os pés que escorregam, com o olho que não vê.

Em Buenos Aires, Valentinis continuava se mexendo. Consultar o arquivo do jornal talvez não tivesse exigido mais que meia hora de seu tempo de trabalho e um vaivém nem um pouco apressado por duas ou três escadas e um ou outro corredor tomado pela umidade. Mas agora, sem que ninguém lhe pedisse, havia empreendido averiguações de outro tipo, necessariamente mais dificultosas. A burocracia policial ou a burocracia judicial com toda a certeza seriam ineficazes mesmo em Buenos Aires, ainda mais cinquenta anos depois da ocorrência dos fatos. Nada animava sua esperança de encontrar algum registro fiável.

Ainda assim, interessado ou ocioso, Valentinis tomara a iniciativa de recolher outras informações sobre o morto do City Hotel. O fato era verdadeiro e constava dos registros da época. A hipótese de invenção jornalística, pela qual Ledesma se inclinava ou dava a impressão de inclinar-se, ficava, dessa forma, desqualificada. Houvera efetivamente um morto no quarto daquele hotel na noite de 14 de setembro de 1923.

Um especialista forense de sobrenome Tapia concluíra que se tratava de morte por asfixia. Coubera aos peritos policiais determinar de que forma se verificara a referida situação, mas eles não conseguiram ir além das primeiras elucubrações nem conferir-lhes maior grau de certeza. A página de abertura, em que constava "morte duvidosa", embora provisória, já não tinha como ser cancelada. O exame do quarto não apontara soluções; não por falta de indícios, mas por sua abundância: diversas pessoas haviam passado pelo local nas horas que antecederam a morte. Qualquer uma podia ter se encarregado, por motivos difíceis ou impossíveis de determinar, de acabar com aquela vida. O próprio morto também poderia tê-lo feito.

Valentinis se permitiu um comentário sobre o emprego equivocado da expressão "morte duvidosa". Falava pelo telefone sem deixar de fazer as coisas pausadamente. As razões da morte eram duvidosas, mas a morte não. Uma morte era o que havia de menos duvidoso, ou seja, era o que havia de mais certo que se pudesse conceber. Ele tinha, aliás, a impressão de que alguma ingerência houvera para que as investigações policiais estivessem propensas a pôr um resignado fim ao caso. A intervenção das representações diplomáticas, que a morte violenta de um estrangeiro costuma acionar, em geral aumenta as pressões para que os casos sejam resolvidos. Em decorrência de determinadas circunstâncias, contudo, ela também pode exercer uma influência com sentido completamente oposto. Alguma coisa leva a supor que um homem que se encontra fora de seu país de certa maneira o representa. Se existe um detalhe pouco honroso no transe de sua morte, consequentemente, algo que possa promover a consternação ou o escândalo, serão empreendidas diligências para que, da maneira mais sumária, tudo dê em nada.

Valentinis arriscava a opinião de que as coisas naquela oportunidade haviam se passado dessa maneira.

— Veja, Verani, veja. Veja o que eu lhe trouxe.

— O quê?

— Uma revista.

— Não me diga que é a *El Gráfico*.

— Não, não é a *El Gráfico*. A *El Gráfico* está lá em casa. Esta é uma publicação muito interessante, eu diria que de divulgação, que o senhor provavelmente não conhece. Chama-se *Música para Todos*. Conhece?

— Confesso que não.

— Eu já imaginava. É uma revista muito interessante, com ótimas ilustrações. Passe a mão, Verani, passe a mão, repare na qualidade do papel.

— E esses desenhinhos?

— Esses desenhinhos, como o senhor diz, são justamente o que eu queria lhe mostrar.

— São simpáticos.

— Um pouquinho mais do que isso, meu amigo. São dezoito silhuetas de Otto Böhler representando Gustav Mahler como regente. Só contorno e sombra, como o senhor pode observar, por isso estou lhe dizendo que são silhuetas. Olhe que maravilha.

— São lindos.

— Mahler era um regente reconhecido por todos. Não foi tão fácil que seus dotes de compositor fossem acatados em sua época. Já conversamos sobre essas questões, o senhor deve estar lembrado. Aqui o vemos justamente como regente.

— Lindos desenhinhos.

— O senhor sabe que ele regia sentado?

— Não.

— E mesmo assim observe que energia, observe que movimento. Dê uma olhada aqui, Verani, chegue um pouco mais perto. Olhe esta silhueta: um braço em curva acima da cabeça, os dedos crispados, e na outra mão, de baixo para cima, a batuta apontada como se fosse uma espada. O perfil de Mahler orientado para sua direita (A quem se dirige? Às tubas?). Agora dê uma olhada nesta outra. Olhe e compare. Talvez o senhor ache o mesmo que eu, que ela é o oposto complementar da anterior. Nesta Mahler se perfila para a esquerda (aqui não há margem para dúvida: claramente ele se dirige ao primeiro violino da orquestra). Agora a batuta está erguida sobre sua cabeça genial: crava-se na altura. E é a mão esquerda que fica embaixo, um pouco acima da cintura, com os dedos transformados numa aranha de ferro.

— Uma beleza tudo isso, Ledesma. Que beleza, o que me trouxe.

— Para que o senhor se situe, saiba que tudo isso corresponde aos primeiros anos dele em Viena. Olhe, olhe, pode chegar mais perto que livro não morde. Veja aqui, que gesto. A mão esquerda lá em cima, mas de lado, a cabeça inclinada, a batuta reta e vertical. E não perca esta outra: também uma silhueta, só que de frente. O senhor olha... e o que conclui? Digo porque não dá para ver o rosto. O senhor olha e conclui sem vacilar: Gustav Mahler. Esse é o Gustav Mahler. E como o senhor sabe? Pelos óculos. Sabe por causa dos óculos. Estas duas esferas brancas, cristalinas, se recortam na sombra da silhueta e lhe indicam que se trata de Gustav Mahler. Não é espetacular?

— É.

— Não me diga que não está impressionado, porque estou vendo pela sua expressão que tudo isso o interessou muito.

Resta-lhe, porém, um recurso: a identificação com o vencido. Apela para esse recurso não poucas vezes, no momento em que um dos dois antagonistas cai junto a ele. Vê quando ele vai para o chão, sangrando, alheado, a boca deformada, os olhos perdidos, e pensa: poderia ser eu. E é a pura verdade. Porque o mais fácil e o mais tentador, o que primeiro lhe vem à mente, é imaginar-se carregado em triunfo de braços erguidos, enquanto ao outro, em seu canto, os segundos, que não param de jogar-lhe água fria no rosto, pedem que diga seu nome, o nome de sua mãe e o nome da cidade onde nasceu. A pessoa precisa se ver no primeiro: no que joga beijos para as arquibancadas beijando antes a luva e em seguida permite que o árbitro erga seu braço na direção das luzes do estádio. Mas a verdade é que duas pessoas lutaram no ringue e que se existe um vencedor é porque existe um vencido. Raras vezes o equilíbrio do começo, a igualdade perfeita da luta que ainda não começou, se mantém, para que no fim os integrantes do júri somem os algarismos das duas colunas e proclamem o empate. O mais usual é a disparidade: há um que prevalece e um que sucumbe.

Para consolar-se, de certa maneira para melhor resignar-se, mister John Slowest Gallagher, hoje árbitro de boxe, um dia projeto de boxeador, fixa a atenção no que perde. Pensa: poderia ser eu. Esse que deseja levantar-se e não consegue, esse que está com um olho fechado devido ao inchaço arroxeado da pálpebra, esse que verte sangue pelas sobrancelhas, que geme, que sente dor, poderia ser ele.

Agora mesmo, por exemplo, nesta noite, sem ir mais longe, no Polo Grounds de Nova York, Dempsey cai. E cai feio: esparramado fora do ringue, entre as cordas, em cima de um fotógrafo sobressaltado e de outro atropelado indefeso. A última coisa que se consegue ver dele são as solas das botas: as solas brancas de borracha que até há poucos instantes rangiam sobre o ringue. Caiu da pior maneira possível e não deve estar entendendo nada, não deve ter a mais pálida ideia do que está acontecendo com ele. Veem-se as solas das botas e depois mais nada. A cara dele deve estar doendo com o soco definitivo que o desafiante lhe aplicou, e para completar, como se não bastasse, também devem estar doendo as diferentes pancadas daquela queda insólita sobre alguma coisa que não é a lona do chão nem as cordas do ringue.

Naquele momento, pelo menos, seja qual for o ângulo pelo qual se olhe, parece uma sorte não ser ele. Mesmo sendo ele, tecnicamente, ainda o campeão mundial dos pesos pesados, coisa que qualquer um gostaria de ser. Mas parece definitivamente uma sorte, assim considera mister Gallagher, não ser ele naquela situação, nem ter de estar no lugar dele. Ele vive um momento péssimo. Não importa que com isso vá ter algo interessante para contar aos netinhos quando ficar velho. Naquele preciso instante, está passando um mau pedaço.

Há outros que caem assim, ou parecido: os soldados na guerra e os bêbados nos bares (uns para a morte, outros para o divertimento). São comparações que não vêm ao caso, porque nada equivale à queda abismal do boxeador nocauteado. É épica e também ridícula, se parece com a morte mas não é irreversível, é um fato único na vida do homem.

Mister John Slowest Gallagher julga aquele momento adequado para projetar sua própria história. Se tivesse levado adiante sua carreira de boxeador, coisa que seu tio Dick estimulava mas que sua mãe desestimulava, bem poderia ser ele a estar naquele momento perdido nas brumas da consciência diminuída e da dor candente. Pensa assim, não há dúvida quanto a isso, para não sofrer com o fato de ter ficado simplesmente na posição de referee. Afinal de contas, ser árbitro até que não é tão ruim assim. Excetuando-se insólitos acidentes de porradas que desviam o destino da pessoa, o árbitro sai do ringue perfeitamente ileso: sem sangrar nem ostentar marcas roxas multiformes.

De forma geral, mister Gallagher sofre com sua indumentária. A camisinha azul-clara, a gravata-borboleta azul fazem-no parecer um funcionário de escritório ou um camareiro; ainda mais se comparado aos dois titãs cujas façanhas regula. Em ocasiões como esta, porém, sente aquela roupa como se fosse uma couraça protetora.

Duas vezes descartei, vacilante, o que agora, bem decidido, me proponho a executar. Duas vezes resolvi fazê-lo, resolvi que o faria, mas nas duas vezes acabei desistindo. Ligar para Valentinis, localizá-lo e encontrá-lo para retomar uma questão pendente havia muitos anos podia parecer intempestivo. Mas, de um outro ponto de vista, podia parecer a atitude mais natural do mundo, porque é assim que as coisas voltam do esquecimento depois de nele desaparecer. Os projetos, as ideias, os rancores, as intrigas são abandonados e recuperados dessa maneira descontínua e até certo ponto arbitrária. Ou então acontece outra coisa: a pessoa imagina que com o tempo essas coisas pouco a pouco irão se diluindo até virar nada, só que como isso nunca se realiza é preciso acabar se resignando à perduração sem altissonância daquilo que, devendo apagar-se, não se apaga.

Eu talvez tivesse gostado de esquecer aquilo tudo. Na época Ledesma já estava morando em Gaiman, recluso, receoso, aflito, sem sentir nossa falta; Verani continuava em Trelew, só que bem mais distanciado, inclusive dos amigos, dando a impressão de que era ele quem deveria ter se sentido ofendido quando foi necessário sair do corredor que levava aos toaletes do bar do Touring e seguir em frente com a vida. Eu ficava com a sensação, sei bem que de forma voluntariosa, de que com a história do morto as coisas haviam começado a adquirir outro sentido. Admito, como admiti naquele momento, que os fatos de toda maneira poderiam ter se passado como se passaram, com ou sem morto para discutir e para confundir as coisas; mas àquela altura o assunto já se tornara tão denso entre nós que mesmo eu, que nunca abria a boca, me permiti um belo dia arriscar uma hipótese, e depois não quis deixar de supor que alguma coisa na remota intriga do hotel e do enforcado continuava sem ser deslindada.

Assim, é compreensível que, aproveitando uma viagem que precisei fazer a Buenos Aires no início de 1980, tivesse a intenção de procurar Valentinis. Resolvi meus assuntos bem antes do que imaginara, porque, assim como tantas vezes topamos com dificuldades imprevistas, outras vezes surgem do nada, não menos imprevistas, as soluções. Fiquei com duas noites livres. Na primeira, percorri as imediações da entrada do jornal onde Valentinis trabalhava ou trabalhara. O jornal ficava próximo ao porto, aos bairros mal-afamados da cidade: talvez essa situação tenha facilitado meu arrependimento; a verdade é que preferi passar uma longa noite num lugar pouco iluminado a entrar no jornal e fazer alguma pergunta. Na segunda noite, rondei a que era ou fora a quadra da casa de Valentinis, imaginando que pelo mero fato de estar ali talvez chegasse a vê-lo e abordá-lo, coisa que evidentemente não aconteceu, ou que em algum momento teria coragem de perguntar por ele a algum vizinho que me parecesse ter um ar receptivo, coisa que tampouco aconteceu. Naquela noite voltei de mãos vazias para o hotel e, na manhã seguinte, de mãos vazias para Trelew.

Fiz a segunda viagem a Buenos Aires dois ou três anos depois. Encontrar Valentinis talvez fosse o objetivo fundamental dessa viagem, se é que na vez anterior não o fora, sem que eu o admitisse; e supus que essa determinação me comprometeria a não inventar desculpas para recuar. Não obstante, prolonguei essas outras ocupações, as secundárias, as do pretexto, de tal modo que o tempo restante fosse escasso ou nulo; mal cheguei a discar uma ou duas vezes um número de telefone do jornal onde deveria rastrear Valentinis, e somente ao entregar-me à tentação do engano me prontificava a acreditar que havia, sim, tentado.

Fiz tudo isso, ou deixei de fazer tudo isso, sem saber exatamente o que Valentinis e eu poderíamos conversar dezessete anos depois daquelas curiosidades que, por sua vez, haviam surgido cinquenta anos depois dos fatos. Para mim não estava muito claro aonde estava pretendendo chegar com aquela eventual conversa; não decidira nem sequer qual seria a pergunta a partir da qual a conversa começaria a se desenvolver.

Tampouco entendi muito bem por que motivos recusei, por duas vezes, esse encontro que não obstante desejava. As razões pelas quais o evitei permaneciam, para mim, tanto quanto tudo mais, numa espécie de limbo de intuições difusas. Foi preciso que Ledesma morresse, como morreu ontem, para que eu resolvesse seriamente ir atrás de Valentinis. O mais provável, eu sabia, era que não o encontrasse. Se o encontrasse, eu sabia, o mais provável era que ele não quisesse falar. E se afinal falasse, eu acreditava saber que o mais provável era que não tivesse nada de novo para me dizer. Supus que se me esquivava ao encontro era para esquivar-me a esse nada. Mas agora Ledesma morre, movimenta a mão, derruba o copo, se contorce na cama e morre, e eu começo a pensar que o verdadeiro pressentimento é que Valentinis talvez tivesse, sim, algo de novo para contar, e que eu não queria ouvir esse algo enquanto Ledesma ainda existisse. Em havendo um nada, o mais simples era deixar em pé as hipóteses remotas que Ledesma oportunamente arriscara, sem se dar conta de que arriscava, porque se mostrou muito seguro de que com elas o enigma estaria resolvido. Se houvesse alguma informação nova, contudo, algo que desmentisse o que Ledesma considerara sua melhor dedução, eu teria que aprender a refrear o impulso de embarcar num ônibus para Gaiman para chegar e contar a verdade a Ledesma. A imagem que ele fazia de mim sofreria, e algo semelhante também aconteceria na direção oposta, caso as coisas transcorressem desse modo.

Agora Ledesma está morto e eu chegando a Buenos Aires.

São doze horas, meio-dia.

Pode ser que no começo aquele que chega de uma província se sinta devorado pela grande cidade. Mas é provável que essa sensação também domine aquele que chega de ônibus ou de trem, aquele que vai se introduzindo devagar, de subúrbio em subúrbio, até a linha de casas sem descampado tornar-se contínua, e em seguida as edificações mais altas, o tráfego mais denso, as multidões mais apertadas, o ar mais viciado. Nesse momento, sim: chega-se, vindo de longe, à estação de Constitución ou à de Retiro, e o provinciano será engolido pela cidade, de tão interminável ela é. Mas cheguei de avião, literalmente caído do céu, razão pela qual antes de estar em Buenos Aires tive condições de vê-la inteira. Vi seus contornos e seus limites, vi quando e como a cidade acaba e o campo a substitui; e embora me sinta oprimido ao percorrer suas ruas, consigo não me perder nelas pelo mero fato de lembrar-me da imagem da cidade como uma das coisas, entre outras possíveis, que podemos contemplar se ficamos um pouco acima dela.

— Olhe isto, Verani, não perca.

— Olhe o quê?

— Esta foto, Verani, veja que maravilha.

— Que foto?

— Esta, Verani, não está vendo meu dedo? Estou apontando. O problema é que o senhor se distrai.

— Não, Ledesma, juro que estou prestando atenção.

— O senhor se distrai, não negue, se distrai (sem querer, eu sei) olhando pela janela. O que o senhor acha que vai achar de tão interessante lá fora? Bumbos e gritos, o de sempre; minha cabeça já está lotada dessas coisas. Passam pela rua, diante da janela, e o senhor se distrai olhando. Lá em casa não passaria ninguém.

— Que foto o senhor quer que eu olhe?

— Esta que estou lhe mostrando. Veja que maravilha. Consegue adivinhar quem são essas pessoas?

— Não.

— Nem esse de chapéu?

— Nem esse.

— Faça um esforço, Verani, não seja tão apático. Deixe os negros berrarem aí fora e preste um pouco de atenção no nosso assunto. Olhe bem. O que está vendo?

— Vejo duas minas e quatro caras não fazendo nada numa calçada.

— É isso o que vê? Só isso? Juro que às vezes o senhor me impressiona. Se me permite, vou lhe dizer três ou quatro coisas para que o senhor tome consciência, por assim dizer, de como sua visão do mundo é superficial. Posso?

— Pode, sim.

— A cena transcorre, efetivamente, numa calçada. Mas não em qualquer calçada. Essa é uma das portas de saída da sala de concertos de Graz.

— De saída porque estão saindo.

— É, porque estão saindo. Quando entram, é de entrada. É a sala de concertos da cidade de Graz, na Áustria. Dezesseis de maio de 1906. Para o senhor, isso não significa nada. Mas eu lhe explico: é a estreia austríaca da *Salomé*, de Richard Strauss. Strauss é este que aparece aqui, descendo a escada, de chapéu claro. Não vá confundi-lo com o das valsas, aquele era o Johann.

— Johann como Johann Cruyff.

— Mas este aqui é Richard, Richard como Richard Wagner, e o exemplo é pertinente. A estreia mundial da obra tinha acontecido em Dresden, no dia 9 de dezembro do ano anterior. Mahler não pôde comparecer e Strauss sentiu muito não vê-lo. Escreveu-lhe alguns dias depois: "Onde o senhor estava no dia 9? Senti muito a sua falta".

— Eram amigos.

— É, de certa maneira eram amigos. E os censores vienenses se enfureceram com *Salomé* e com o que perceberam nela de heresia e de patologia sexual.

— Conte, conte.

— Estou contando, Verani. E confirmo: não é possível inovar em arte sem encontrar resistências. É um fato, meu amigo, que a história tristemente evidencia repetidas vezes. Por isso Mahler e Strauss deram muito apoio um ao outro.

— Eles eram amigos.

— Eram amigos, sim, de certo modo. Olhe os dois aqui: Strauss é o mais alto, com jeito de mais importante, e Mahler o contempla. Os outros que estão na calçada, a senhora de roupa branca, o cavalheiro de bengala, também estão olhando para ele. Strauss é o personagem. Preste atenção em Mahler, que está mais para um lado, olhando. Hoje sabemos qual dos dois é o mais importante. E digo sem desmerecer, nem imagine o oposto. Eu escuto o *Zaratustra* de Strauss e fico tremendo. Se o senhor aceitar o convite, também vai ficar tremendo, isso eu lhe garanto.

— Digamos que ando sem tempo.

— Continue arrumando desculpas... Nem Mahler o senhor escutou, e eu com todos os discos lá em casa (já lhe falei do Bruno Walter?). Hoje sabemos quem deveria estar sempre no centro da cena e quem deveria estar de lado, olhando. Mas tudo isso se passava em maio de 1906, está se localizando?

— Sim.

— E nessa época, embora fosse discutido e hostilizado com frequência, Strauss tinha mais reconhecimento como compositor.

— Agradava mais.

— Era mais apreciado. Mahler, como regente, não tinha por onde ser atacado. Acredite, não havia por onde atacá-lo. Mas a música que ele próprio compunha não obtinha o reconhecimento que, não sem rupturas estéticas de importância e portanto não sem resistências, Richard Strauss vinha obtendo.

— Devia estar pegando um pouco no fígado do outro.

— Hoje sabemos que o maior dos dois é Gustav Mahler. Mas hoje é hoje, e aquele tempo era aquele tempo. Maio de 1906: veja como Mahler olha para ele. Veja os dois aí.

— E uma coisa roendo por dentro.

— Não pense em maldades, Verani, peço-lhe encarecidamente. Os dois se ajudaram muito. Ajudaram-se muito um ao outro. De fato Mahler, diante das objeções com que a crítica austríaca recebeu *Salomé*, dedicou-se imediatamente à preparação da obra para programá-la na Ópera de Viena, que era regida por ele.

— É o que estou lhe dizendo: uma coisa roendo por dentro.

— E Richard Strauss também se preocupou em estrear e difundir a música de Mahler. Não deixou de fazer isso nem depois da morte do outro, em 1911.

— Morreu jovem, o Mahler.

— Morreu com cinquenta anos.

— Saiu à francesa.

— Cinco anos depois do que mostra esta foto. E parece tão bem...

— A vida é isso.

— Aqui estão os dois: Mahler e Strauss. Eram amigos. De certo modo. Cinco anos depois, em 1911, Mahler já não estava. E lá por 1923, em meados de setembro, Richard Strauss rege a Primeira Sinfonia de Mahler no Teatro Colón de Buenos Aires.

— Um acontecimento.

— É mesmo: um acontecimento. O que se costuma chamar de "um acontecimento".

Na vez seguinte, Valentinis telefonou para minha casa. Para minha casa e num horário inconveniente: tinha urgência. Pensava ter encontrado, ou deduzido, um elemento importante e não quis esperar até a manhã seguinte para comunicar-se com o jornal, onde poderia ter falado diretamente com Verani, dispensando minha intermediação. Telefonou para minha casa e falou comigo. Deixou a meu critério a decisão de importunar Verani, que não era de fazer serão, e eventualmente acordá-lo, para contar-lhe a novidade daquele telefonema. De fato acordei Verani, porque não deixei de ligar para ele na mesma hora, e na verdade já fazia um bom tempo que ele estava dormindo. Mas não apenas ele não se aborreceu com a interrupção do sono, como inclusive a agradeceu.

À primeira vista a descoberta de Valentinis parecia uma coisa anedótica. No começo eu mesmo achei que era exagero dele. O corpo morto, pendendo como tal, fora encontrado por volta da meia-noite. Ainda não estava nem rígido nem frio, razão pela qual fora fácil deduzir que a morte era recente. Os especialistas forenses confirmaram o fato, mas com maiores detalhes: calcularam, com certa indiferença, que o falecimento deveria ter se produzido poucos minutos antes ou poucos minutos depois da meia-noite. Ou seja, nos últimos minutos do dia 14 de setembro ou nos primeiros minutos do dia 15. A margem de erro não era grande, mas bastava para tornar incerto o dia em que aquele homem havia morrido.

Não era essa, porém, a questão principal. Que ele tivesse morrido um dia antes ou um dia depois não mudava nada, argumentou Valentinis, contanto que ele tivesse morrido naquele lapso de aproximadamente dez minutos. E isso podia ser dado como certo de forma cabal. Se tivesse morrido no dia 14, fora quando esse dia já chegava ao fim; e se tivesse morrido no dia 15, fora quando esse dia mal principiava. Tudo isso significava simplesmente uma coisa: que ele morrera durante a luta entre Firpo e Dempsey.

A coisa estivera o tempo todo diante de nossos olhos, por isso não a víramos. O morto aparecera naquela mesma noite, na noite da luta, mas além disso na mesma hora em que a luta, extremamente breve, começara e terminara. Foram fatos estritamente simultâneos, computados, como já fizera Valentinis, não apenas a diferença horária entre Buenos Aires e Nova York como também o lapso de dilação que teve a transmissão radiofônica da notícia (a morte na verdade fora simultânea à transmissão, ou seja, ao vivenciamento da luta em Buenos Aires e não à luta propriamente dita, tal como ela tivera lugar em Nova York).

Valentinis arriscou a opinião de que a estrita superposição dos dois fatos podia não ser acaso. Comuniquei esse parecer a Verani. Ao que me consta, Verani, que nunca deplorou ter sido acordado no meio de seu melhor sono, já não conseguiu voltar a adormecer pelo restante da noite.

— Agora eu gostaria que o senhor olhasse estas fotos. São fotos de família.

— Suas?

— Não, homem, minhas não. De Gustav Mahler.

— Desculpe. Entendi mal o que o senhor disse.

— Olhe esta, por exemplo. Aqui aparecem os quatro. A família completa. Todos de branco, veja só. Maiernigg, 1906. Gustav Mahler, Alma Schindler de Mahler e as duas meninas.

— Linda mina, pelo que se vê. A esposa, digo. Linda mina.

— E é mesmo. Pergunte a Mahler, a Gropius, a Werfel, a Oscar Kokoschka. Pergunte, e eles lhe dirão.

— Um pouco gordinha, se me permite, mas nada mal.

— São outros parâmetros, outra época, não se esqueça.

— Linda mulher.

— E estas são as duas filhinhas: a menor, Anna Justine, que ainda está viva.

— Ainda?

— Lógico, homem, afinal ela nasceu em 1904. Deve estar com sessenta e oito ou sessenta e nove anos.

— Velhinha, já.

— Tem a sua idade. Todos a chamavam de Guki. Como será

que a chamam agora? Esta outra é a Maria Anna, e seu apelido era Putzi. Alma está com uma das mãos no ombro dela. E eu acho que é para ela que Mahler está olhando.

— Também está viva?

— Quem, essa menina?

— É.

— Não, Verani. Não se lembra que eu lhe contei? Essa menina morreu com cinco anos.

— Ai, caralho.

— Nasceu em 1902 e morreu em 1907. Eu lhe contei que a Alma recriminou o Gustav Mahler por ter composto as "Canções para a Morte das Crianças", porque com isso teria chamado a desgraça.

— E o senhor por acaso acredita que não?

— Olhe aqui de novo a Maria Anna. Olhe que foto: Mahler e a filhinha. Maiernigg, 1905. A menina tinha só mais dois anos de vida, quem diria. Olhe só o Mahler, como está contente. Olhe essa risada; não era habitual ver Mahler rir desse jeito. Mas é que está indo ao encontro da filhinha, como não ia rir? Veja que ele até está deixando cair o casaco que estava em seus ombros. Olhe a menina estendendo os braços para o pai, me diga se não é comovente. E ele vai, deliciado, e segura o rosto dela com as mãos. De fato, no efeito da fotografia, pelo menos, a mão esquerda do pai encobre o rosto da menina. Não dá para ver o rosto dela. Isso também poderia ser interpretado como um sinal fatídico.

— Pobre criança.

— E pobres pais. Olhe só que coisa: Alma viveu até há poucos anos e sua filha mais moça ainda está viva. E os dois que vemos aqui, tão felizes, o mar ao fundo, o ar leve, como partiram depressa: Gustav Mahler em 1911; Maria Anna Mahler em 1907.

— Uma verdadeira desgraça.

— Eu às vezes penso que alguém deveria escrever a biografia dessa menina.

— Da garota?

— É.

— Da filhinha?

— Isso.

— Mas ela morreu com cinco anos!

— Justamente, Verani. Com apenas cinco anos.

— E, então, se ela viveu cinco anos, que biografia o senhor quer escrever?

— Justamente, Verani. A história desses cinco anos. Nesses cinco anos de vida há uma enormidade de material. Imagine um pouco: a filha de Mahler e de Alma Schindler na Viena da época. Nesses cinco anos cabe toda uma era.

— O senhor está tirando uma com a minha cara.

— Que é isso, Verani. Estou falando sério.

— Essa ideia é absurda. A biografia de uma menina que morreu com cinco anos.

— É, só que essa menina específica era filha daqueles pais, viveu no lugar onde viveu, passou por onde passou.

— Mas viveu cinco anos, Ledesma!

— Justamente, Verani. É um desses casos, sem dúvida excepcionais, de concentração temporal. O que não acontece em séculos, acontece em uns poucos anos. O que não acontece em anos, acontece em uns poucos dias. O que não acontece em dias, acontece em umas poucas horas. E o que não acontece em horas, acontece em uns poucos segundos.

— É uma ideia absurda.

— São fenômenos de concentração temporal. É preciso saber identificá-los e selecioná-los. Concentração temporal, Verani: em lapsos curtos, às vezes curtíssimos, é possível ver toda uma época ou toda uma mudança de época. A história inteira muda de rumo num segundo. São fenômenos de concentração temporal, Verani. É preciso escrever sobre eles.

— O senhor está achando que eu sou um panaca, Ledesma.
— Juro que não.
— E o pior é que imagina que não estou percebendo.

Jack Dempsey sabe bem o que é vertigem. Tem tudo para saber: vive numa cidade, a cidade de Nova York, onde já se destacam alguns edifícios bastante altos; além disso, devido a sua profissão, teve a oportunidade de cruzar o céu em aviões. Sabe o que é a altura e sabe o que é o vazio. Discorda, contudo, da noção de que a vertigem é a atração exercida pelo abismo. Para ele, não. Vertigem para ele é outra coisa. Vertigem para ele é uma queda prolongada demais: tão prolongada que supera o cálculo, a espera, a ideia de sua possível duração. Cair de uma árvore, por exemplo, não dá vertigem, porque é fácil mentalizar a trajetória do galho até o chão e medi-la. Nunca pensou nem quis cair nem pular, fosse ao inclinar-se de um terraço, fosse ao apoiar-se no parapeito de uma janela. O abismo não o atrai; acontece-lhe outra coisa: mede a distância, supondo uma queda, e não consegue imaginar sua duração. E vertigem para ele é isto: uma duração excessiva do ato de cair. Cair, cair, cair, continuar caindo, e que a coisa toda dure demais. Esperar o desenlace da queda e que o desenlace demore a chegar. Agora sente vertigem: neste instante. Uma vertigem estranha, inesperada, caindo para trás. O nocauteado pode levar no máximo dois segundos para cair. Depois disso já se encontra atirado na lona lustrosa do ringue. Se os joelhos ainda oferecem alguma resistência, ou se ao cair repica, pode chegar a demorar no máximo dois segundos. A queda longa de agora dura mais do dobro. Dempsey sabe, sente, sente a vertigem, o abismo que o engole, e quer chegar de uma vez por todas ao final. É a esse desejo que chama de vertigem. Agora finalmente vem o impacto, vá se saber contra o quê. Agora finalmente ele colide com alguma coisa. Acabou de cair, depois de ir para trás de encontro às cordas, escorregar, dar uma cambalhota, voar de costas, de ponta-cabeça; arrasta consigo diversas coisas, como se fosse, ele, uma avalanche; bate nisto e naquilo, rasga e espalha, empurra e esmaga; foi abaixo, despencou levando coisas; afinal chega ao chão que estava tão longe, não à lona brilhante e comparativamente hospitaleira do ringue onde lutava, mas ao chão, ao chão de verdade. Afinal o chão: acabou-se a queda, acabou-se a vertigem, e Jack Dempsey, o campeão do mundo de todos os pesos, começa a perguntar-se o que pode ter acontecido com ele e como convém proceder de agora em diante.

Lembro-me bem de Verani naquele tempo: estava exultante. Havia sido tomado pela convicção de ter encontrado a chave do enigma cinquenta anos depois do fato ocorrido. Afinal de contas, dizia, a morte do City Hotel ficara sem solução não porque o autor do caso não tivesse sido encontrado. Ou, melhor, esclarecia, era por isso mesmo; mas era por isso em segunda instância. O que não haviam conseguido encontrar era o motivo daquela morte (aquilo que, de modo impreciso, porque costuma estar ligado a fixações absolutas, se denomina móvel). A morte era o efeito de uma causa que na época não haviam conseguido discernir. Só por isso, e por essa razão, não tinham podido identificar o autor do fato. O autor bem podia ser sua própria vítima: para tanto bastava admitir a hipótese do suicídio. Mas até mesmo para embasar essa alternativa era necessário ter uma causa que explicasse tudo. E essa causa havia faltado às pessoas que na época investigaram a morte.

Agora, argumentava Verani, querendo convencer Ledesma, eles podiam realizar a conexão que inexplicavelmente vinha passando despercebida ao longo dos dias e dos anos: a conexão entre a morte do City Hotel e a luta de Firpo e Dempsey. Bastava relacionar uma coisa com a outra para recolocar a derivação de uma causa em seu efeito, e assim resolver o que os contemporâneos não haviam resolvido, embora nada menos que cinquenta anos tivessem se passado. Verani acrescentou: toda uma vida.

Seis

Melody Nelson o deixou, sem descurar em nenhum momento de suas unhas e cutículas, enquanto ele, já que o momento era de deixar, deixou, por sua vez, o boxe. De certo modo, ele disse: isso não é pra mim. E de certo modo ela disse, a partir do que ele havia dito: esse homem não é para mim. Até aquele momento, o vira o tempo todo como um herói: um gladiador ou um gigante. Mesmo quando perdia, e não perdia poucas vezes, ela o via assim; porque os heróis, os gladiadores, os gigantes, às vezes também caem. Com que ternura lhe aplicava o gelo enrolado num pano sobre o arco violáceo dos inchaços mais notórios, enquanto lhe dizia (em inglês): meu campeão, meu campeão, meu lindo campeão. Esquecia-se, ou fazia de conta, de que ele havia perdido, e não vencido, a luta, em geral de maneira inapelável.

Chegou por fim a exaustão de tanta derrota, um enjoo de perder, e a decisão de abandonar tudo (ou quase tudo: ficar como referee). A partir daquele momento, e para sempre, ela percebeu o que até então parecia não ter percebido: que o namorado estava criando barriga e que seu cabelo começava a rarear. Como é simples o fim do amor. Como de repente ele se esfuma.

Deixou-o por Dick o Búfalo: um rematado bobalhão. Um rapaz tosco, provavelmente um pouco retardado, da área mais pobre do norte de Manhattan. Era mais alto que ele e de certa maneira também mais bonito, isso era preciso admitir. De todo modo, não foram essas as razões pelas quais, sem derramar nem uma lágrima sequer, Melody Nelson lhe devolvera, numa sacola de mercearia, todas as suas cartas de amor, declarando que agora seu namorado e pretendente era Dick o Búfalo. Teria gostado de dizer-lhe que Dick o Búfalo era um sujeito incapaz de redigir uma carta de amor e até de escrever o próprio nome com uma letra que não parecesse copiada do mesmo modo como se copia um desenho. Conteve-se a tempo, ao perceber que esse detalhe não tinha a menor importância.

Dick o Búfalo boxeava. E não estava em seus planos abandonar o boxe.

Verani estava convencido, convencidíssimo. Lembro-me inclusive de ter invejado tanta certeza, seu jeito de afirmar e jamais duvidar, porque eu na época era muito garoto e raramente conseguia sentir-me seguro de alguma coisa. Verani estava seguro de que a estrita sincronia entre a morte no hotel e a luta em Nova York conectava, necessariamente, os dois fatos. Os milhares de quilômetros de distância não tinham importância nenhuma. A chave, para ele, não estava na proximidade espacial, que não existia, mas na coincidência temporal, que estava demonstrada. Descartava sem vacilar qualquer alternativa que pertencesse à ordem da mera casualidade, da coincidência fortuita. Para Verani não: para Verani aqueles dois fatos, a luta e a morte, não podiam ter ocorrido ao mesmo tempo por uma contingência sem significado; tinham de relacionar-se, necessariamente, sendo um a causa e outro o efeito. E assim tudo ficava compreensível. Porque aquela morte, não menos que qualquer outra morte, e não menos que qualquer outro acontecimento, mesmo que não fosse uma morte, não podia ser inexplicável. Tudo se explicava: tudo. Verani dava tapas na mesa com as palmas das mãos. O que as vezes acontecia, isso sim, era que algumas coisas não eram explicáveis por si mesmas e era preciso procurar a explicação em outro lugar. Algumas coisas se explicavam com outras coisas. Essa outra coisa, no que dizia respeito à morte no City Hotel, era a luta pelo título mundial dos pesos pesados entre Luis Ángel Firpo, da Argentina, e Jack Dempsey, dos Estados Unidos, em Nova York.

Verani argumentava com simplicidade, mas com clareza. Uma luta pelo título mundial constituía, como o nome indicava com eloquência, um acontecimento de relevo mundial. Tinha as dimensões do mundo inteiro e por conseguinte afetava ou interessava o mundo inteiro. Nada nem ninguém permanecia indiferente a um fato daquela natureza enquanto esse fato estivesse ocorrendo. Outros acontecimentos recentes, também de envergadura universal, adquiriam a mesma importância: a chegada do homem à Lua em 1969 (as palavras de Neil Armstrong: um pequeno passo para o homem, um grande passo para a humanidade) ou os gols que o Brasil fez na Itália na final da Copa do Mundo de 1970 (sobretudo o de Pelé, de cabeça, que pulou e se inclinou e ficou por dois ou três segundos suspenso no ar, como se a força da gravidade não existisse, como se em vez de estar no Estádio Asteca do Distrito Federal fosse ele quem estivesse perambulando pela Lua, cravando bandeirolas no solo e recolhendo cascalho com uma pá).

Tratava-se exatamente disto: que nada, ninguém, poderia permanecer indiferente. Um acontecimento mundial era isso. Nada, ninguém, poderia ficar de fora, porque um fato dessa categoria englobava tudo, e portanto não tinha "fora". Naquela noite em Buenos Aires, por exemplo, enquanto em Nova York Firpo e Dempsey se enfrentavam, não havia possibilidade de estar voltado para alguma outra coisa. Não existia outra coisa. Tudo o que pudesse acontecer, por mais distante que parecesse, deveria estar forçosamente vinculado à luta pelo título, porque naquele momento da noite não podia existir nenhuma outra coisa além daquela luta e de seus milhares de derivações.

No caso, uma morte no City Hotel. Sem ter sido, no entanto, uma dessas mortes que costumam ser chamadas de naturais, ela não podia resultar das causas habitualmente possíveis: ciúme, vingança, desilusão amorosa, doença terminal, roubo, chantagem, delação. Àquela hora da noite, enquanto o combate se travava em Nova York, tudo aquilo que existisse fatalmente se referia à luta e sem ela perdia seu significado. Se alguém morria em Buenos Aires durante aqueles momentos, devia ser, de alguma maneira, por causa da luta. A luta tinha de ser o motivo pelo qual ele fora morto, se é que fora morto, ou por que se matara, se é que se matara.

— Diga, Verani, diga. Arrisque um palpite.

— É que não faço ideia.

— Vamos, homem, arrisque.

— Juro, Ledesma, não faço a menor ideia. Não consigo nem arriscar.

— Mas o senhor, que presta tanta atenção nesses fenômenos das multidões e que é tão dado a confundir o quantitativo com o qualitativo, me explique como é possível que não consiga arriscar um palpite, dizer um número.

— Em matéria de gente amontoada até que eu faço uma boa ideia, isso não vou dizer que não. O que não entendo é de números.

— Mas é que uma coisa leva à outra, Verani, do contrário como o senhor ia perceber que se trata de um amontoamento de gente?

— Percebo porque é muito fácil: presto atenção e percebo.

— Isso é pura tautologia.

— O senhor quer um número porque tem uma visão mais estatística da coisa. Eu, não.

— Se o senhor não traduz em números, traduz em quê?

— Traduzo no fato de perceber. Olho, digamos, o estádio do San Lorenzo de Almagro. Só para dar um exemplo: digamos que estou em Buenos Aires e que quero ir ver o Ratón Ayala jogar. Vou, olho as arquibancadas e na hora digo: hoje o público está grande; hoje o público está pequeno; hoje o público está mais ou menos.

— A olho.

— A olho.

— Mas não sabe dizer quantas pessoas.

— Claro que sei dizer quantas pessoas: muitas, poucas ou mais ou menos. O senhor quer um número porque tem uma visão mais estatística da coisa. Eu, não. Eu só preciso estar no local dos fatos e dar uma boa olhada. Inclusive consigo prever como vai ser. Uma hora antes da partida, por exemplo, um pouco pelo movimento, outro pouco pelos que já chegaram, tenho condições de prever: hoje vai encher; hoje não vai encher; hoje fica gente do lado de fora; hoje não vem ninguém. Olhe, Ledesma, a coisa é bastante simples: quando o negócio vale a pena, o povo vai.

— É o que o senhor diz, o senhor, que acredita que quantidade é garantia de alguma coisa.

— Não há o que duvidar, Ledesma. Monzón luta no Luna Park, Ayala joga no Gasómetro, Troilo toca no Malibú, Perón fala na Plaza de Mayo, e o que acontece? Lota. O povo vai.

— O senhor mistura água com óleo, Verani. Fala de coisas tão diferentes...

— Falo sempre da mesma coisa, Ledesma: de que as pessoas não são burras e sabem quando é o caso de assistir a alguma coisa. Isso está perfeitamente claro para mim, de maneira que não discuta.

— Mas se está perfeitamente claro para o senhor e se o senhor entende tanto de massas, por que não quer me dizer quantas pessoas, na sua opinião, assistiram à luta do Firpo e do Dempsey?

— Não digo porque o que o senhor quer é o numerozinho, e eu estou pouco me lixando para o numerozinho. Não estou nem aí para o numerozinho. O que eu sei dizer é outra coisa mais importante: quando só tem três filhas da puta, quando são dez gatos pingados e quando estamos em presença do povo. E lhe digo com todas as letras, Ledesma: a grande massa do povo.

— Não espalhe, Verani. Por favor, não espalhe.

— Mas se eu não espalhar, como posso dizer?

— Se quiser dizer, diga, é um direito seu. Mas não espalhe.

O sujeito está em cima dele. Demora a reagir, a registrar a coisa, porque tudo estava acontecendo muito, mas muito devagar e de repente ficou um pouco mais rápido. Outra explicação, contudo, não encontra para o susto, a opressão, o ar que falta, a imobilidade forçada. A única explicação que encontra é esta, esta que agora reconhece e confere mentalmente: que o sujeito está em cima dele. O sujeito é Jack Dempsey, campeão mundial dos pesos pesados, e deve ter uns noventa quilos (Donald Mitchell calcula em libras, mas a conclusão é idêntica). Será capaz, de movimentar noventa quilos, ele, um fotógrafo mirrado que não tem mais que cinquenta? Pensa-se fotógrafo e pensa em fotografias. Acaba de perder a fotografia de sua vida, a foto que por si só poderia ter justificado tudo, mesmo o opróbrio, mesmo a abjeção filial. Perdeu-a porque não atinou a apertar o botão e agora já é tarde. A máquina, por outro lado, escapou de suas mãos, embora tenha conseguido salvá-la do impacto da pancada, e, mesmo que conseguisse recuperá-la, agora já não adiantaria. A cena é memorável: o campeão voou para fora do ringue. Seria preciso tirar uma foto, uma boa foto de tudo isso. Uma imagem que capture para sempre essa cena memorável. Talvez outro esteja fazendo isso agora, neste exato momento, neste exatíssimo momento. Outro talvez, mas não ele. E é que ele agora ficou dentro da cena, ele agora é parte da imagem. Aproximou-se bem, muito bem, e disso não se arrepende; mas para que exista olhar e foto, a proximidade excessiva pode resultar em prejuízo, um pouco de distância é bom, é o passo atrás que dão os pintores para medir a perspectiva, é o passo atrás que dão os boxeadores para medir o golpe. Ele não pôde dar esse passo atrás e agora faz parte da imagem. Se outro bater a foto, a foto que ele teria gostado de bater e não bateu, sairá nela. Não muito bem, sem dúvida, sairá torto, encoberto, talvez nem sequer se perceba que o de baixo é ele; mas sairá. Preocupa-o, e muito, ter passado, daquela maneira tão brusca, de observador a observado. Ninguém estava olhando para ele, era ele quem olhava, e agora todos olham para ele (não para ele, e sim para Dempsey, mas acontece que Dempsey está nem mais nem menos que em cima dele). Na verdade, para ser sincero, prefere que neste momento não haja ninguém tirando fotografia (efetivamente não há). A inveja profissional, é preciso admitir, é o primeiro dos motivos que promovem essa preferência. O outro motivo é ainda mais secreto: Donald Mitchell não gosta que tirem fotos dele. Sabe-se que há homens primitivos que resistem a ser fotografados por acreditarem que quem ficar com sua imagem ficará, um pouco, com sua alma. Os que gostam de tirar fotografia se esforçam para refutar, por intermédio do argumento, uma crença assim tão elementar. Mas Donald Mitchell, sem ser um homem primitivo, abraça essa crença, e é justamente por isso que adora tirar fotografias.

* * *

— Já que o senhor não sabe, porque está na cara que não sabe, eu vou lhe dizer.

— Diga, Ledesma, vá em frente. Arrisque o senhor.

— Não, Verani, não. Não arrisco. O dado que vou lhe dar é um dado exato, tirado de fonte segura.

— Puxa, que facilidade. Assim, qualquer um.

— Tome nota, meu amigo, que esse dado não pode faltar no seu artigo. Afinal de contas, é um artigo seu, Verani: você, que está sempre tão convencido de que o muito é que é bom.

— Desculpe não anotar, estou sem lápis. Pode dizer, que vou me lembrar.

— Anote, o senhor vai ficar impressionado. Anote nem que seja mentalmente. Firpo e Dempsey, Polo Grounds de Nova York, setembro de 1923. Mais de setenta e cinco mil pessoas assistem à luta.

— Que os pariu.

— Não sei se faz ideia do volume de gente que isso representa.

— Muita gente.

— Muita, sim.

— Mais que a lotação do Luna Park.

— Claro, Verani.

— Mais que a lotação da Federação Argentina de Boxe, aquela da rua Castro Barros.

— Claro, Verani: muito, muitíssimo mais. Não se esqueça de que naquela ocasião a luta foi num estádio aberto. Não venha fazer comparações com o Luna Park porque estamos, como é que vou lhe dizer, numa outra dimensão. É outra escala, completamente diferente.

— Sem desmerecer o Luna Park, que é o templo do boxe.

— Esqueça o Luna Park, homem, estamos falando numa outra escala. Me dá a impressão de que o senhor no fundo não percebe claramente o que eu estou lhe dizendo.

— O senhor pode imaginar o que quiser. Quanto a mim, nunca vou esquecer o Luna Park, porque é o templo do boxe.

— Setenta e cinco mil almas, Verani: é mais do que cabe no estádio do Boca Juniors, imagine só! Ou no estádio do River Plate. Não me venha com o Luna Park.

— Venho com o Luna Park porque o Luna Park é o templo do boxe. E quando o Luna Park lota, é porque tem muita gente.

— Sabe quantos Luna Park seriam necessários para chegar ao número que estou lhe fornecendo?

— A coisa é simples, Ledesma, e não me ponha para fazer contas que eu me enrolo todo. Quando tem muita gente, tem muita gente, e no Luna Park cabe muita gente. O senhor sabe quantos teatros Colón são necessários para chegar a um Luna Park cheio? Não preciso dizer mais nada.

Ledesma ameaçava ir embora do Touring: dizia que assim não dava para conversar. Lembro-me bem de seus gestos, cortantes, descontrolados, porque já havia começado a perder a paciência com certa facilidade, o que fazia pensar que mesmo as versões mais drásticas sobre seu assim chamado *ex abrupto* bem que podiam ser verdadeiras.

Apesar disso ele não se sentia nem brusco nem autoritário. Bufava, olhava para fora pela janela suja, se queixava de que o barulho da rua não parava nunca. Queixava-se também dos abusos de Verani. Assim não dá para conversar, dizia, e me lembro dessa frase porque ele a dirigia a mim, como se eu eventualmente pudesse intervir, ou quem sabe só para me pôr na posição de testemunha: que por intermédio de meus olhos ficasse registrado que com uma atitude daquelas não havia conversa possível.

Contudo, não ia embora. Chegou a anunciar que ia, a empurrar a cadeira para trás, a pedir a conta a Mansilla e até a levantar-se e apanhar o casaco, mas não ia embora. Não se dava conta de que Quelita, na mesa ao lado, olhava para ele. Censurava Verani por ser tão intolerante. Em meio às muitas palavras que disse, disse a palavra fascista. Verani não se alterou. O pessoal das outras mesas também olhou. O rosto de Ledesma estava vermelho.

Eu teria querido acalmá-lo, mas não soube como fazê-lo. Por sorte Verani tinha parado de responder. Ledesma se explicou: os senhores, disse-lhe sem esclarecer o porquê do plural, sempre acreditam que têm o direito de controlar todas as coisas. Usava o plural porque não se tratava de um problema pessoal com Verani. O problema era mais amplo, e Verani era simplesmente um caso: os fanáticos do futebol, do boxe, da música do Club del Clan e de Perón e Evita sempre se achavam no direito de controlar todas as coisas. Não sabiam ou não queriam ocupar um lugar determinado, mesmo que esse lugar fosse enorme: tendiam sempre a ocupá-lo inteiro. Com os rádios portáteis, com o hit "Despeinada", com os bumbos e a marchinha, não deixavam escapatória. Totalitários, rosnava Ledesma, e ainda bem que Verani não retrucava. São uns totalitários, passam por cima de tudo. Por isso essa certeza que o senhor tem agora, disse a Verani, mas baixando o tom, de que se Firpo e Dempsey estavam lutando ninguém tinha a possibilidade, nem muito menos o direito, de manter-se à margem da coisa. Os senhores, não: os senhores chegam com seus rádios, com seus sons, com seus bumbos, e não admitem que ninguém seja diferente. Intolerantes, dizia ele, é isso que os senhores são. Se alguém quer fazer outra coisa, não deixam escapatória. No filme do Chaplin a coisa fica muito clara: a rádio e os alto-falantes transmitindo o discurso do Hitler. Em toda parte: em cada casa, em cada rua, nas esquinas. Um cara não quer escutá-lo, mas não é possível. Não permitem que ele não escute, não deixam. O rádio, os alto-falantes, o megafone. Não é à toa que no esporte tem tanto megafone. E no fascismo também. Se impõem a tudo, passam por cima de tudo, atropelam tudo. Não é que Hitler fizesse uso do rádio: é que os dois funcionavam da mesma maneira. Invadir, arrasar, esmagar, atropelar: era o que os dois faziam. Foram duas metades de um mesmo motor totalitário, que se encontraram e se acoplaram. No filme do Chaplin a coisa fica muito clara. Hitler e o rádio: cada um fez do outro seu instrumento. Impor-se a tudo, sem deixar resquícios nem refúgios, esse era o lema tanto do líder das massas como da mídia das massas. E o senhor é a mesma coisa, Verani, disse ele a Verani, só que abrindo as mãos como se quisesse pedir-lhe compreensão, com essa sua ideia absurda, extrema, de que numa cidade como Buenos Aires um determinado fato, por mais impactante que fosse, era capaz de não deixar ninguém de fora. Não vou negar, admitia, que a luta de Firpo atraiu a atenção de muita gente. Eu mesmo, reconheceu, afirmo e demonstro isso. Mas daí a pensar que um pobre indivíduo que está trancado em seu quarto de hotel tem de estar forçosamente acompanhando essa luta — isso já me parece um abuso. Um abuso pensar que se o coitado do sujeito se suicida, está se suicidando por causa da luta; ou que se alguém mata o coitado do sujeito, está matando por causa da luta. Porque um homem tem o direito de permanecer na solidão de seu quarto de hotel, como indivíduo, como pessoa única, com seu mundo privado, com suas motivações privadas e pessoais, para dar-se morte ou para que a deem a ele. Não tem por que ceder nesse ponto ao fervor coletivo, ao interesse da massa; tem direito de estar envolvido com suas coisas, de viver suas coisas e morrer por suas coisas. Se o senhor não aceita isto, amigo Verani, disse Ledesma, e além de chamá-lo de amigo apoiou uma mão gentil no ombro dele, se não aceita que as notícias da luta talvez não tivessem invadido a intimidade daquele quarto de hotel, no fundo está justificando que, no caso, Hitler invadisse a Polônia e a incorporasse ao Reich à força. E a analogia, acrescentou, embora possa parecer exagerada, não é nem um pouco exagerada.

Na mesa ao lado Quelita, vendo que o pai ia embora, havia começado a guardar seu material escolar na pasta com fecho; o compasso, o transferidor, a borracha Dos Banderas, o lápis preto Faber, o lápis duplo e grosso, vermelho de um lado e azul do outro. Agora se dava conta de que, apesar dos avisos e da voz dissonante, o pai não ia embora. Então tirou de novo o material, espalhou-o por cima da mesa e continuou a fazer em silêncio seus deveres de casa.

Nada. O nada. Nada de nada, de nada, de nada. Não a reflexão nem a consciência do nada, mas o nada (isto não é filosofia: é boxe). A mente em branco, completamente em branco. A pequena voz da cabeça, aquela que todo mundo tem dentro de si e que fica o tempo todo falando, falando, agora está calada. A mente em branco e a percepção toldada. Nada ouve, nada sente, nada vê: nada. Nem o reflexo das luzes sobre o ringue, nem o reflexo muito mais fraco das estrelas no céu, lá atrás das luzes. Tampouco o rugido da multidão (mas é que a multidão, abismada, emudeceu) ou a contagem ascendente do árbitro (intui, só que errado, que mister Gallagher está agachado ao lado dele). E não sente coisa alguma: nem a vertigem da queda (mas é que já não está caindo: está completamente caído) nem a dor da pancada singular (esse murro único, muito decidido, que o desafiante lhe acertou no rosto) ou das pancadas múltiplas (aquelas inúmeras pancadas que foi levando enquanto caía e até acabar de cair). Nada disso, nada de nada. Tudo o que havia a sentir ou a pensar está cancelado e a única coisa que resta é isto: esta nulidade. Um momento da luta, e da noite, que fica cancelado, reduzido a nada, como se não existisse. Também, num sentido mais amplo, um momento de sua vida que fica cancelado. Se alguma vez, no futuro, vier a escrever suas memórias ou, mais provavelmente, a ditá-las para que alguém, solícito, ghostwriter, as escreva, várias páginas tratarão da luta desta noite, e dessas várias páginas algumas serão dedicadas a contar esta queda. Haverá de contá-la muitas vezes a partir de agora e até a hora de sua morte; nesta mesma noite, daqui a pouco, quando os jornalistas farejadores enfiarem o nariz pela porta do vestiário, começará a fazer o que fará durante anos a fio: contar esta luta, contar esta queda. Eles o ouvirão tomando notas, envergando roupas, contrastando com a nudez que prevalece num vestiário, sem assombro, naturais, agentes neutros do mito que se incuba. Não terão como perceber, embora estejam atentos, que no âmago do relato minucioso, cuidado puro, puro pormenor, reside um núcleo vazio e vago, um lugar de deslembrança, de entorpecimento, do qual não resta coisa alguma porque coisa alguma foi registrada, o lugar da mente em branco, aquele segundo no qual Jack Dempsey nada pensa e nada sente. Nada, nada: nada de nada. Que fariam os repórteres que brandem suas penas se por acaso ele, Jack Dempsey, admitisse e revelasse aquele buraco vazio da experiência nula? Das duas uma: ou aceitariam o nada, dando por entendido, sensatos, que, se nada há, nada pode ser dito; ou insistiriam, esmerados, nos esforços do repórter e declarariam que, em havendo nada, a escrita há de abocanhar esse nada e tratá-lo como se fosse tudo ou como se fosse alguma coisa. A consciência, a memória ou a percepção, essas, sim, podem sofrer interrupções; a escrita, não. Dempsey haverá de entender.

Uma da tarde.

Caminho por Buenos Aires. Não preciso conhecer Madri

para descartar a ideia de que a Avenida de Mayo possa ser parecida com a Gran Vía. Petulâncias dos portenhos: se é parecida é por má imitação. Eu venho de uma cidade sem atributos, orgulho da terra natal é coisa que ignoro. Buenos Aires para mim não tem importância, nem Trelew.

Venho atrás de Valentinis.

Das muitas coisas que há para observar nesta rua, uma única retém minha atenção. Ledesma falava muito no Palácio Barolo. Não sei se gostava dele, mas de todo modo achava-o interessante. Pode ser que do ponto de vista estético ele até lhe parecesse desagradável, com seus arredondamentos ou com as excrescências com que saturava a vista nem bem os olhos o fitavam, mas sem dúvida o interessava (com efeito Goffredi, responsável por uma página de arquitetura no jornal e amigo de Ledesma, escrevera por insistência deste sobre o Barolo). Interessava-o o caráter programático do prédio: edificar da mesma maneira como Dante escrevera seu poema; interessava-o a existência de uma réplica montevideana, o Palácio Salvo. Parecia-lhe significativo que num determinado momento aquele tivesse sido o edifício mais alto de Buenos Aires. No Kavanagh, que o ultrapassara em 1935, esse dado era efetivamente importante, porque no Kavanagh a intenção de apontar para o céu e dar-lhe acesso é manifesta. O prédio ascende com essa ambição e tem um nome correspondente a ela. O Barolo, em compensação, pelo nome e pelas formas, assume um caráter diferente, é belo e horrível, sinistro e gracioso; dantesco, sim, provavelmente, embora num sentido diverso do pretendido por seu construtor.

Estaco para contemplá-lo porque Ledesma teria feito isso, certamente o fez em todas e em cada uma das vezes em que andou por aqui.

Depois trato de encontrar um telefone situado num local tranquilo para fazer o que Ledesma nunca fez nem teria feito:

falar com Valentinis. Ledesma nunca deixou de sentir-se satisfeito, e satisfeito morreu, com o esmero bem encaixado de suas deduções. Para ele Valentinis não contava.

Resgatei o número do telefone de uma agenda antiga, dessas que têm na capa um lhama, uma vicunha, a silhueta de um animal desse tipo. Da mesma agenda retirei-o há alguns anos para que Verani telefonasse para ele e lhe pedisse ajuda. Mantivemos contato telefônico durante algum tempo. A intervalos, esporadicamente, duas ou três vezes por ano, quatro no máximo, sempre como se fosse para saber a quantas andava o outro, mas nada além disso. Quando eu vinha a Buenos Aires costumávamos encontrar-nos, eu jantava na casa dele, Sandra cozinhava e nós dois tomávamos alguma coisa, queríamos e não conseguíamos extirpar das conversas os casos acontecidos naquele ano de serviço militar que havíamos feito juntos.

Depois perdemos contato. Deixei de telefonar para ele e ele deixou de me telefonar. Por um longo período não voltei a Buenos Aires; quando vim, me ocorreu voltar a contatá-lo, mas no fim não o fiz (ainda não o procurava, como pensei em procurá-lo depois e como venho procurá-lo agora, para falar do morto do City Hotel). E assim aquela amizade que resistira aos anos e aos mais de mil quilômetros de distância fora se transformando em nada.

Agora encontro um telefone público atrás da escada de um bar que tem dois andares. Entro para telefonar, introduzo duas fichas, componho o número de Valentinis, enquanto o telefone chama pergunto-me se ele terá se mudado. Sandra atende, a mulher: não se mudaram. Reconhece minha voz ("Roque, há quanto tempo"), ouve ruído na linha e imagina que estou longe ("Você está ligando de Trelew?"), acha maravilhoso eu estar em Buenos Aires ("Então precisamos nos ver"). Ninguém sobe nem desce a escada do bar e posso conversar como se estivesse sozinho na minha casa. Digo a Sandra que vim a Buenos Aires por pouco tempo ("Volto amanhã, no voo da tarde") e ela diz que sempre que venho volto em seguida ("Quero ver você"). Digo que podemos nos encontrar para jantar, que preciso ver Valentinis para falar com ele sobre ("Não sei se você se lembra") aquela velha história do crime ou suicídio de mil novecentos e vinte e poucos. Há um longo silêncio na linha. A voz de Sandra volta diferente ("Achei que você soubesse"), mais grave, mais lenta ("Faz quase um ano que o Augusto morreu"), uma voz que se modera mesmo sem enfraquecer ("Juro que achei que você soubesse"). Há outro longo silêncio na linha, agora vindo de mim ("Não sei o que dizer"); até que Sandra insiste com sua voz do início ("Você não tem que dizer nada. Quero ver você").

— Seja claro, Verani, porque na verdade o senhor está me confundindo.

— Como assim, confundindo? As coisas são simples. O senhor é que vive complicando.

— Seu critério é a quantidade. O senhor não é capaz de diferenciar quantidade de qualidade. E apesar disso os números o deixam indiferente.

— O que o senhor quer que eu lhe diga? A multidão me emociona. Alguma vez o senhor já viu a Plaza de Mayo lotada, um estádio de futebol lotado, alguma vez já viu isso? Eu quando vejo me emociono. O senhor, do seu lado, conta. Eu fico com os olhos marejados e puxo o lenço. O senhor puxa a calculadora e começa a contar.

— Conheço um caso, um só, em que se pode dizer que a quantidade corresponde à qualidade.

— Então o senhor admite.

— Estou falando de um único caso.

— Mas admite.

— Admito num único caso.

— Está bem, certo, num único caso, mas nesse único caso o senhor admite.

— Não sei o que o senhor está imaginando. O caso que eu conheço é o da Sinfonia dos Mil, de Gustav Mahler.

— Mahler?

— É, Mahler. A oitava sinfonia. O senhor já ouviu?

— Nunca na vida.

— Passe lá em casa e confira. A sinfonia é conhecida como Sinfonia dos Mil, e é verdadeiramente impactante.

— Esses mil de que o senhor está falando não se comparam aos setenta e cinco mil que foram ver Firpo lutar.

— Não diga barbaridades, eu lhe imploro.

— Setenta e cinco mil é muito mais que mil.

— Ah, é? Não me diga! E o senhor acha que com isso demonstra alguma coisa. O que o senhor não percebe, porque é teimoso, é que a oitava é conhecida como Sinfonia dos Mil devido ao número de seus intérpretes.

— Mil caras tocando?

— Tocando e cantando. Orquestra, coro e solistas.

— Mil caras.

— É conhecida como Sinfonia dos Mil.

— Mais o maestro.

— Mais o maestro.

— Então são mil e um.

— Mil, Verani, mil: Sinfonia dos Mil. É um nome genérico, uma estimativa, não é preciso contar um por um.

— É exatamente o que eu estou lhe dizendo e que o senhor fala que não entende.

— Se fosse como o senhor está falando, que setenta e cinco mil é mais que mil, nesse caso seria preciso dizer: mil são mais que dois.

— Dois? Que dois?

— Firpo e Dempsey.

— Dois no ringue. Três, contando o referee. Mas nas arquibancadas, quantos são?

— Setenta e cinco mil, Verani. O senhor sabe graças a mim.

— E quanta gente cabe no Colón?

— Não essas quantidades imensas, monumentais, que são tão do seu agrado.

— Eu gosto de gente amontoada, não dos números.

— Dos números não? Vamos ver, ouça isto: quinhentos e nove mil. O que o senhor acha?

— Muito. Mas quinhentos e nove mil o quê?

— O senhor acha muito.

— Tem jeito de ser muito, sim. Mas não sei do quê.

— É muito, efetivamente. Muitíssimo. É o que Jack Dempsey recebeu por sua luta contra Firpo. Quinhentos e nove mil dólares. O que o senhor acha?

— Que são muito merecidos.

— Meio milhão de dólares, Verani. É uma enormidade.

— Muito merecidos. E o Firpo deve ter recebido mais ainda.

— Por que isso?

— Porque atirou o Dempsey para fora do ringue.

— Mas o campeão era o outro. E o outro ganhou a luta.

— É por isso que eu estou falando que foi muito merecido.

— A luta durou menos de dois rounds. Ou seja, Dempsey ganhou quinhentos e nove mil dólares em cinco minutos. Mais de cem mil dólares por minuto. É uma enormidade. Uma loucura.

— Na minha opinião, muito merecido.

— Para um boxeador? Por subir e trocar murros com outro sujeito durante cinco minutos? Então quanto o Richard Strauss deveria ter recebido pela estreia da primeira sinfonia do Mahler no Colón?

— Depende.

— Depende do quê?

— Da quantidade de pessoas que ele for capaz de enfiar no teatro. Se consegue atrair, como Dempsey, setenta e cinco mil caras, cada um dos quais deixa dez pilas no guichê, é justo que ganhe um monte de grana, porque o bolo é grande. Agora, se reúne menos gente, ele que ganhe menos.

— Para o senhor a vida é simples.

— Para mim, é. Se o senhor organiza um concerto onde tocam mil sujeitos e os que depois vão escutá-los são outros mil, não fique imaginando que vai acabar com um monte de dinheiro no bolso. Por aí se vê que o tal Mahler não era judeu. Em matéria de negócios, era um desastre.

Foi aí que criei coragem de opinar. Eu nunca abria a boca, era muito jovem, era um garoto escutando a conversa dos adultos, nunca dizia nada. Mas naquela tarde, não sem hesitar, lembro-me muito bem, resolvi arriscar um palpite e, numa janela de silêncio que deixou Ledesma resmungando e Verani olhando pela janela, tomei a palavra. Havia preparado e ensaiado tudo mentalmente antes de abrir a boca: queria dizer com firmeza o que pensava. Tenho certeza de que engoli saliva ou pigarreei antes de dar a partida. Mas quando o fiz, minha voz saiu clara.

O fato é que eu tivera uma intuição, uma espécie de pressentimento, que precisei arrumar para que ao dizê-la ela saísse tão organizada quanto estava para mim quando a elucubrei. De um lado eu achava que Ledesma tinha razão. Exagerava, é verdade, aumentava as coisas; um tanto por ser temperamental e outro tanto porque queria provocar, exagerava, mas fora daqueles momentos desmesurados, no fundamental dos argumentos, na base do que se podia por um lado argumentar e por outro refutar, para mim ele tinha razão. E ao mesmo tempo, por outro lado, eu achava, sem que eu mesmo soubesse exatamente como ou por quê, que se eu criasse coragem para tomar a palavra para dar razão a Ledesma, de algum modo Verani também haveria de concordar.

Foi então que falei, começando ao mesmo tempo aos poucos e de repente, e disse a Ledesma que no meu entendimento as coisas eram aproximadamente como ele estava dizendo: que nos esportes, nos assuntos que envolvem multidões, nos grandes equipamentos de transmissão, tudo era prepotência e atropelo. Mas era isso, justamente, argumentei, o que talvez desse razão a Verani. Porque se havia em tudo aquilo um ímpeto tão grande e tanta falta de consideração, não era porque Verani o dissesse ou pelo modo como o dizia. O fato de que naquela noite nada pudesse ficar fora da luta entre Firpo e Dempsey não decorria de uma vontade prepotente de Verani: essa prepotência existia, objetivamente, na realidade. Não era ele, interpretando, que impunha a luta acima de tudo; a luta se impunha, justamente por ser totalitária, e nisso Verani tinha razão. Nisso Ledesma tinha razão e nisso Verani tinha razão. Porque se Ledesma imaginava que o mundo do quarto de hotel podia ficar fora da irradiação invasora da grande luta, tinha forçosamente de relativizar a hipótese da expansão totalitária que ele mesmo postulava. Para ter razão diante de Verani, era obrigado a dar razão a Verani.

Não falei isso para agradar os dois nem para assumir um papel salomônico. Mas vi um e outro balançar a cabeça concordando, e vi que havia convencido os dois.

Sete

Não acorda ainda, mas começa a acordar. Encontra-se naquela faixa intermediária que pertence igualmente à vigília e ao sono. Alguns, a maioria, vivem-na enfiando a cabeça debaixo do travesseiro, errando as mãozadas que desferem no despertador, querendo que aquela campainha impiedosa seja um erro ou um sonho, desejando que a noite continue durando e que na realidade a hora de acordar não tenha chegado. Segue-se uma embromação meio letárgica que dura mais ou dura menos conforme o sentido do dever de cada um. No caso de Dempsey, há uma circunstância especial para que ele flutue nesse limbo em que não dorme completamente nem acorda completamente. Não é uma cama, sua cama de sempre ou a cama esporádica dos hotéis; não é o camarote estreito de um navio que atravessa o mar ou de um trem que atravessa o deserto. Não, ele não: ele meio que dorme, meio que acorda diante de milhares de pessoas, em cima de duas delas, em plena noite, num *ringside*. Lugar horrível, é verdade, mas não foi escolha dele. Lugar que lhe coube assim, para sua sorte ou desgraça, e agora precisa se virar com ele. Deveria acordar. De todos os pontos de vista, seria conveniente que acordasse. Sabe que há alguma coisa urgente que precisa fazer, sabe, embora não consiga atinar, devido ao déficit circunstancial de sua consciência mais clara, o que é, precisamente, essa alguma coisa que precisa fazer. O sentido do dever se manifesta assim em seu caráter mais puro: é um instinto, é um reflexo. Precisa acordar. Essa certeza o impele a sacudir a cabeça e a desgrudar os olhos, por enquanto selados. Mas também, ao mesmo tempo, quer dormir. Desprender aquele fio, nem forte nem frágil, que o liga ao mundo dos vivos, dos despertos, e sucumbir ao sono que sabe que o abrigará. Sente-se muito cansado. Muito, muito cansado. Ouviu relatos dos soldados que regressavam das frentes de batalha. A Grande Guerra foi muito cruenta e os soldados voltavam lotados de histórias que queriam contar. Alguns haviam sido obrigados a passar vários dias sem dormir. Não contavam com drogas que os ajudassem a manter-se em pé: contavam tão somente com o medo da morte. Dois, três, quatro dias inteiros sem pregar o olho nem estender-se por um momento em algum lugar. Chega-se a um ponto, diziam eles, em que a única coisa que se quer é dormir e dormir. Não faz mal que as bombas não tenham parado de cair nem as balas de zunir: o único desejo que se tem é o de entregar-se ao sono. E se para fazê-lo se perde a vida, já não faz diferença. Morrer é parecido com dormir, e, assim pensada, nessa situação, até a morte é bem-vinda. Com mais calma, se pensa diferentemente, mas no limite do esgotamento, quando a vida, ou seja, a vigília, deixou de ser tolerável, o único desejo concebível é dormir, dormir nem que seja um pouco ou nem que seja para sempre, um tempinho curto ou pelos tempos dos tempos: dormir. São as terras remotas do cansaço extremo. Dempsey neste momento se sente assim. Não combateu, sabe muito bem, na Grande Guerra. Tampouco combateu numa pequena. Combateu tão somente um homem, embora valente, e tendo por únicas armas os punhos enluvados. Tampouco combateu durante anos: nem cem, como chegou a acontecer alguma vez na história de outros tempos, nem quatro, como acaba de ocorrer na história de agora. Quanto tempo terá transcorrido? No máximo dois minutos. Menos de três, isso é certo, porque três é o que dura a vida inteira. Sente, não obstante, e padece do cansaço mortal do entrincheirado insone ou do fugitivo constante. Guarda um resto de voz e de disciplina: deve acordar e levantar-se. Já vou. Agora mesmo. Mas o corpo extenuado diz outra coisa. E pede, como as crianças a quem os pais muito cedo chamam para que saiam para a escola, que lhe deixem um pouco mais de tempo de sono. Dormir mais um pouquinho. O mundo que espere; a escola, a professora, Tom o motorista do lotação, mister Gallagher o árbitro, Fripp o desafiante, ou seja lá como diabos se chame. Dempsey, semiadormecido, quer dormir completamente. Dempsey, semiacordado, precisa acordar completamente. Lutam nele, não menos que em todo homem, o desejo e o dever. Assim como na luta de que ainda faz parte, ainda não é possível saber qual dos dois vencerá.

Na mesa de canto de um bar do centro, Sandra manipula, distraída, um envelope de açúcar Ledesma, até deixá-lo muito perto de outro idêntico com o qual eu, com dedos inquietos, brinco. Faço-o cair de frente e de costas sobre a mesa indiferente. Pela janela do bar, se presto atenção, vejo a cúpula em forma de cubo do City Hotel. Utilizaram-na como fundo na capa do disco de um grupo pop. Na imagem ela está estranha, irreal, tem alguma coisa que não parece corresponder inteiramente a este mundo daqui de baixo. Olhada assim, pela janela, porém, é tão simples que chega a enganar. Óbvia, ou quase vulgar.

Sandra parece tranquila ("Augusto nunca soube, Roque, e

se soube não se incomodou"), mas não deixa de dar a impressão que sempre me deu: que calcula tudo ("No caso, acaba dando no mesmo"). Desta vez, como sempre, ela me inspira confiança e temor ("Você precisa me entender, Sandra. Acabo de ficar sabendo"). Tenho a sensação de que manipula esse subterfúgio também ("Ele não estava nem aí para as coisas, Roque, não estava nem aí para todo mundo"). Às vezes eu teria vontade de vê-la hesitar ("Não estava nem aí para as coisas, ou será que você não percebeu? A única coisa que ele queria era se divertir. E conseguia"), abandonar aquela segurança em relação a tudo. Nunca descomposta, nunca deslocada; Valentinis era o único que conseguia tirá-la do sério ("Claro que eu sei muito bem que ele ria de tudo"), uma ou outra vez deve ter chorado, deve ter sentido medo ("Ele ria de tudo, lógico, de tudo; e especialmente de você e de mim").

São duas da tarde.

Digo a Sandra que desta vez vim expressamente por causa do crime de 1923 ("Ou suicídio, sei lá. É o que eu gostaria de saber"). Ela joga o corpo para trás, de encontro ao espaldar seguro da cadeira, largando o envelopinho de açúcar. Encolhe os ombros ("Augusto se divertiu muito com aquilo tudo. Se divertiu muito"). Eu me preocupo ("O que você está querendo dizer com esse negócio de que ele se divertiu?"), mas ela continua encolhendo os ombros ("Isso mesmo, bobo, você não acabou de dizer que sabe muito bem que ele ria de tudo? Pois também ria daquilo"). Numa espécie de vertigem, me obrigo a admitir que é perfeitamente possível que Valentinis tenha inventado tudo. Seria incrível, escandaloso, mas não impossível ("Mas o que você quer dizer quando diz que ele também ria daquilo?"); não para Sandra ("Isso mesmo: que ele ria"), que por princípio nunca manifesta espanto diante de nada ("Mas ria como? Tinha inventado tudo?"), mas para mim, sim, ou para Ledesma, ou para

Verani, nós que há anos montamos todo um mundo a partir do que Valentinis dissera ("Ria, Roque. De tudo. Por que não vamos a algum lugar?").

Sandra agora me atrapalha, eu gostaria de me livrar dela para poder pensar tranquilo ("Mas ria por quê? Porque era tudo invenção?"), mas se me livro dela fico definitivamente sem nada ("Não foi isso que eu disse. Não que eu saiba"), quero que ela se cale e quero que fale comigo, que vá embora e que fique.

Com um crime que havia ficado no nada, soubemos fazer alguma coisa, dar-lhe um sentido. Haviam se passado muitos anos. Agora também se passaram muitos anos. E essa alguma coisa corre o risco de ver-se reduzida outra vez ao nada, a um sem-sentido. Se Valentinis realmente inventara tudo, o valor de cada palavra dita, de cada ideia inferida por nós, era nada. Nada em absoluto. Talvez fosse o que Ledesma dissera desde o início: sobrara um espaço na página do jornal e o jornalista de Trelew forjara uma notícia. Quem sabe não, quem sabe a notícia também existisse no jornal de Buenos Aires, só que forjada pelo jornalista daqui. Quem sabe não, quem sabe o morto existisse e a história existisse, só que sem os acréscimos que Valentinis, para se divertir, depois fora adicionando. Tudo isso podia ser e podia não ser.

Sandra perde um pouco a paciência ("Por que não saímos daqui agora mesmo? Vamos para o Viamonte"); eu também, mas em outro sentido ("Quero saber se todas as informações que Augusto foi nos passando são verdade ou se são inventadas"). Sandra volta ao envelopinho de açúcar ("Sei lá, Roque. Já faz tanto tempo"), sacode-o entre os dedos ("Não vá imaginar que a gente conversava muito sobre esse assunto"), com graça, mas sem ritmo, faz barulho com ele ("Até onde eu sei, ele sempre disse a verdade. Pode ser que tenha inventado algum detalhe. Mas não sei"). Em nenhum momento larguei meu envelopinho de açúcar, na verdade seguro-o com força ("Mas houve um morto") e ela torna a aproximar o dela até quase tocar o meu ("Houve um morto, é, houve um morto. Sempre há um morto. Agora Augusto também está morto").

Se ao menos houve um morto, digo a mim mesmo, o vazio não é absoluto, embora não haja maneira de fazer Sandra se envolver com o assunto ("Por que não saímos um pouquinho daqui?). Se ao menos o negócio do morto é verdade, então será preciso peneirar, com paciência, com a mesma paciência que tivemos há anos, todo o resto: o que é e o que não é. Se perdemos tempo ou não ("Então houve um morto"), depende disso.

Quelita tinha dificuldade nas divisões com vírgula. No resto se saía bem, às vezes muito bem. Era uma garota inteligente (muito esperta, como dizia o pai) e resolvia aquelas operações com ar diligente. Não se intimidava com os algarismos extensos nem com os passos sucessivos. Depois de algum tempo, nunca muito prolongado, ouvia-se sua voz na mesa próxima: "Pronto". Nas divisões com vírgula, porém, empacava. Os números não eram minha praia, mas eu gostava de explicar. Eu é que me encarreguei, certa tarde, de ajudá-la a entender de que maneira convinha proceder quando aquele sinal de pontuação, que deveria aparecer entre as letras e não entre os números, aparecia, mesmo assim, entre os números.

A regra era simples, era só questão de explicá-la. Em toda divisão os fatores são dois: o divisor e o dividendo. Suponhamos que a vírgula aparece no divisor. Precisamos deslocá-la até o fim do número (e como no fim do número ela perde o sentido, suprimi-la), tantas casas quantas necessário. Em seguida se acrescentam, no dividendo, tantos zeros quantas casas tenhamos deslocado a vírgula no divisor. E depois se procede como em qualquer outra divisão. Suponhamos agora que a vírgula apareça no dividendo. O procedimento é o mesmo, porém ao contrário. Só que no número resultante de toda a operação é preciso recolocar a vírgula, contando, de trás para diante, tantas casas quantas ela tenha sido deslocada no dividendo no início da operação. Por sorte não apareceram divisões que tivessem vírgulas tanto no divisor como no dividendo.

Verani acompanhou todo esse procedimento com grande atenção.

Ledesma sorriu para mim e me piscou um olho. Pedira-nos que tratássemos sua filha sem nunca demonstrar pena.

Melody Nelson: aquela cachorra. A puta irredimível, a puta inexorável: Melody Nelson. Quantos pugilistas já estariam registrados nas diferentes ligas de boxe, profissionais ou semiprofissionais, da União? Dois mil, cinco mil, quinze mil, cem mil? A União é muito grande. E Melody Nelson, aquela cachorra, estaria disposta a se deitar com todos, como agora se deitava com Dick o Búfalo, sem ter outra exigência em relação a ele além da de sabê-lo boxeador? Haveria de deitar-se com todos, com cada um, com todos e com cada um?

Quanto esforço, mister Gallagher, para esquecer Melody Nelson. Quanto esmero, quanta dedicação. Que vontade de poder ter uma amnésia poderosa e repentina, um milagre de esquecimento impossível de revogar. Quanta determinação, mister Gallagher, em esquecer Melody Nelson. E Melody Nelson, de seu lado: que persistência. Se até começaram a passar-se anos, e nesses anos dias inteiros, meses inteiros sem pensar nela. Doris foi uma boa esposa e uma boa mãe. Sensível, compreensiva, caprichosa, discreta, simples, moderada. Nunca uma queixa, a boa da Doris. E os anos passando, passando. E mesmo assim, contudo, nada garante ao senhor, nem agora nem nunca, que na faina da arbitragem, em pleno desenvolvimento dessa faina tão árdua, a lembrança dolorosa de Melody Nelson não haverá de irromper. Porque os boxeadores fatalmente a trazem à memória e a arbitragem fatalmente o expõe ao contato com os boxeadores. Que é um boxeador, afinal, para mister John Slowest Gallagher? A imagem do desejo da putíssima da Melody Nelson.

Não que imagine que ela se deitou com cada um que ele vê lutar. Por exemplo com esse que agora se exalta, olhando o rival mais que caído, é completamente impossível. Total e absolutamente impossível, visto que se trata de um bruto elementar vindo de um desses países remotos do sul da América, um que chegou de sua aldeia e que para sua aldeia voltará, para contar aos amigos como são os edifícios altos da grande cidade do Norte. Não. Com esse, por exemplo, não. Mas o que não aconteceu não consola nem um pouco mister Gallagher, porque mesmo sabendo que aquilo não aconteceu, também sabe que poderia muito bem ter acontecido, ou que poderá muito bem vir a acontecer, uma vez que se verifique, como sempre se verifica, o requisito único e privilegiado: o de ser boxeador.

Às vezes se pergunta com que outras coisas ocuparia sua mente se dela conseguisse desalojar Melody Nelson. A lembrança de Melody Nelson corrói sua cabeça, invade todo o seu cérebro. Se algum dia conseguisse se ver livre daquela pressão contínua, o que não faria com o espaço mental liberado? Porque o tempo e o esforço que dedica a ela poderiam ser aplicados a outra coisa mais produtiva. Quem sabe: talvez viesse a revelar-se um leitor apaixonado de romances de aventura, talvez se dedicasse com inesperado encanto a colecionar relógios ou selos ou borboletas. Em que coisas poderia começar a pensar se não estivesse o tempo todo pensando tanto em Melody Nelson? Uma coisa é certa: seria um homem mais atento, mais aplicado, um homem com um poder de concentração muito maior do que o que tem agora.

* * *

— Vou lhe contar uma história, Verani. Tenho certeza de que poderá se interessar por ela.

— Pode falar.

— Ela se passa na tarde de 26 de agosto de 1910 num hotel de Leiden, na Holanda. Localizou-se?

— Mais ou menos.

— Muito bem. Nessa tarde de agosto (nos referimos ao hemisfério norte, não se esqueça: estamos em pleno verão), nesse hotel dessa pequena cidade, dois homens se encontram.

— Está bem.

— Dois grandes homens.

— Ah.

— O senhor imagina quem seriam esses homens?

— Não.

— Um dos dois, pelo menos?

— Não.

— Pois bem, então segure a respiração e fique sabendo.

— Pode mandar.

— Dois grandes homens, como eu estava dizendo: Gustav Mahler e Sigmund Freud.

— Veja só.

— O senhor consegue imaginar, Verani? O maior compositor do entresséculo e ninguém mais ninguém menos que o fundador da psicanálise. Os dois se encontram no dia 26 de agosto de 1910 e têm uma longa conversa, de aproximadamente quatro horas.

— Os dois enfiados num quarto.

— Não, não, eu não disse isso. Eles se encontram no hotel, isso é verdade. Mas depois vão caminhar pela cidade. Perambulam e conversam. Uma conversa longa e transcendental.

— Imagine só.

— Não perca de vista, insisto, a estatura dos dois homens a que estou me referindo.

— Sei, já sei, já sei.

— Se sabe, pare de encolher os ombros.

— Não se preocupe com isso, Ledesma. É só um tique.

— Mahler e Freud, nada mais nada menos. Freud interrompeu as férias no mar do Norte, declarando que não podia resistir a um homem da importância de Mahler. E Mahler foi atrás dele, desejoso de entrevistar-se com ele. Contata-o por telefone e os dois combinam um encontro. Quatro vezes a coisa dá em nada: Mahler vacila e cancela o encontro.

— Não quer.

— Um pouco mais complexo do que isso. Tem medo do que pode vir a escutar ou, pior, do que possa vir a dizer. Quer e não quer. Freud entende as reticências de Mahler como uma *folie de doute* da neurose obsessiva dele.

— Desculpe, uma o quê?

— Ele estava na dúvida, meu amigo. Tremendamente na dúvida. O Gustav Mahler, ouça o que estou dizendo, não um joão-ninguém qualquer. Não sabia o que fazer.

— Coitado do cara.

— Finalmente se decide e confirma a conversa. Vai de trem de Toblach a Leiden. Na viagem escreve cartas: cartas a Alma Mahler, a mulher. Encontra Freud na Holanda no dia 26 de agosto. Os dois têm quase a mesma idade e origem semelhante. Simpatizam um com o outro e se entendem bem. A conversa durará umas quatro horas. Mahler e Freud. Gustav Mahler e Sigmund Freud: avalie um pouco a importância desse encontro.

— Não deixam de ser, do meu ponto de vista, dois caras conversando.

— Não é uma conversa qualquer, permita que lhe informe. O que eles mantêm é uma verdadeira sessão de psicanálise.

— E o que tem isso? Imagino um holandês qualquer, sentado, como nós agora, tomando alguma coisa no bar. Olha pela janela e vê os dois passando. O que ele vê? Dois caras conversando.

— Um pouco mais que isso, Verani, não acha? É uma sessão de psicanálise, não um papo comum e corrente. De Gustav Mahler, simplesmente. Simplesmente. E com Sigmund Freud. Simplesmente.

— E daí?

— Mas o senhor se dá conta do que significa uma sessão de psicanálise com Freud? É como se o senhor, pecador, quisesse se confessar, e seu confessor fosse o papa. O papa em pessoa, ninguém mais, ninguém menos.

— Se o senhor quer ficar deslumbrado, pode ficar. Para mim, são dois caras conversando.

— Vou lhe emprestar *A interpretação dos sonhos*, sem falta.

— Dois caras conversando. Homens de carne e osso.

— Passe lá em casa uma noite dessas. Tenho um bom vinho esperando pelo senhor. E a quinta sinfonia de Mahler.

— Dois caras conversando. É o que eles são. E nada mais.

— E o senhor, sabe o que o senhor é? Um insensível.

— E sabe o que o senhor é? Um deslumbrado.

— O que o senhor disse?

— O que o senhor escutou, Ledesma, um deslumbrado.

— Como o senhor pode dizer uma coisa dessas a meu respeito?

— Digo mesmo, Ledesma, não se ofenda, mas é verdade. Se eu aparecesse por aqui com a *Radiolandia* ou com a *El Gráfico* e começasse a falar das grandes estrelas, de Sandrini com Malvina Pastorino, do Gringo Scotta com a Ovelha Telch, o que o senhor me diria? Que a adoração dos astros me deixa alienado. É o que me diria. E o pior é que o senhor acha que é muito diferente, muito diferente. Por quê? Porque suas figurinhas são um músico e um psicólogo. E o que há demais nisso, Ledesma? O que há demais nisso? O senhor fica babando de ver os dois juntos, tão famosos que eles são; até lhe dá vontade de pedir um autógrafo. "Para minha filha Quelita." Fico só imaginando, acredite. E o que é isso, Ledesma? Deslumbramento. Puro deslumbramento.

— Deus do céu.

Verani contemplava aquelas cenas de ensino com certo receio, que não dissimulava ou que dissimulava mal. Dava a impressão, em diversos momentos, de querer intervir, mas sabia que não poderia fazer isso sem se arriscar a dizer alguma coisa que o envergonhasse. Quelita parecia não prestar atenção nele, só que isso fazia parte do sentido de responsabilidade da menina: quando se sentava para estudar, concentrava-se tanto que não permitia que nada a distraísse. E só quando terminava os deveres de casa, depois que seu pai os conferia, procurava divertir-se, como toda garota da idade dela.

Só a partir desse momento Verani começava a participar. Sabia muitos jogos de cartas e gostava de ensiná-los. Ledesma não gostava muito de ver a filha, ainda tão menina, no ambiente do bar, manipulando o baralho com habilidade inesperada. Se fosse um filho homem, e se acontecesse, poderia admitir o fato, embora mesmo assim a idade lhe parecesse precoce para um ar de jogador aficionado. Em Quelita inquestionavelmente tudo aquilo lhe parecia apressado ou incongruente. Mas Verani, perseverante, dava um jeito de convencê-lo sobre a conveniência de ser um pouco mais flexível. Certa vez, inclusive, argumentou, não sei se a sério, que jogos como a escoba de quinze contribuíam para exercitar a perícia aritmética. Argumento frágil de todos os pontos de vista: que a dama valesse oito, o valete nove e o rei dez mais confundia que facilitava os reflexos da matemática. Se Ledesma deixou passar esses argumentos sem refutá-los, foi porque achou que a questão não tinha tanta importância assim, ou porque fingia prestar atenção no que Verani dizia e na verdade não prestava.

Outra coisa que eles quase sempre faziam era sair explorando o hotel. Verani o conhecia bem; coisa rara, porque não há razão para um morador local saber grande coisa sobre os hotéis da cidade em que vive e onde, por definição, nunca se hospeda. Ele mostrava a Quelita os lugares secretos, os recantos quase nunca frequentados, os pátios internos, as saídas que ninguém usava. O corredor que levava ao cabeleireiro e aos banheiros, por exemplo, tinha uma parte pouco visível que ocultava a escada larga de acesso geral. Ali ninguém ia, e a luz só chegava refletida. Aparentemente bastava inclinar-se, torcer um pouco o corpo e encolher-se naquele local para não ser visto por ninguém.

— O senhor está confundindo, o que é repreensível, sua própria superficialidade com a superficialidade do mundo.

— Não estou entendendo.

— Mas é muito claro, não se faça de bobo: seu olhar nivelador leva-o a pensar, erroneamente, que o mundo é plano.

— Não estou entendendo.

— Só o senhor poderia ter a ideia de que se Freud e Mahler mantêm uma longa conversa solitária durante quatro horas o interesse que o fato possa despertar é meramente frívolo.

— Já sei, Ledesma, o senhor já me disse: para o senhor a tal conversa foi um grande acontecimento porque os caras que estavam conversando eram um músico e um psicólogo, e não um João das Pitangas e um Fulano ou um Sicrano qualquer.

— O senhor não entende mesmo ou faz questão de não

entender? Se o senhor me aparecer com um encontro entre Ray Conniff e Florencio Escardó, eu é que vou encolher os ombros. Estou falando de Mahler e Freud, meu amigo, será que não entra na sua cabeça? Mahler e Freud. Entra?

— Entra.

— E Mahler mais uma vez atravessa uma crise existencial muito profunda. O artista e o abismo, Verani, o artista e o abismo: ele não sabe o que fazer da vida.

— Que coisa.

— É. O homem genial, que tão facilmente se eleva até os ápices sublimes da condição humana, sucumbe de repente à angústia, ao transtorno, à incerteza. Não sabe o que fazer.

— Mas... O que está acontecendo com ele, concretamente?

— Concretamente?

— É.

— Concretamente, meu amigo: problemas com Alma.

— A alma humana é um mistério.

— Não me venha com gozações, Verani, por favor, que já tenho bastante sarna para me coçar, entende? Problemas com Alma, falei, não com a alma. Problemas com Alma. Com Alma Schindler.

— A esposa?

— A mulher, isso. Problemas com a mulher.

— E o cara vai conversar com o psicólogo, pedir conselhos?

— Isso fica por sua conta, não estou afirmando esse tipo de coisa. Conselho é coisa de consultório sentimental de revista romântica. Preste atenção, Verani: é muito diferente.

— O senhor é que sabe, Ledesma.

— E o senhor, se quiser, pode ficar com a ideia de que o que Mahler está fazendo é consultar um psicólogo.

— Por acaso ele não consulta o Freud?

— Consulta.

— E Freud era o quê?

— Um gênio, Verani. Um gênio colossal. Como Mahler na música: um gênio. Os dois conversam pelas ruas da cidade durante quase quatro horas.

— E o que Freud diz a ele?

— Diz que Alma, que é bem mais moça que Mahler, busca nele a imagem paterna. É isso que ele diz. E que ele, Mahler, que tinha o hábito de chamar Alma pelo segundo nome, "Marie", por sua vez denunciava uma fixação na própria mãe. Porque a mãe de Mahler se chamava Marie.

— Cinco horas para dizer isso?

— Claro que não, Verani. Quatro horas para chegar a isso. Para chegar a concluir isso, quatro horas. Dizer, se diz em cinco minutos.

— Ou menos.

— Ou mais, não sabemos, a questão não é essa, percebe? A questão é que Mahler, aflito, recorre a Freud, e assim se verifica o episódio excepcional do encontro entre dois dos maiores gênios que a humanidade já conheceu.

— E serviu para alguma coisa?

— O quê?

— A conversa.

— A entrevista?

— É.

— Bom, serviu, é, serviu mais ou menos. Mais ou menos.

— Mais ou menos?

— Mahler voltou a Toblach verdadeiramente entusiasmado. Tinha a sensação de que a partir daquelas revelações importantíssimas as coisas se consertariam para sempre.

— E não foi o que aconteceu?

— Na verdade, não.

— Não?

— Não.

— Não.

— Não. O que o senhor quer que eu lhe diga? Não.

— E por quê?

— Porque Alma Mahler, Schindler em solteira, voltou a se relacionar com Walter Gropius.

— O que o senhor está me dizendo, Ledesma?

— Isso mesmo que o senhor está ouvindo, Verani. Isso mesmo que o senhor está ouvindo. Alma teve um encontro sexual com Walter Gropius e Mahler ficou sabendo. Por isso ele estava vivendo aquela tristeza tão grande, sem saber que atitude tomar, e quis conversar com Freud.

— Esse Walter não sei das quantas papou a esposa do Mahler?

— Procure, peço-lhe, uma expressão menos grosseira.

— O cara traçou a esposa do Mahler! Um belo de um desonesto, na minha opinião, esse Walter não sei das quantas.

— Walper Gropius, Verani. O fundador da Bauhaus, sabe? Não sei se a palavra Bauhaus lhe diz alguma coisa.

— Não, mas, pelo que entendo, o grande Gustav Mahler acabou virando o maior corno.

— Se o senhor não se moderar, esta tarde as coisas vão acabar mal entre nós.

— E o senhor, Ledesma, que me vem com o artista e o abismo, os ápices sublimes, um monte de enrolação? É a triste história de um coitado de um corno, Ledesma, admita isso! A triste história de um coitado de um corno.

— Sabe qual é o seu problema, Verani? O senhor vulgariza tudo. E nem desconfia do que seja Bauhaus.

— Isso é verdade, mas de mulher traidora eu entendo. Sei muito bem o que é um corno, inclusive se for músico. Sabe qual é o seu problema, Ledesma? Muita sinfonia, muita sinfonia. O senhor está precisando de tango. Está precisando de tango.

* * *

Para Donald Mitchell, subitamente, tudo aquilo parece uma antecipação do estado de morto. Não de morrer, que não é a mesma coisa, mas de já estar morto, morto e enterrado. Tão longe se sente do ar livre e do mundo dos vivos: o peso que tem por cima sabe a sepultura. Não lhe custa nada imaginar que é o mármore definitivo que se estende sobre ele. Não lhe custa nada imaginar a lápide que bem poderia estar coroando o mencionado mármore, com a inscrição: "Donald P. Mitchell. New Haven, 23-1-1902 / Nova York, 14-9-1923". A morte, quando acontecer, será assim. Estar embaixo, bem embaixo, e não poder voltar à superfície. A morte é afundar, como agora afunda, e ficar esmagado, como está ficando agora. Quando morrer será assim, exatamente assim. Pensando nisso se pergunta, inquieto, se no caso de sua vida chegar ao fim sem reconciliação, seus pais disporão da necessária indulgência para comparecer a sua sepultura e derramar sobre ela uma lágrima ou uma flor. Pergunta-se isso, e ao perguntar-se, não tem como não admitir que a morte não será assim, ou que pelo menos não será exatamente assim. Porque, nem é preciso dizer, não havendo vida não haverá perguntas nem haverá nada mais. A morte é isto, isto mesmo, mas sem poder pensar em nada nem perguntar nada. Essa pergunta que se formula a respeito de seus pais pertence sem dúvida alguma à vida, ainda à vida. Não obstante estar assim, aqui, submerso como se fosse para sempre sob um peso que parece definitivo, que lhe parece sepultura, e sob a sepultura, a morte. Mas mesmo em tão terrível circunstância atina a proceder da seguinte maneira: procura uma fresta, encontra-a, puxa um braço e o estende para fora do quase túmulo. Não falta nisso tudo um certo toque sinistro, porque se o fato de ver-se esmagado pelo peso de um corpo marmóreo se transformar num enterro de verdade sob um mármore de verdade, será preciso admitir que esse braço que agora desembaraça e estende para um lado muito se assemelha a essas cenas, lúgubres sem dúvida, em que certa mão tétrica surge do seio da terra, forçando o lacre do túmulo, para indicar uma de duas alternativas, cada uma mais tétrica que a outra: uma, que o morto ressuscitou, que o milagre cristão tornou a acontecer e que o interessado agora luta para voltar à realidade do mundo, tal como acaba de fato de voltar à vida, tentando para tal emergir do fosso onde o deixaram algum tempo atrás; a outra, talvez pior, é que o morto que enterraram, na realidade não estava morto, que estava cataléptico ou, se não for isso, muito, mas muito adormecido, e que acaba de acordar e de ver-se envolto, primeiro por uma mortalha, depois por um esquife, e finalmente por um túmulo, e que ao percebê-lo, desarvorado, luta desesperado para sair dali, como qualquer um no lugar dele faria. É possível pensar em tudo isso ao ver a mão que Donald Mitchell extrai e estende, na suposição de que o faz como se estivesse enterrado; mas seu objetivo, para dizer a verdade, é mais simples, mais deste mundo, mais comum e mais modesto: refazer contato com sua máquina de tirar fotografias, que no meio de tanta queda e tanta pancada largou, muito a contragosto, da mão que a segurava. Prender-se novamente ao aparelho, cuja falta em grande medida padece, para começar, a partir dessa primeira certeza, a reorganizar esse mundo que de repente parece ter se desintegrado.

Verani me interceptou num lugar discreto do andar de cima do jornal e me disse sigiloso que achava que não conseguiria acabar no prazo. Falava muito baixo, apertando um de meus ombros com a mão direita. Esclareci que não sabia do que ele estava falando. Explicou-se de má vontade: os dias estavam passando, mais longos que curtos, e ele nem sequer começara. Se irritou porque eu não entendia do que se tratava: não começara o quê. Referia-se à matéria sobre Firpo e Dempsey, a matéria que precisava escrever para o suplemento especial do jornal. Uma semana inteira já se passara e ele ainda não começara. Tinha notas soltas, só isso, esboços, coisas que havia conversado com Ledesma e que eu já conhecia. Estava com a cabeça em outros assuntos, era isso o que estava acontecendo com ele, não conseguia arranjar tempo para começar a escrever sobre a luta. O prazo estava ficando curto, não ia dar.

Pediu-me, pela primeira vez expressamente, o que até aquele momento somente se animara a insinuar: que escrevesse a matéria para ele. Me daria seu pagamento e um pouco mais, algum pesinho mais que de bom grado acrescentaria do próprio bolso. Me daria seu pagamento e saberia, no momento necessário, devolver-me o favor.

Eu não disse que sim nem que não.

— Não se esqueça, Verani, estamos falando de um homem que se aproxima da morte.

— O Mahler?

— É, o Mahler.

— O senhor diz isso e eu sinto um arrepio.

— Ele encontra Freud no fim de agosto de 1910, em Leiden, Holanda. Morrerá alguns meses depois, no dia 18 de maio de 1911, para ser exato, no sanatório Loew, em Viena, Áustria. Tinha cinquenta anos.

— Só.

— Só.

— Bom, quando ele encontrou Freud não sabia que ia empacotar tão depressa.

— Saber, não sabia, mas talvez tivesse um pressentimento.

Agora, sim, é o momento de dizer, se quiser: a alma humana é um mistério.

— E não é?

— E aposto que o senhor não sabe o que aconteceu só cinco dias depois de tão terrível falecimento.

— Não, não sei.

— Cinco dias haviam se passado, nada mais. Era 23 de maio de 1911. Emil Freund, testamenteiro de Mahler, recebe um bilhete. Adivinhe quem havia mandado o bilhete! Adivinhou?

— Não.

— Sigmund Freud.

— De Freud a Freund.

— Isso. E adivinhe o que diz o bilhete.

— Não sei.

— Reclama o pagamento de trezentas coroas a título de honorários pela consulta de agosto do ano anterior em Leiden. Uma consulta de várias horas, diz. Não diz quantas. E manda uma nota no valor de trezentas coroas.

— Uma fortuna.

— Enquanto Mahler estava vivo, aparentemente, Freud não fez nenhuma cobrança. Mas nem bem Mahler morre, manda a conta e exige o pagamento.

— E pagam?

— Pagam, sim. Existe um recibo de 24 de outubro de 1911. Que história, não? Que Mahler morra, com tudo o que isso implica, e poucos dias depois chegue a cobrança de uma consulta do ano anterior, de parte de Sigmund Freud.

— Quer saber? Não me espanta.

— Não?

— Não.

— Não espanta mesmo?

— Não. Por acaso Freud não era judeu?

— Era.

— Então, os judeus fazem essas coisas.

— O senhor acha?

— Acho. Em assuntos de dinheiro, eles são terríveis. Uns miseráveis. São, como o senhor mesmo acaba de contar, Ledesma, capazes de cobrar uma dívida a um morto. A um morto, pense bem. Os judeus são terríveis. E se aproveitam de um pobre gentio.

— Já ouvi esse erro mais de uma vez, Verani. Sabe de uma coisa? Mahler também era judeu.

— Ah, é? Era judeu?

— Era.

— Bom, então não me surpreende.

— O que é que não o surpreende?

— Que utilize os serviços de um psicólogo por quatro horas e depois vá embora sem pagar.

— Era judeu, sim. Mas se converteu ao catolicismo romano em fevereiro de 1897. Para um judeu, de fato ficava difícil chegar a regente da Ópera da Corte de Viena. E era exatamente isso que Mahler ambicionava. Assim, em fevereiro de 1897, ele se torna católico. E em abril daquele mesmo ano, somente dois meses depois, obtém o posto.

— O que o senhor quer que eu lhe diga, Ledesma? São esses os seus grandes homens? Corno, oportunista e renegado.

— Melhor dizendo: liberal, ambicioso e esperto.

— Não, não, não, não: corno, oportunista e renegado. E sabe de uma coisa? Por ser renegado, foi punido. Porque se ele era judeu, era judeu, velho, não tem conversa. Virou a casaca e foi punido: apareceu um judeu e ferrou com ele.

Oito

Olho, relembro, as mãos de Sandra ("Sabe de uma coisa? Já vou indo"). Ela sabe e as esconde ("Você está indo agora?"), de certa maneira pensa que se olho suas mãos estou olhando para ela ("É, agora. Vou indo"). Eu antes não sabia prestar atenção nisso, aprendi depois de mais velho. Antes, nem minhas próprias mãos eu conhecia bem; não conseguia entender esta frase feita, tão comum, a de conhecer alguma coisa como se conhecem as palmas das próprias mãos, porque eu não conhecia nem um pouco as palmas das minhas mãos.

São três da tarde.

Para mostrar a ela que realmente já vou, começo a recolher minhas coisas. Ela deve achar que estou demorando de propósito ("Se é isso que você quer"), afasta os olhos de mim e se faz de desentendida. Parto sem nada, é isso que me detém, mais desorientado do que estava ao chegar. Já me vejo perdendo o tempo que por acaso me reste entre hoje e amanhã, procurando a melhor maneira de perdê-lo até chegar a hora da viagem de volta. Também me vejo voltando a Trelew sem nada: de mãos vazias.

Ninguém vai me perguntar nada, Ledesma morreu e Verani há anos não toca no assunto; eu é que quero saber, aquele que menos sabe quanto mais pergunta.

Sandra nunca deu a mínima para nada disso, quanto mais agora ("Pode ir, então, se é isso que você quer"). Agora ela também começa a recolher suas coisas, para que de maneira alguma possa parecer que eu vou e ela fica ("Vamos, tudo bem. Vamos"); faz isso com alguma pressa, quem visse poderia pensar que é ela que está indo embora e eu o que vai logo depois.

Vejo-a despreocupada inclusive da morte de Valentinis. Naquele momento não me ocorre, nem pode me ocorrer, uma boa maneira de convencê-la de que é possível que aquele morto, o de há quase setenta anos, o que de resto não conhecemos, tenha alguma importância para nós ou para mim. Talvez não seja totalmente verdade que Valentinis não se interessasse pelo assunto, talvez seja ela a impor sua opinião a respeito. Seja como for, está perturbada e toda tentativa de voltar à questão é inútil ("Você não falou que estava indo? Pois vá de uma vez").

No fundo eu também não sinto Valentinis como imprescindível, por isso me conformo a admitir que com sua morte, ou devido a sua morte, será preciso dar o assunto por encerrado ("Posso lhe fazer só mais uma perguntinha?"). De todo modo vou ter de ficar em Buenos Aires hoje e também amanhã, e resisto a passar as horas matando o tempo ("Pergunte o que quiser, por mim tudo bem..."). Só uma coisinha, uma última pista à qual aferrar-me ("Horischnik"). Me sai um nome, não uma pergunta, um nome solto ("Horischnik? Que Horischnik?"), Sandra quer ir embora ("Horischnik, o que tocou no lugar do morto") e exagera uma urgência que até há pouco não tinha ("O velhinho, sei. O que é que tem?"). Eu não devia tê-la irritado, ela não estava interessada em nada daquilo e agora além do mais quer ir embora o mais depressa possível ("Ele existiu mesmo? Quero saber se ele existiu"). Nunca consegui imaginar Sandra com Valentinis: nem nas vezes em que os via juntos.

Ledesma, lembro-me, aceitou meu argumento, e não era pequena a satisfação que isso me proporcionava. O que para mim era mera conjectura para ele virou certeza: a luta de Firpo e Dempsey irrompera na vida (ou na morte) do homem que ocupava aquele quarto de hotel da mesma forma agressiva como, na vida de todo indiferente, irrompem os esportes, os grandes espetáculos, os fervores populares de modo geral.

Nem por isso, contudo, ele se decidia a manifestar interesse pelo caso. Minha contribuição lhe parecia correta, é verdade, porém mais que enriquecer a ideia que ele fazia do que pudesse ter acontecido por ocasião daquela morte no hotel, ela lhe dava a sensação de que agora o enigma já estava solucionado: o sujeito fora morto, de alguma maneira, pela cultura vulgar. De seu ponto de vista, tornava-se anedótico determinar se se tratava de um crime ou de um suicídio, porque tanto um como outro teriam sido provocados por uma mesma causa fundamental. Já não era tão importante para ele descobrir se aquela morte tivera origem em outra pessoa ou no próprio morto; de uma ou de outra maneira ela fora uma decorrência da luta de Firpo e Dempsey, porque se o homem tivesse conseguido se preservar daquele evento, sua vida estaria salva, tendo-a perdido porque não conseguira fazê-lo.

Como solução do caso, era absurdamente abstrato, foi o que Verani tratou de demonstrar. Era como postular, por exemplo, que a razão de cada roubo ou de cada ato de violência são, na verdade, a miséria e a desigualdade social que imperam no capitalismo. Uma explicação assim deixava a desejar, se não por falsa, então por demasiado genérica: visto que explicava tudo, não explicava nada. Uma morte também é uma particularidade, e se há alguma coisa a estabelecer a respeito de uma morte é sempre em relação a essa particularidade.

Ledesma não via a coisa dessa maneira. Reagiu com tamanha ira que chegamos a considerá-lo teatral: sua explicação era a mais concreta, a mais pontual, a única possível. Qualquer outra elucubração que deixasse de lado a culpa daquilo que passou a chamar francamente de fascismo seria verdadeiramente abstrata, difusa por não saber distinguir o episódico do essencial.

Ainda por cima eles lutam assim: nus, ou quase, expondo o torso largo, os braços desdobrados a revelar os músculos tensos, os nós fibrosos com que os ombros viram pescoço, a curva das costas vigorosas e em equilíbrio. Cobrem um pouco do corpo, é verdade: as mãos ficam ocultas pelas luvas, por exemplo, e os pés pelas botas, botas de gladiador, que sobem pelo tornozelo e também cobrem uma parte da panturrilha. E envergam, evidentemente, seus inefáveis calções, puxados por cima da barriga para diminuir a superfície passível de ser atingida, protegendo as partes onde os homens são homens.

Não obstante essas coberturas, é patente que lutam, de modo geral, em estado de nudez, sublinhando que nesse tipo de luta a única verdade são os corpos. Os corpos viris, os corpos em forma: nem barras de madeira com que terçar e afligir-se, nem espadas que, embora mochas, sirvam ao intento de ferir. Aqui, os corpos, a verdade dos corpos, a única realidade: a dos corpos, que é justamente a que o mediador, mister John Slowest Gallagher, gostaria de arrojar ao esquecimento.

Os corpos dos contendores: preferiria não vê-los nem sabê-los, pois lhe recordam, fatalmente, as fraquezas de Melody Nelson. É isso que ela adora, nem mais nem menos: esse vigor atlético, essa robustez, esse aço cintilante capaz de machucar sem ser machucado, esse jeito de estufar as pernas e os braços, o pescoço, os torsos, essa fartura na distância que vai de ombro a ombro. Seria preferível conjeturar uma modalidade mais apagada do desejo: padecer, no caso, pois não deixaria de ser um padecimento, que o que Melody Nelson quer é uma bela família com um homem bom, uma casa no subúrbio com um terreno para flores, um ou dois cachorros, duas ou três crianças, o último modelo da Ford Company, lareira para o inverno e, para o verão, sombras. Tudo com um homem que não é ele. Com isso já teria sofrimento bastante. Mas Melody Nelson, não: não é assim que ela deseja; e mister Gallagher sabe muito bem. Evoca seu corpo apalpado nas noites com sigilo insuficiente e sempre a ponto de serem flagrados: a maciez repentina sob a rigidez do corselete, os mistérios pressentidos quando arregaçava a anágua. Essa, e não outra, é preciso admitir, era Melody Nelson. O que se foi dela, quando ela se foi, senão seu corpo certo? A única verdade, a realidade. E em busca do quê? Desses outros corpos, robustos, tensos, tersos; os boxeadores, sim, os boxeadores, um corpo de mulher perdida no corpo de um boxeador.

E mister Gallagher, o árbitro, tem de ver tudo aquilo. Não a ela, porque a ela, com esse ou com aquele, não tem necessidade de ver e inclusive não aguentaria; mas os corpos concretos, sim, tão dolorosamente concretos, tão inexoráveis; os corpos mostrados ele vê, porque lutam nus, nus ou quase, e mister Gallagher não pode deixar de vê-los, entre outras coisas porque é o árbitro e tem de ficar atento para que não haja golpes baixos nem cabeçadas, tem de tocá-los também, para separar os contendores quando emaranham os braços, tem de contar até dez quando um deles cai e depois ajudá-lo a erguer-se e levantar um dos braços do outro, tudo isso ele tem de fazer e se mortifica, se mortifica enormemente ao fazê-lo, porque em todas essas coisas o que sente e o que vê é Melody Nelson, o desejo de Melody Nelson em forma de corpo, seu desejo de corpos em forma de corpo.

Sofre. Sofre, se mortifica. Não deveria ter sido árbitro: é o que pensa. Para quê? Para ver um pugilista cair (assim como, agora, caiu Jack Dempsey) e ficar imaginando de que maneira Melody Nelson é capaz de se deitar ao lado dele ou por cima dele? Para isso, ser árbitro? Padece. Padece, sim: padece. Mas também, um pouco, gosta. É estranho, não saberia explicar. Muito padece, mas um pouco gosta. Melody Nelson: macia e ao mesmo tempo firme, despojada de toda a roupa e de seu escasso pudor, sovando aqueles corpos, molhando aqueles corpos, libidinosa. Mister Gallagher sente uma opressão desagradável de angústia no peito, sente as lágrimas que se acumulam na garganta apertada. Mas abaixo, na calça, por baixo da calça, sente uma cócega. Esquece as milhares de pessoas reunidas no Polo Grounds de Nova York e não permite que aquilo perturbe certo embandeiramento que talvez fosse perceptível. Chega mesmo a murmurar: "Melody". E completa, sempre sussurrando: "Melody Nelson". Quem olhasse veria, mas e daí? São coisas de homens. Além disso, todos devem estar olhando para Dempsey, que saiu voando, ou em todo caso o outro, que o arremessou. Ele, de seu lado, mister Gallagher, flexiona levemente uma perna e se vira para a esquerda. Há fotos que o retratam assim (de costas, para sorte dele). Dá a impressão de estar se inclinando para ver melhor, e em parte é por isso. Mas a verdade, a absoluta verdade, só ele sabe: que se vira para reacomodar o que, por sua evocação tão fiel, acaba de desacomodar-se.

— É interessante como, em determinados períodos, os acontecimentos se multiplicam. Há uma espécie de concentração de acontecimentos, não sei se estou sendo claro. Num determinado lapso de tempo mais ou menos delimitado, acontecem muitas, mas muitas coisas. Essa vertigem é como um signo dos tempos modernos, não?

— A vida, Ledesma, a vida. A vida é assim: o que não acontece em vários anos, acontece num dia.

— A vida me parece um pouco muito, sabe? Digamos os tempos modernos, que já é dizer muito. E tomemos como exemplo aquele ano, 1923. Veja quantas coisas aconteceram. O senhor com a sua luta, eu com o meu concerto. E o Goffredi com o Palácio Barolo. Não sei se ultimamente o senhor tem conversado com o Goffredi.

— Não.

— Não se preocupe, eu lhe conto. Porque não deixa de ser uma coincidência interessante. No início de julho, sempre naquele mesmo ano de 1923, é inaugurado um dos edifícios mais famosos da cidade de Buenos Aires. Imagine aquela época: quem governa é Alvear, o país aparentemente prospera. A capital mais moderna da América Latina não para de se modernizar. Nesse quadro tão florescente, a grande urbe estreia seu edifício mais augusto: o Palácio Barolo.

— Um nome besta.

— Parece besta, vai ver que é, mas o que o senhor quer? Era assim que o proprietário do imóvel se chamava. Não se preocupe com isso, não deixe que a árvore esconda o bosque.

— Barolo.

— É, Barolo. Um edifício concebido e executado com base na *Divina Comédia* de Dante. Olhe que coisa ambiciosa.

— Eu não quero que a árvore esconda o bosque.

— Então. O edifício está localizado na Avenida de Mayo, a mais europeia das avenidas portenhas, ela e aquela outra do bairro de Palermo, a que vai até a praça Itália e lembra os Champs Elysées de Paris.

— Um edifício muito alto.

— Vinte e dois andares. Hoje o senhor olha e não consegue localizar o prédio no meio da barafunda de edificações de porte. Mas naquela época e durante vários anos ele foi o ponto mais alto de toda a Buenos Aires.

— Mais que o obelisco.

— O obelisco ainda não existia, Verani, onde o senhor está com a cabeça? Acha que o obelisco é do tempo do Garay?

— O obelisco é uma beleza.

— O senhor acha?

— Acho.

— Não perca seu tempo com aquela bobagem, Verani, ouça meu conselho. Isto é, quando for a Buenos Aires. Prefira outra coisa, recomendo com entusiasmo: admire a exuberância proporcional do Palácio Barolo. Um edifício concebido e executado com base na *Divina Comédia* de Dante. Me diga se não é uma coisa muito especial.

— Muito especial...

— Claro.

— Único no mundo inteiro.

— Único?

— É. No mundo inteiro.

— Bom, também não precisa exagerar.

— Obeliscos, como o senhor diz, há muitos. Barolo há um só.

— Agradeço seu entusiasmo, Verani, mas na verdade não quero enganá-lo. Único, único mesmo, não: único ele não é.

— Ah, não?

— Não.

— Tem outro parecido?

— Não. Parecido, não. Igualzinho. Idêntico, Verani. O que se pode fazer? Lamento decepcioná-lo mais uma vez.

— E em que lugar do mundo?
— Francamente: logo ali. Em Montevidéu.
— É só atravessar o charco?*
— É.
— Igualzinho?
— Igualzinho. Duas gotas de água.
— Igualzinho a esse outro tão, mas tão especial?
— É, igualzinho. Igualzinho.
— Dizem que Montevidéu é triste.
— É triste, sim. Muito triste.
— A vida também.

Com a mão remanescente também apalpa. Esmagado e cego, febril, não encontra outra maneira de explorar. Aquela mão não o extirpa de sua relativa catacumba; utiliza-a para investigar seu interior. Se pudesse ver, faria isso com olhar agudo; como não pode, examina tateando. Tateando, apalpando, procura e encontra. Encontra alguma coisa, não sabe o quê. Com o olhar saberia, saberia no mesmo instante; os dedos cegos, embora sensíveis, exigem mais tempo. É um tecido, é uma manga. A manga de um casaco. Desce por ali, do mais grosso para o menos grosso. Quando chegar à mão, poderá pedir ajuda. É sua noção de socorro, ou uma de suas noções de socorro: uma mão agarrada a outra. Achar a mão e agarrá-la. Encontra, nessa iniciativa, uma ponta de esperança, mas também um início de inquietação. Donald Mitchell não consegue se desvencilhar da sensação de túmulo. E um túmulo é um lugar onde a pessoa, o morto, está sozinha, completamente sozinha. Morremos sozinhos, todo mundo sabe, além disso todo mundo sabe que os mortos ficam

* Na Argentina, "*cruzar el charco*" significa viajar para o Uruguai. (N. T.)

extremamente sozinhos. Mas naquele túmulo, naquele quase túmulo daquela quase morte, há outro além dele. Quem poderá ser? Quem é? Túmulos partilhados só são admissíveis por amor, para que o leito final reproduza e prolongue o que em vida foi o leito nupcial. Mas Donald Mitchell é solteiro, nem namorada tem. Então quem é esse outro que, igualmente subterrâneo, jaz ao lado dele? Quem é e por que se encontra naquele local? Não sabe, não tem como sabê-lo. O outro se chama Kid McPartland, tem trinta e seis anos, nasceu em Nova Jersey, mora em Manhattan, seus traços, tanto quanto seu sobrenome, denotam a ascendência irlandesa. É um dos três jurados na luta pelo título mundial de pesos pesados; sua principal função (mas cuidado: não a única) é qualificar o desempenho dos pugilistas round a round para que, caso a luta não termine em nocaute, seja possível determinar o vencedor graças à soma direta de suas pontuações bem como as dos demais jurados. Aquele é Kid McPartland. E que faz ele no chão? Muito simples: Jack Dempsey, o campeão do mundo, caiu em cima dele, tal como fez com Donald Mitchell, derrubou-o por sua vez, tal como fez com Donald Mitchell, e acabou por deixá-lo estatelado e esmagado, tal como fez com Donald Mitchell. No momento, ao que tudo indica, os destinos dos dois estão atrelados.

— Me deixe explicar, por favor, eu não gostaria que o senhor ficasse com uma ideia equivocada nem do Barolo nem de mim.

— Diga, Ledesma, diga tudo o que achar necessário.

— Acho necessário explicar o porquê da existência de um edifício idêntico a esse que menciono e que defini como excepcional, e que defino sem hesitação com igual juízo de igual teor.

— Não se amargure, Ledesma. Já sabemos o que é Montevidéu: uma Buenos Aires menorzinha.

— Não é isso que estou querendo lhe dizer, embora tampouco o desminta, mas outra coisa. Há outra explicação, de índole histórica. O arquiteto que concebeu e executou sua obra em Buenos Aires, obra à qual deu o nome de Barolo, é o mesmo que em seguida empreendeu tarefa idêntica na outra margem, na avenida 18 de Julho. Lá, o nome é Palácio Salvo.

— Um nome melhor.

— De certo modo. Os edifícios são iguais porque o mesmo arquiteto idealizou e executou os dois. Não há plágio nem desdouro para ninguém.

— É o que eu lhe digo, Ledesma: Montevidéu é como Buenos Aires, só que menorzinha.

— Não se arrisque com o tamanho, é o que lhe recomendo. O Palácio Salvo é quatro andares mais alto que o Palácio Barolo.

— Por que isso?

— Sei lá por quê, Verani. Vá perguntar ao arquiteto, que ainda está vivo.

— Vida longa.

— Noventa primaveras, ele deve ter. Quem morreu depressa foi o Barolo.

— Barolo.

— Luis Barolo, isso. O industrial que encomendou o edifício de Buenos Aires. Morreu em 1922, meses antes da inauguração. Ou seja, não chegou a ver a obra concluída.

— Coitado do Barolo.

— Coitado mesmo. Um caso tipicamente argentino. Estou me referindo à maneira como ele foi enrolado pelo Palanti. Palanti é o arquiteto que construiu o edifício, italiano, no meu entendimento o maior vivaldino. Ele convenceu o Barolo de que em breve ia estourar uma nova guerra na Europa. E adivinhe o que ele achou para engrupir o outro: a necessidade de salvar os restos mortais de Dante Alighieri. Dante estava enterrado em

Ravena (onde, vou logo avisando, está até hoje). Parlanti consegue convencer o Barolo de que no evento de uma nova guerra europeia aquele corpo reverencial corre perigo. E não somente isso: convence o Barolo a construir um santuário para trazer as cinzas do vate máximo da italianidade para Buenos Aires e assim pô-lo a salvo.

— E o outro achou razoável?

— Achou perfeitamente razoável. Como o general Perón com os projetos de Richter na ilha Huemul. Barolo apoia a ideia de Palanti e financia a construção do santuário para o Dante.

— E onde eles constroem o santuário?

— Como assim, onde eles constroem o santuário, Verani? O senhor não está entendendo? O santuário é o Palácio Barolo.

— Ali, na Avenida de Mayo?

— Claro, homem! O plano era esse. Por isso o edifício tem cem metros de altura: porque cem são os cantos da *Divina Comédia*. E por isso tem vinte e dois andares: porque vinte e duas são as estrofes da maioria desses cantos. O térreo é o Inferno. Os primeiros catorze andares evocam o Purgatório. Entre o décimo quarto andar e o vigésimo segundo andar: o Paraíso. Na cúpula há um farol. O farol representa Deus.

— Heresia!

— Heresia nenhuma, não se aflija. O edifício é inaugurado no dia 7 de julho de 1923, com a bênção do núncio Giovanni Beda Cardinale. Presentes o conde Felizzano, embaixador da Itália, e o então chanceler argentino, Ángel Gallardo.

— O Barolo não.

— O Barolo já tinha morrido.

— E nunca trouxeram o Dante.

— Não, isso seria impensável. Para começar, a guerra não estourou; pelo menos não naqueles anos. E o projeto de trasladar as cinzas de Dante Alighieri não passou de eloquência, aliás tão italiana, de Mario Palanti, e de credulidade, aliás tão argentina, de Luis Barolo. Ficou o edifício, isso sim. E o nome.

— E o que fez o macarrone depois? Se mandou.

— É, primeiro para o Uruguai. Para sorte deles: se o senhor visse como o Palácio Salvo se destaca, a alguns metros da praça Independência.... E depois voltou para a Itália.

— Voltou para a terra natal.

— É, para a terra natal. Foi oferecer seus serviços a Benito Mussolini.

E então, sim, finalmente, a história deu uma virada. Uma tarde Valentinis telefonou para o jornal, sem pressa, de Buenos Aires, inclusive com voz anódina. Eu nunca imaginaria que ele tivesse algo valioso nas mãos, achei que quisesse acrescentar algum dado aos que já conseguira, para que não fôssemos achar que havia deixado o assunto de lado. O que informou não implicava, na opinião dele, maior agudeza de espírito, não fosse pelo fato de evidenciar grande precisão — e grande precisão sempre faz as vezes de verdade. Eram os dados de filiação do morto, obtidos no arquivo judicial. Para Valentinis aquilo era pura minúcia, e não lhe faltava razão. Só que em meio a fatos tão volumosos, a minúcia podia adquirir importância máxima.

Pediu para falar com Verani. Não sabia nada de Ledesma. Para Verani, na época, todos aqueles telefonemas sempre se caracterizavam pela urgência. Atendeu agitado, logo antes tropeçara numa pilha de papéis ou coisa assim. Eu andava pela área, na redação do jornal: Verani me chamou sacudindo um braço erguido. Depois, comprimindo o auricular do telefone entre a orelha e o ombro, girou um punho diante da outra mão aberta: precisava de material para anotar alguma coisa. Peguei uma esferográfica que estava sobre uma das escrivaninhas e um pedaço qualquer de papel. Me aproximei.

Verani ditou, soletrou: Otto Stiglitz. Dois tês. Tê zê. Perguntei quem era. O nome do morto, me disse. Acrescentou um número: cinquenta e dois. A idade. O nome confirmava o que já havíamos inferido: que se tratava de um estrangeiro. De todo modo, Valentinis fornecia a informação precisa de sua nacionalidade. Verani ouviu e ditou, eu anotei: austríaco. Nascera em Viena no dia 14 de julho de 1871.

Um austríaco em Buenos Aires em setembro de 1923. Impossível não imaginar o que imediatamente imaginamos: que Stiglitz fazia parte da orquestra de Richard Strauss. Passava, como todos, seu tempo no hotel, a não ser quando estava tocando ou ensaiando no teatro.

— O Palácio Barolo teve um papel preponderante em toda essa história da luta entre Firpo e Dempsey.

— Não me diga.

— Claro, Verani, se não tivesse, por que o senhor acha que eu ia ficar falando nele?

— Sei lá. Para conversar sobre alguma coisa.

— Sobre alguma coisa, sobre alguma coisa. Sempre se conversa sobre alguma coisa. Mas nem por isso se fala só por falar.

— Não, claro. Conversa fiada, não.

— O senhor deve estar se perguntando como é possível que um edifício, por mais impactante que seja, desempenhe determinado papel numa luta de boxe.

— Barolo. Ba-ro-lo.

— Deve estar se perguntando.

— É, estou.

— Muito simples. O Palácio Barolo tinha, como dizíamos há pouco, um farol imenso na sua parte superior.

— Sei. O senhor falou que o farol era Deus.

— Eu, não: o arquiteto, Mario Palanti. E não que era Deus, mas que representava Deus.

— Dá no mesmo.

— Não dá no mesmo, mas não importa. A questão é que o Palácio Barolo tinha um grande farol em sua parte superior. Um farol de trezentas mil velas. Insisto num detalhe importante: o Barolo era, na época, o prédio mais alto da cidade.

— Não havia obelisco.

— Ainda não. Então resolvem aproveitar a altura e o grande farol do edifício para informar as pessoas sobre o resultado da disputa do título mundial. Hoje em dia, Verani, em plenos anos setenta, as notícias viajam a grande velocidade. Muitas chegam, inclusive, no instante mesmo em que se produzem. Mas o senhor precisa mentalizar aqueles anos: início dos anos vinte. É um mundo moderno, evidentemente, as pessoas vivem seu tempo, é possível estabelecer contato com o planeta inteiro, o novo é adorado, o presente e o futuro imperam alternadamente. A vertigem dos avanços técnicos se impõe. Mas, vistos a partir de hoje, aqueles anos revelam o óbvio: que tudo era incipiente, mal estava começando. Só que a população, as pessoas comuns, quero dizer, já tinham o moderno na mentalidade. E o que significa isso — dirá o senhor. Muito simples: que se naquela noite quem se enfrentava eram Luis Ángel Firpo e Jack Dempsey, embora a luta estivesse ocorrendo a milhares de quilômetros daqui, embora a luta fosse em Nova York, as pessoas faziam questão de saber o mais depressa possível, ao vivo e em transmissão direta, como se diria hoje, o que estava acontecendo, mesmo tão longe. Imagine só: Buenos Aires inteira, ou quase inteira, pulsava, atenta ao resultado daquela luta. E então o que fazem? Instalam dois canhões de luz na parte superior do Palácio Barolo. Dois grandes canhões de luz, capazes de transmitir dois longos e claros feixes de luz. Um azul, outro vermelho. O combinado era o seguinte:

se Firpo ganhasse, a luz azul se acenderia. Se Dempsey ganhasse, se acenderia a vermelha. O que o senhor acha?

— Parece adequado. Porque o azul é a cor da nossa bandeira.

— O azul da bandeira não é qualquer azul, Verani. A bandeira é azul-clara. Azul-clara e branca. Mas não interessa, quero falar de outra coisa. A multidão sai em massa pelas ruas de Buenos Aires e ergue os olhos para o céu na maior ansiedade. A expectativa é brutal. Realmente brutal. A cidade inteira em suspenso, calcule só. E de repente, o que acontece?

— Não sei. O que acontece?

— Acontece que se acende e cruza o céu... a luz azul.

— A luz azul?

— É!

— A luz azul!

— É!

— Então... O vencedor foi o Firpo!

— O Firpo, isso, o Firpo. Luis Ángel Firpo. É o que imagina a massa maravilhada. E com isso Buenos Aires inteira é tomada pela euforia popular. Ouvem-se vivas, aplausos, cornetas, berros. As pessoas pulam e se abraçam. Alguns choram de emoção, outros cantam o hino nacional. Firpo é o herói.

— Não é para menos.

— Um festejo popular: buliçoso, agitado. Lembra os carnavais, as revoluções. O fervor das massas invade as ruas, o ar fica carregado de eletricidade, de vibração. Até que, de repente, quando ninguém mais esperava, quando já seria impossível, acontece uma coisa.

— Acontece o quê?

— Isto, Verani: o impossível. Acontece o impossível.

— O impossível, sim, mas o quê?

— Acontece que se acende e cruza o céu... a luz vermelha.

— A luz vermelha?

— É.

— A do Dempsey?

— É.

— A das listras da bandeira dos gringos.

— É.

— Então o vencedor foi o Dempsey.

— Isso mesmo, Verani, claro. Claro que o vencedor foi o Dempsey. Afinal, já sabemos que o vencedor foi o Dempsey. A luz vermelha do Palácio Barolo permanece acesa por muito tempo. As pessoas entendem que antes devia ter havido algum engano. Um engano lamentável, que fez nascer uma esperança efêmera. A luz vermelha corrige e anula a luz azul. Todos ficam à espera de uma coisa improvável: que a luz azul volte, que corrija e anule por sua vez a luz vermelha. Quem cometeu um engano pode muito bem cometer outro. Evidentemente, nada disso acontece. A luz vermelha permanece no céu, inapagável, definitiva. Tão inapagável, tão definitiva quanto as notícias que os jornais não farão mais que confirmar: que o vencedor foi Jack Dempsey. A alegria inexata a que a massa se aferra dura um certo tempo. No fim, como tudo o que é forçado, ela declina, esmorece e se esgota. Então o povo se rende a um silêncio sinistro. A massa se dissolve, abatida. Um por um, todos vão caladinhos para suas casas. É inverno, mas não está tão frio assim. Falta apenas uma semana para começar a primavera.

De fato: Stiglitz era um músico da orquestra de Richard Strauss. Otto Stiglitz, violoncelista, integrava havia doze anos a Filarmônica de Viena. Não estava como se diz na primeira fila porque o violoncelo solista era um tal Frederick Buxbaum (Valentinis consultara os programas originais daqueles concertos nos arquivos do Teatro Colón). Mas tampouco era apenas um a mais no conjunto. Não era suplente, se destacava; já contava, bem ou mal, com uma boa experiência na orquestra; Richard Strauss às vezes ficava conversando com ele sobre música.

O quarto no hotel era partilhado com Leopold Lanter e Anton Weis (Valentinis consultara os velhos registros do City Hotel), também integrantes da orquestra. Só tinham direito a ocupar quartos individuais aqueles que também fossem solistas na execução dos instrumentos musicais: Frederick Buxbaum, por exemplo, o violoncelista; ou Karl Freith, solista de viola; ou Alfred Blumen, que decolara na execução do concerto número cinco de Beethoven à frente de um piano Bechstein da Casa Harrods. Richard Strauss ocupava, compreensivelmente, a suíte principal do hotel, que por acaso tinha o mesmo nome do concerto número cinco de Beethoven: Imperador.

Havia motivos de sobra, e além de motivos, meios, para fazer a estranha morte de Otto Stiglitz diluir-se no nada. Não interessava a ninguém que houvesse um escândalo de alguma repercussão com a Orquestra Filarmônica de Viena em Buenos Aires: nem às autoridades argentinas, nem aos organizadores dos concertos, nem aos integrantes da orquestra, nem ao próprio Richard Strauss. Para todos, era melhor que a coisa desse em nada. Em casos como aquele, a curiosidade policial era moderada, nem um pouco impossível de desestimular. Autoridades argentinas e austríacas convergiram em fazer o necessário para que o caso fosse encerrado antes mesmo de chegar a se abrir de fato. Para isso o melhor foi avalizar a versão do suicídio, que ademais não era inverossímil, pois assim ninguém precisaria ter na consciência a possibilidade de que um assassino pudesse ficar livre e impune.

O traslado do cadáver era outro impasse e outra boa razão para resolver o assunto de maneira discreta e expedita. Uma repatriação dos restos mortais, já que disso se tratava, apresentava diversas dificuldades, tanto de caráter jurídico como econômico, para não mencionar a circunstância lúgubre de que seria preciso conservar por vários dias o caixão mortuário com o morto em seu interior. E tudo isso para quê? Para que ele repousasse em Viena, onde nascera. Alguém sugeriu então que todo músico é um ser universal, porque a própria música o é, e que nesse sentido seria o caso de considerar que o lugar onde está um músico é também o seu lar. Outro adicionou um argumento mais concreto: Otto Stiglitz era solteiro, não tinha mulher nem filhos, os pais já haviam morrido, e sua única irmã estava distanciada dele havia vários anos, aparentemente porque não aceitava que Stiglitz não estivesse disposto a constituir família. O fato é que ninguém reclamaria o morto na Áustria.

Diante disso, tomaram-se as providências mais práticas: a polícia foi afastada do caso, o processo foi arquivado sem outros elementos além dos inicialmente recolhidos, permitiu-se que a imprensa, que tudo esquece, também esquecesse aquela ocorrência.

Otto Stiglitz foi cremado numa certa manhã ventosa no cemitério da Chacarita, na cidade de Buenos Aires. No decorrer da manhã seguinte, que também foi ventosa, uma pequena delegação dirigiu seus passos para o cais do Clube dos Pescadores da Costanera Norte, sempre na cidade de Buenos Aires. Integravam-na alguns membros destacados da Orquestra Filarmônica de Viena, inclusive seu regente, o famoso Richard Strauss, e também alguns funcionários desimportantes da imprensa local. As cinzas de Otto Stiglitz foram espargidas sobre as desconcertantes águas do Rio da Prata, onde em pouco tempo desapareceram.

Se o médico estivesse, como seria desejável, inclinado sobre ele, ou muito pertinho, a seu lado, o que lhe diria? Jack Doc Kearns, concretamente, já que é nele que Dempsey pensa, se estivesse a seu lado, ou inclinado sobre ele, o que lhe diria? Haveria de fazer-lhe algumas perguntas. Perguntas óbvias, as de praxe, as necessárias para avaliar seu grau de lucidez ou seu grau de perturbação. Perguntaria: como é seu nome, quantos anos você tem, onde estamos, em que cidade, que dia é hoje, o que você estava fazendo neste exato momento (tudo em inglês, naturalmente, e aos gritos). Como Jack Doc Kearns não está ali nem, pelo menos por enquanto, vem acudi-lo nem entra em cena, Dempsey resolve enfrentar a situação sozinho. Dará um jeito, se encarregará do assunto, como se diz. Avaliará ele mesmo seu nível de lucidez. Afinal de contas, já conhece as perguntas: todos os nocauteados enfrentam a mesma lenga-lenga. A questão é verificar se também conhece as respostas. Cuidadoso, comedido, equilibrado, pensa e diz: meu nome é Jack Dempsey. Tenho vinte e oito anos. Estou no Polo Grounds da cidade de Nova York. Hoje é 14 de setembro de 1923. E o que eu estava fazendo é isto: defendendo meu título de campeão mundial dos pesos pesados. A coisa que eu mais estimo neste mundo. A única coisa que eu possuo.

Nove

O quarto ocupado por Otto Stiglitz era o de número 404. Todos os integrantes da orquestra, e não somente Stiglitz, estavam alojados no quarto andar do City Hotel. É compreensível que estivessem todos juntos e que se movimentassem mais ou menos em bloco. Strauss, porém, adotara uma norma ainda mais estrita: que ninguém alheio à orquestra poderia ter contato com eles. Para isso, todos desciam ao refeitório do hotel uma hora antes dos demais hóspedes, o que não violentava os hábitos europeus de comer bem cedo pela manhã, e raramente se afastavam do hotel se não fosse para transferir-se para o Teatro Colón. Como os ensaios e concertos ocupavam quase todo o tempo (houve apresentações nos dias oito, dez, doze, treze, catorze, quinze, dezesseis, dezoito, vinte e um, vinte e dois, vinte e três e vinte e cinco), é lícito dizer que eles não faziam outra coisa senão tocar.

Por outro lado, ninguém tinha autorização para subir ao quarto andar do hotel. Era uma instrução expressa de Richard Strauss: não havendo naquele setor outros hóspedes que não seus músicos, era perfeitamente possível conseguir que mais ninguém transitasse por ali. Isso era do conhecimento de zeladores, ascensoristas e camareiras. A ordem sem dúvida foi obedecida com extremo rigor; ninguém queria desagradar Strauss nem ocasionar algum transtorno a tão ilustres visitantes.

Todos e cada um dos membros da orquestra, e Strauss em primeiro lugar, haveriam de defender o ponto de vista de que a música é uma arte capaz de criar um mundo próprio. A sala principal do Teatro Colón reforçava essa ideia: a do mundo à parte onde nada que pertença ao exterior é capaz de ingressar. Strauss queria que a mesma impressão se produzisse na vida diária do hotel onde estavam hospedados, de modo que os músicos viveram praticamente isolados durante todo o tempo que passaram em Buenos Aires.

— Mahler e Strauss, diante da resistência que ambos encontravam e que era determinada pelo gosto conservador de seu tempo, ajudaram-se muito um ao outro.

— Bons sujeitos.

— Pode dizer isso mesmo, se quiser. Mas também havia outra coisa: dois grandes músicos, dois grandes maestros, mancomunados num mesmo afã de ruptura e experimentação, unidos num mesmo destino de incompreensão da sociedade.

— É, o senhor já me contou. As coisas não iam bem para eles.

— Iam bem, sim, claro que iam bem. É preciso ir um pouco mais longe para entender o que acontecia com eles.

— As coisas iam mais ou menos.

— Não é isso, procure entender, nem tudo na vida pode ser medido com um polegar virado para cima ou com um polegar virado para baixo. Tanto Mahler como Strauss conseguiram, em vida, ser artistas de renome.

— Famosos.

— Um pouco mais que isso, Verani. Famoso é o Sabú.* Quero dizer de renome. Certos artistas, digamos assim, de vanguarda, dificilmente conseguem reconhecimento em vida. Os contemporâneos nunca os entendem e a justiça acaba ficando por conta da posteridade.

— Ou seja, nós.

— Nós e muitos outros, claro. E o senhor nem tanto, para falar a verdade, pelo menos enquanto não aparecer lá em casa para escutar Mahler comigo.

— No tempo dele ele não agradava.

— Era um grande inovador. Não tinha surgido do nada, evidentemente: o senhor escuta Beethoven e entende, escuta Wagner e entende, escuta Bruckner e entende. Mas claro, se não escuta nada, não entende nada. Apesar disso, mesmo sabendo de onde foi que ele saiu, o som do próprio Mahler é muito novo. Verdadeiramente novo. E isso desconcerta. Pode desconcertar ainda hoje, pense bem, depois que já tivemos um Schoenberg, um Alban Berg, não sei se está me acompanhando. Imagine naquele tempo. Aquela música era realmente perturbadora e não era fácil de assimilar. E o mesmo acontecia com Richard Strauss.

— E foi assim que os dois ficaram amigos.

— Eu não colocaria nesses termos. O senhor diz isso de uma maneira um pouquinho empobrecedora, percebe? Parece que está falando do roto e do esfarrapado, ou algo do gênero.

— E não é nada disso.

— Claro que não é nada disso. Estou lhe falando de Gustav Mahler e de Richard Strauss. Que, além de compositores, eram regentes. E isso contribuía para que os dois tivessem condições

* Héctor Jorge Ruiz, conhecido como Sabú, foi um cantor argentino popular na década de 1970. (N. T.)

de se apoiar mutuamente. Não porque fossem cupinchas, entende? Nem porque tivessem pena um do outro. Uma coisa muito diferente, Verani: uma coisa da ordem da afinidade artística. A música irmanava os dois. Uma concepção musical semelhante e uma dificuldade também semelhante diante das limitações da época em que os dois viviam. Eles escreviam música para um tempo que ainda não havia chegado.

— E então se davam uma força.

— Mahler, na condição de regente, programava música de Richard Strauss em seus concertos. E Strauss, na condição de regente, programava música de Gustav Mahler em seus concertos. Negar que fizessem isso para se beneficiar mutuamente talvez fosse pecar pela ingenuidade. Não é isso que estou dizendo. Mas também não podemos reduzir essa extraordinária complementação de dois artistas colossais a um vulgar, desculpe a qualificação, dar uma força. Naquilo tudo também havia apoio genuíno e legítima convicção. A prova está em que Strauss, que dos dois foi o que viveu mais tempo, não deixou de promover a música de Mahler nem depois da morte de Mahler. Ou seja: quando, em termos de uma especulação rasa que certamente não era a dele, já não havia possibilidade de contar com algum benefício em nome da reciprocidade. Mahler não fazia mais parte deste mundo (se é que, perdoe a emoção, alguma vez fez), e Strauss continuava homenageando com suas admiradas interpretações a música que ele havia composto. O senhor está entendendo? Permita que eu insista: doze anos depois da morte de Mahler, Strauss programou sua primeira sinfonia, o Titã, para ser mais exato, e de fato foi ele quem a estreou aqui.

— Aqui, não. Em Buenos Aires. Aqui ninguém vem.

Muitas vezes, vezes demais, Sandra não responde ou responde alguma coisa que não significa nada. Sabe que irrita e faz isso para irritar. Valentinis, mais que ninguém, ficava louco: não queria gritar com ela, mas gritava, e uma vez, como se não soubesse que estava parodiando um tango, chegou a dizer a ela: vou sair daqui, entende, para não bater em você. Sandra tem isso e outras coisas mais. Quantas vezes tentou me aplicar essa de ficar calada ou de mudar de assunto. Não insistiu porque viu que eu não me irritava tanto assim. Mas agora mesmo tentou outra vez, possivelmente sabendo que era a última vez que nos víamos ou percebendo que havia alguma coisa pelo meio que estava me interessando muito (mais que a ela, no momento). Perguntei por Horischnik e ela não respondeu. Não disse nada de concreto: nem que ele existiu nem que nunca existiu. Insisti e ela começou a limpar os óculos escuros que ia usar dali a pouco com um lenço áspero que sem dúvida mais arranhava que limpava. A providência aparentemente exigia toda a sua concentração: todo o estoque disponível de sua atenção.

Não nos despedimos.

Agora entro, sozinho, num café da rua Callao.

São quatro da tarde.

Penso em Abraham Horischnik. Reflito: Sandra nunca me revelaria alguma coisa que pudesse me entusiasmar. Não da maneira como as coisas se passaram. Decidida a me mortificar, porém, ela bem que poderia ter declarado abertamente que a existência de Horischnik havia sido outra das invenções arquitetadas por Valentinis. Poderia ter feito isso, mas não fez. Posso deduzir o motivo: Sandra é muito boa para omitir e esconder, mas não sabe mentir. Não consegue dizer uma mentira frontal e decidida (Valentinis sabia disso, evidentemente, razão pela qual nunca fazia perguntas diretas a Sandra.) Ela não respondera a minhas perguntas sobre Horischnik porque se respondesse teria de admitir que pelo menos aquela parte da história tinha sido verdade. Em vez de dar essa resposta, preferiu não dar nenhuma e me deixar na dúvida. Mas já não tenho nenhuma dúvida: se Horischnik não tivesse existido, Sandra teria me informado do fato, muito satisfeita, aliás. Então me levanto, vou até o balcão do bar e pergunto se têm uma lista telefônica. Respondem que sim. Volto para a mesa carregando o catatau. Abro e começo a procurar no agá. Encontro Horischnik: há vários. Procuro Abraham: há um.

A exatidão dos dados confere ao mero nome uma forte impressão de realidade: um número de telefone concreto, um endereço concreto, uma avenida (Ángel Gallardo), a proximidade de um parque (o Centenario), uma vida concreta. Descubro, para minha surpresa, que até aquele momento eu dera por líquido e certo que Abraham Horischnik pertencia a uma outra época. Quer dizer: seria impossível que ainda estivesse vivo. Por outro lado, Ledesma acaba de morrer; Valentinis também morreu e acabo de ficar sabendo; tudo isso contribuiu para que eu não me desse conta de que Horischnik, embora muito mais velho do que eles, não tem por que ter morrido.

Faço as contas. Na época do concerto, Abraham Horischnik era jovem, muito jovem. Tinha pouco mais de vinte anos, era uma espécie de prodígio. Suponhamos que tivesse quando muito vinte e cinco anos. Se tem vinte e cinco anos em 1923, nasceu em 1898. E isso significa que hoje ele teria, ou tem, noventa e um ou noventa e dois anos. Pensar que tem essa idade é tão viável, ou mais, que pensar que poderia tê-la. Então anoto o número de telefone que aparece na lista e resolvo fazer aquele telefonema.

— Sempre é bom humanizar um pouco os grandes homens.

— Eu começo, se o senhor quiser: eles eram uns sujeitos comuns e silvestres.

— O senhor começa, Verani, e começa mal. Se acha que eles eram tão comuns e silvestres, vá compor os *Lieder von der Erde*. Componha e depois me conte. Escreva a *Salomé* uma tarde dessas, sabe? E depois me conte como foi fácil.

— Não sei por que o senhor fica me dizendo que é preciso humanizar, se é para depois ficar irritado desse jeito.

— É que com o senhor é só dar uma mão, meu amigo, que o senhor quer logo o braço inteiro. O que estou dizendo é que, sem deixar de exaltar o gênio superior daqueles homens sem dúvida excepcionais, devemos admitir suas fraquezas humanas.

— Eu admito. Admito sem o menor problema.

— Estou vendo. Faço-lhe uma proposta mais concreta: admitamos que, em algum recanto de sua alma fantasmal, Mahler talvez tivesse algum, digamos, rancorzinho, algum rancor, digamos, de Richard Strauss.

— O amigo dele.

— O colega e companheiro. Uma certa bronca, ele tinha, não vamos dizer que não.

— O grande Mahler.

— É, o grande Mahler. Grande apesar de tudo. Grande mas humano. Aos poucos ele deve ter desenvolvido uma certa bronca do Strauss.

— Na comunhão dos artistas.

— O que acontece é que a história, a história toda, e principalmente a da arte, está crivada de injustiças. O senhor sabe, porque já conversamos muito a respeito, que Mahler contava com um reconhecimento pouco menos que unânime de seus dotes de regente. Sua consagração como tal não apresentava falhas. Para sua própria música, contudo, o que equivale a dizer para ele como compositor, as coisas não iam tão bem assim. Às dificuldades intrínsecas que suas obras apresentavam devido às audácias da experimentação formal, somavam-se as complicações de sua extensão desmedida. Uma sinfonia de Mahler (a terceira, por exemplo, ou a segunda) pode durar bem mais que uma hora.

— As pessoas ficavam de saco cheio.

— São composições difíceis de programar. Porque o que se fazia com os compositores muito novos era misturar, no programa, alguma obra do novato a outras já conhecidas, de autores famosos, que servissem de gancho para atrair o grande público.

— Está vendo? Depois não venham me dizer que o povo não conta.

— E as de Mahler, sendo tão longas, ficavam difíceis de combinar com outras que servissem de gancho porque ocupavam sozinhas todo o tempo disponível para um concerto. O contraste com Strauss fica evidente. Não que Strauss fizesse concessões e compusesse música digestiva. Sabemos que não. Mas sua esperteza para com as questões comerciais era o oposto dessa espécie de prescindência que Mahler parecia possuir, sempre enclausurado em seu absoluto musical. Strauss, em compensação, sabia quais eram os canais que comunicavam música e dinheiro, e os punha para funcionar. O que, além do mais, significava fama.

— Fama é papo furado.

— Os dois eram diferentes até na maneira de relacionar a arte e a vida. Os contemporâneos relatam: Strauss sabia descansar depois do trabalho. Alguém poderia interpretar: Strauss sabia viver a vida. Mahler, não. Mahler vivia por e para o trabalho, vivia trabalhando. Não parava nunca.

— Isso não é bom.

— E não deixava de perceber que o outro estava se virando melhor. Era a pura verdade. O público, os empresários, os outros regentes, os críticos musicais é que decidiam isso. Por comparação (e podemos compreender que ele não pudesse deixar de fazer essa comparação), Mahler não estava se virando muito bem.

— Perdia para Strauss.

— Por assim dizer. Restava-lhe, claro, a posteridade. Porque Mahler entendia muito daquilo tudo. Muito, mas muito. Não tinha a menor dúvida, esteja certo disso, quanto a qual dos dois era o mais importante e estava efetivamente destinado a se destacar. Mahler já sabia que o grande músico de seu tempo era ele. Ele e não Strauss, nem nenhum outro. Era ele. E ele sabia. E sabia porque a história não faz mais que demonstrar uma e outra vez que o juízo definitivo da posteridade é que põe as coisas em seu verdadeiro lugar. Só então as hierarquias haveriam de ficar devidamente claras: Richard Strauss, um músico muito relevante; Gustav Mahler, um músico excepcional.

— E então para que se azucrinar, pergunto eu?

— O músico compõe para os tempos que virão. Mas o homem vive, tal como todos os homens, no tempo que lhe coube. E naquela época, o que havia? Nos jornais, Richard Strauss; nos melhores teatros, Richard Strauss; nas editoras, Richard Strauss. A mente fria analisa e entende: na posteridade, quem fica sou eu, e não ele. Mas tente fazer o fígado entender isso. Faça o fígado entender, se puder.

Ledesma ficava fascinado com aquela espécie de esfera hermética, intocável e intocada. A própria música representava para ele a manifestação mais acabada dessa ambição de autonomia: um mundo de puras formas que se basta a si mesmo e não tem necessidade de mais nada. Fascinava-o perceber que essa mesma promessa de autossuficiência podia se transferir para uma vida inteira (a de Mahler: inteiramente dedicada à música e quase sempre indiferente a todas as outras coisas) ou para um espaço (o que resta do mundo lá fora toda vez que submergimos na sala de concertos do Teatro Colón?) ou recinto cotidiano (o andar inteiro de um hotel que de repente, e durante algum tempo, se separa do resto e se transforma em outra coisa).

A morte de Otto Stiglitz, contudo, bastava para indicar que a mencionada esfera sofrera uma fissura em algum lugar. Qualquer outra morte (e mais concretamente: uma morte natural) talvez não tivesse semelhante efeito; afinal de contas, não há como prever ou impedir as fadigas de um coração danificado ou a alteração que determina que de repente alguma coisa se desconecte no cérebro de uma pessoa. Mas Stiglitz aparecera pendurado num cinto de couro, o que acentuava o elemento que faz de toda morte uma irrupção. Com aquela morte, que era artificial, que por si mesma, sem que alguém a tivesse ocasionado, não teria acontecido, algo externo rompera a esfera hermética e nela penetrara. Não importava que, dadas as condições em que se encontravam os músicos da orquestra de Strauss, fosse possível supor com razoável dose de certeza que a pessoa que tirara a vida de Stiglitz era membro da orquestra ou tinha uma ligação muito estreita com ela (definição que incluía, se fosse o caso, o próprio Stiglitz). Não fazia diferença, para Ledesma não fazia diferença. Aquela morte, assim ocasionada, rompia a uniformidade da rotina do ensaio e a harmonia do universo composto pela música e somente pela música.

Restava ver qual poderia ter sido esse fator capaz de invadir e alterar aquela virtual torre de marfim. Argumentar que ele era proveniente da luta entre Firpo e Dempsey não era mais forçado que estabelecer qualquer outro tipo de conexão causal, e pelo menos dava condições a Ledesma de concordar com Verani em alguma coisa. Era fato que na cidade, na época, o assunto estava, por assim dizer, no ar. Se algum fator externo, se algum fator estranho penetrara na atmosfera límpida dos acordes e afinações, dos compassos e contrapontos, esse fator bem podia ter como origem a ocorrência da luta; e não mais "apesar" de que esse fosse um fator externo e estranho, mas precisamente pelo fato de sê-lo. Porque se tratava disto: do que acontece quando dois mundos que não devem se tocar, se tocam.

Ledesma não abandonava sua convicção de que entre a vida de um violoncelista da Filarmônica de Viena e uma luta de boxe opondo dois brutos dispostos a machucar um ao outro não havia nem podia haver nada, mas nada, nunca, em comum. Nisso ele não cedia terreno nem tentava contemporizar com Verani: chegou inclusive a recorrer à imagem da água e do azeite para deixar claro até que ponto considerava os dois fatores impossíveis de misturar-se. Admitia, isso sim, que por algum canal, ainda não identificado, alguma coisa de um mundo se transferira para o outro. O resultado era conhecido: a morte horrível de Otto Stiglitz. O fato de que o mais vulgar penetrasse no mais sublime não podia adquirir para ele outra feição que não esta: a da catástrofe.

Largam sua mão e se sente, outra vez, perdido. Duplamente perdido: perdido por estar desorientado, por não saber onde está nem como sair; e perdido por ausência de salvação. Também perdido no sentido em que um pecador o é e está: toda vez que alguma coisa ruim lhe acontece, é tomado pela certeza imprecisa de que existe um deus que o sanciona por ter agido em determinado momento de forma extremamente incorreta. O outro largou-o e saiu, safou-se por um dos lados. Ele carece de tal abertura e continua embaixo. Muda de estratégia: não quer mais deslizar para fora. Tampouco espera algum auxílio de um terceiro. Com decisão, diz a si mesmo: contra a força, a força. Enfia os braços para dentro. É o oposto do que tentava fazer até um instante atrás. Agora enfia os braços para dentro e os reúne contra o torso. É assim que se firma. Crava os cotovelos no chão. Sente uma dor e resolve esquecê-la. Arqueia o corpo, embora meio sufocado, para abrir um lugarzinho. Uma vez obtido esse exíguo lugarzinho, utiliza-o para girar as mãos e posicioná-las, no ângulo agora reto do antebraço e dos punhos, com as palmas das mãos voltadas para o alto. Se não tivesse, como tem, em cima de si o campeão mundial de todos os pesos, Jack Dempsey, daria a impressão de estar fazendo um trejeito afeminado. Seja como for, visto que o tem em cima de si, fica revogada toda especulação desse teor. O chão é seu ponto de apoio e Jack Dempsey é um mundo (um mundo que pesa sobre ele assim como tantas vezes o mundo real pesa sobre os coitados dos indivíduos). Crava os cotovelos e firma os antebraços, prepara as duas mãos espalmadas sobre as costas barrocas do derrubado. Conta até três (velocíssimo: ele conta até três onde outro teria contado um) e faz força. Toda a força que tem, até quase chorar. Dempsey nem se move. Teria sido pior tentar arrastar um piano ou uma locomotiva. Resultado: nada. Faz o mesmo movimento que teria feito para içar-se do solo se estivesse fazendo flexões. Começa com as mãos contra o peito e o que tenta fazer é esticar os braços para a frente. Uma diferença é que, para fazer flexões, posiciona-se de barriga para baixo e agora está deitado no chão de barriga para cima. Outra diferença é que, quando faz flexões, a força de seus braços é suficiente para que o chão se descole e se afaste, e agora Jack Dempsey não se descola nem se afasta. Tenta outra vez. Firma os cotovelos, as mãos, os dedos incrustados; os dentes prestes a ranger dentro da boca, os joelhos que vão se dobrar para colaborar. E desta vez Jack Dempsey se move um pouco. É, se move um pouco, embora pareça um milagre, a montanha humana movida pela fé. Donald Mitchell sente que começa a levantá-lo. Pouco a pouco: como se moveria, nem mais nem menos, uma montanha. Sente-se um Davi içando um Golias. Sente-se um Sansão entre as colunas do templo. Ignora que há outro, de nome McPartland, o que acaba de soltar-se e sair, que ajuda, já de pé, puxando Dempsey vigorosamente por um braço. Ele tem a sensação de que está conseguindo tudo sozinho. É verdade, porém, que a sua é a pior parte e que sua participação não é nem um pouco desprezível em meio aos ardores da subida. Está conseguindo desdobrar os braços e não deve fraquejar. A imagem de uma formiga lhe vem à mente. Considera-a, em primeira instância, um sinal de autodesvalorização: um bichinho, um inseto, pouca coisa, fragilidade. Depois reconsidera: o que está evocando é uma velha leitura de revista de divulgação, onde aprendeu que uma formiga é capaz de transportar pesos vinte vezes superiores ao seu. Se uma formiga consegue erguer cargas que a superam em mais ou menos vinte vezes, por que ele não vai conseguir, por mais mirrado que seja, erguer o gigantesco Dempsey, se Dempsey só o supera em peso umas duas vezes e meia? Imbuído dessa fé, faz força e faz força.

— Richard Strauss também sabia qual o lugar destinado a cada um deles quando por fim as páginas definitivas da história da música fossem escritas. Não se confundia a esse respeito. Limitava-se, então, a admirar Mahler e a colaborar com ele no que fosse possível para que as amofinações da mediocridade alheia não acabassem por desmoralizá-lo. Ele, de seu lado, contava com a vaidade dos êxitos que naquela época lhe eram creditados não com injustiça, mas, isso sim, com alguma generosidade. Sentia-se honrado pelo reconhecimento e pela atitude amistosa de Gustav Mahler para com ele. De fato, Mahler o tratava com muita consideração. Não havia dúvida de que em determinadas circunstâncias sua opinião era a única realmente importante para ele. Era capaz de desprezar as impressões desfavoráveis de todas as outras pessoas, inclusive as de uma autoridade eminente como Hans von Bulow. As opiniões de Strauss, porém, sempre despertavam seu interesse e sempre o afetavam.

— Quer dizer que o Mahler também tinha um bom conceito dele.

— Claro que ele tinha um bom conceito dele. O que ocorre é que, ao mesmo tempo, estava desenvolvendo alguns sentimentos um tanto contraditórios. Basicamente, sentia um grande afeto por Strauss, muito reconhecimento, gratidão, sentimentos fraternos. Mas um pouquinho de impaciência também. Claro que tratava de disfarçar, controlava a coisa como podia, não ficava espalhando tudo aos quatro ventos.

— De dia, na frente de todo mundo, sorrisinhos para cá, sorrisinhos para lá. À noite, deitado em sua cama, vai ver que não conseguia dormir. Voltas e mais voltas debaixo das cobertas, matutando coisas sobre Strauss.

— Ele desabafava em cartas pessoais. Vou lhe dar um exemplo. Em outubro de 1903, depois de prolongadas amarguras, Mahler começa a ser beneficiado por algum reconhecimento. Por exemplo, rege uma de suas sinfonias em Amsterdã e se sai bem, realmente bem. Então escreve a Alma, sua mulher: "Strauss está muito na moda por aqui, mas eu ganhei dele de longe".

— Estava por aqui com ele.

— Isso, por aí mesmo, engastalhado no gasganete. Ou, melhor dizendo, ele estava pelas tabelas com o Strauss. Ao mesmo tempo, sentia apreço por ele e não parava de fazer coisas muito boas por ele, como, por exemplo, entrar numa luta feroz com a censura que, em Viena, não dava trégua a *Salomé*.

— Às vezes pendia para um lado, às vezes para o outro.

— É, ou então sentia as duas coisas ao mesmo tempo. Principalmente as duas ao mesmo tempo. Durante todos aqueles anos, Mahler abriga uma vibração de leve antagonismo ou de competição, mas não permite a mais mínima exteriorização de seus sentimentos.

— Strauss não tinha a mais pálida ideia.

— Não. Os dois ficam para sempre amicíssimos, até o fim dos dias. Dos dias do Mahler, que é quem morre primeiro.

— Antes do Strauss.

— Muito antes. O senhor está lembrado, Mahler morre em maio de 1911. Uma das últimas satisfações que ele recebe em vida é precisamente a chegada de um bilhete de Richard Strauss querendo saber notícias de sua saúde. E já lhe contei o que Strauss continuou fazendo por Mahler, inclusive depois de sua dolorosa morte. Na verdade Strauss viveu trinta e oito anos mais que Mahler. Muitos anos se passaram, aconteceram muitas coisas: a Grande Guerra, a estreia vienense de *Salomé*, a direção da Ópera de Viena, a grande turnê sul-americana. Em janeiro de 1933, Hitler sobe ao poder; em novembro desse mesmo ano, Strauss assume o cargo de presidente da Câmara de Música do Reich.

— Veja só que beleza.

— Para Richard Strauss a arte existia para além da política.

— Ah, é? Não me diga.

— Mais tarde ele abandona o cargo, não sem ter tido inúmeros conflitos. Entre outras coisas, porque quis programar música de Mahler e não permitiram que ele fizesse isso. Depois vem a guerra, que dura seis anos. Passados esses seis anos, o Terceiro Reich desmorona e Richard Strauss abandona o frio e a fome que o torturam na Alemanha e se refugia na Suíça.

— Que beleza.

— Agora vamos para a tarde de 28 de dezembro de 1946. Strauss faz uma visita a seu amigo e futuro biógrafo Willi Schuh. Distrai-se por um momento bisbilhotando na biblioteca do amigo. Até que em determinado momento encontra uma coisa.

— O quê?

— Um livro.

— Claro. Mas qual?

— O livro de memórias de Alma Mahler. Naturalmente, começa a lê-lo. No fundo é um livro sobre seu amigo Gustav. Trinta e cinco anos se passaram desde sua morte prematura. Trinta e cinco anos homenageando e evocando a música e a amizade do outro. Agora, em dezembro de 1946, Strauss folheia as páginas do livro de Alma Mahler. E sabe o que ele encontra?

— O quê?

— Uma série de cartas terríveis em que Mahler diz coisas bastante duras sobre ele.

— Não.

— Sim. Alma as publica impiedosamente. E Strauss fica sabendo, mais de trinta anos depois, o que o amigo verdadeiramente pensava dele. A partir daquele momento, toda uma época de sua vida (podemos afirmar: a mais importante) adquire uma coloração nova a seus olhos. A história completa daquela saudosa amizade de repente assume outro significado. O que Mahler evitou cuidadosamente dizer-lhe durante aqueles muitos anos em que o sentiu como seu grande amigo, ele vem a saber agora, sozinho, na Suíça, contado num livro que será lido por milhares de pessoas, com Mahler já longamente ausente, já longamente morto, sem que haja nada a fazer, nada a dizer.

— E o que faz Strauss?

— Isto: nada. Fecha o livro, larga o livro sobre uma mesa, enfia as mãos nos bolsos da calça e fica olhando pela janela os rigores que o inverno impõe à paisagem.

O melhor a fazer para esquecer Melody Nelson é pensar nela. Porque o outro método, o de nunca pensar, esse ele já experimentou e não deu resultado. Podia conseguir, às vezes, é verdade, durante horas inteiras; inclusive passara algumas tardes quase inteiras sem pensar em Melody Nelson em nenhum momento. Depois, porém, fatalmente, cedo ou tarde, despertada ao acaso por alguma coisa ou por coisa nenhuma, sua lembrança voltava. No meio dos boxeadores nem se fala: ela era quase instantânea. Mas em outras vezes também irrompia, como se fosse do nada, aparentemente sem motivo nenhum. Uma vez viajou por quase duas horas de volta para Manhattan do litoral de Coney Island, e nesse período não pensou nem um pouco nela; ao atravessar o East River, porém, sem perceber, sem saber como, já estava com ela na cabeça. O esforço vigoroso de nunca pensar em Melody Nelson jamais dava certo; exigia dele, entre outras coisas, que pensasse nela pelo menos um pouco.

Descartou, em decorrência da impossibilidade de sua execução, aquela alternativa inicial, mas concebeu outra: a de pensar nela a mais não poder. Entregar-se ao inevitável em vez de ficar tentando resistir. Submeter-se a ele e realçá-lo até o exagero; obrigar-se a pensar em Melody Nelson. Dedicar a ela seus pensamentos, os melhores e os piores, fazer isso sempre que tivesse algo firme em que pensar, mas também quando não tivesse. As mil e uma formas de pensar em Melody Nelson: recordando, conformando-se, decidindo-se; e assim até o infinito. Até que afinal, já mareado, enjoa dela. Consegue-o, assim, por saturação: se empanturra. Posiciona-se à beira da indigestão, da golfada mental, se é que algo desse tipo pode chegar a existir. Se empapa de Melody Nelson até sentir que sua cabeça não consegue mais tolerá-la. E então, com estranha facilidade, esquece-a. Por excesso de pensamento, dá uma volta completa sobre si mesmo e a esquece. Nada resta dela, uma vez que ela foi tudo.

Mister Gallagher volta então à realidade do mundo com a expressão aliviada de quem esteve muito doente e de repente se curou. Em seu semblante também há um rastro da estranheza daquele que dormiu muito e sonhou muito e de repente acorda e se conscientiza de que o mundo real é outra coisa. Descobre o que existe com os olhos da inocência: o que quer que seja que encontre o surpreende e abala. Agora, por exemplo, o que há: há um desafiante chamado Firpo, ansioso por ver o que lhe parece um desenlace. E que mais: o campeão, Jack Dempsey, lançado para fora dos limites do ringue. E que mais: milhares de pessoas olhando. E também ele: o árbitro. O árbitro da luta. Tão protagonista, finalmente, daquela situação, quanto o homem que arremessou e o homem que caiu.

Ledesma não tinha dúvidas. A única variante admissível, para um violoncelista da Orquestra Filarmônica de Viena, era que ignorasse tudo sobre o boxe e suas implicações. Não podia ser de outro modo, na opinião de Ledesma: um homem que se dedica à execução musical em sua perfeição a ponto de ser regido por uma celebridade como Richard Strauss só podia sentir estranhamento e distância perante a pancadaria rudimentar que os boxeadores se aplicam.

E, não obstante, Ledesma admitia que na noite de 14 de setembro de 1923 Otto Stiglitz morrera em decorrência da luta pelo título mundial entre Jack Dempsey e Luis Ángel Firpo. Eu mesmo me perguntei como ele fazia para conciliar as duas convicções. Então ele arriscou sua conjetura fundamental: que se tratava de um caso de apostas. O que, na opinião dele, certamente fazia parte da história a ponto de explicar a morte de Stiglitz em seu quarto do City Hotel era uma aposta em torno da luta entre Firpo e Dempsey.

A paixão do apostador está na aposta propriamente dita, mais que no assunto sobre o qual aposta; mais, inclusive, que no montante ou no objeto que possa ter apostado e que às vezes pode até ser inexistente. É possível apostar sobre qualquer coisa e por nada, desde que se trate de apostar. O encanto está em pressentir, em desafiar, em arriscar, em ganhar ou perder; o encanto está no fato em si de apostar ou ter apostado, e nada disso supõe que se dê alguma importância àquilo sobre o que se está apostando. Pode haver, por exemplo, um cachorro vagando no meio de uma rua nem muito larga nem muito estreita. Dois homens o veem passar. Um dos dois diz: "Aposto vinte paus que quando ele sair da rua, vai subir na calçada dos números pares e não na calçada dos números ímpares". O outro aceita e a aposta já é uma realidade, e para ambos está mais do que claro que o cachorro não tem mais a mínima importância para eles e que a relevância da calçada pela qual ele vier a optar é cem por cento nula. Ele é útil para que apostem, quanto a isso não há dúvida, e basta.

De acordo com as reflexões de Ledesma, era assim que Stiglitz devia ter procedido. Ele devia sentir pelo boxe o mesmo horror que toda pessoa educada sente. Não obstante, interessado em apostar, decerto encontrara na luta de que todo mundo estava falando uma boa desculpa para praticar seu vício. Nas apostas intervêm os pressentimentos, o mero acaso e o cálculo de probabilidades; nelas a pura intuição e as proporções matemáticas se combinam. Não era estranho que um músico encontrasse um princípio de afinidade entre sua profissão e aquele pendor por adivinhar o que ainda está por acontecer.

É possível apostar por nada, é verdade, mas também é verdade que em geral se aposta por alguma coisa. E que muitas vezes se chega a apostar por muito. Há quem arrisque um relógio luxuoso, um automóvel, uma casa também, e nesse ponto a vertigem do valor do apostado se soma à vertigem de qualquer aposta. Stiglitz devia ter apostado muito alto. A luta entre Firpo e Dempsey podia não ter o menor valor para ele, mas o que quer que havia apostado forçosamente devia tê-lo. Para um músico austríaco de passagem por Buenos Aires sem dúvida era perfeitamente indiferente que o vencedor ou o perdedor fosse Firpo ou Dempsey. Ele nem devia conhecer os personagens. Mas aquilo que tivesse apostado, com este ou com aquele, tinha de ser suficientemente crucial para que, caso ganhasse, o perdedor preferisse matá-lo a pagar e, caso perdesse, ele próprio preferisse suicidar-se a pagar.

Perdeu? Então perdeu? Tudo isso, o que está acontecendo, significa que perdeu? Dempsey desperta. Sente um vago incômodo no ombro, ainda não sabe o que é. Sente também que o puxam com força por um braço, mas tampouco sabe o que é. Por enquanto carece de lucidez perceptiva e conceitual para poder distinguir e designar: aqui, um fotógrafo; ali, um jurado da luta. Por enquanto se limita a escutar e entrever. Saber não sabe. Mas pelo menos já sabe que não sabe, o que supõe, inclusive nas presentes circunstâncias, um verdadeiro progresso; já é capaz de formular determinadas perguntas a si mesmo e, caso não encontre as respostas, de ter consciência de que as ignora. A mais insistente de todas essas interrogações é: perdeu? Vendo o que vê: a desordem, a bagunça, seu ataque infrequente, sua queda monumental, pergunta-se se o mais correto de sua parte não seria interpretar que já perdeu. A luta pelo título mundial dos pesos pesados talvez já esteja concluída e todos já sabem disso menos ele. Pode ser que ele, Jack Dempsey, o campeão do mundo, tenha deixado de ser campeão do mundo sem por isso deixar de ser Jack Dempsey. Não sabe. O que é ou não é: não sabe. Gosta que o chamem de campeão; com o tempo, habituou-se a ser chamado assim. Mas talvez não seja o caso. Os reis depostos e os militares degradados também perdem os galões de sua denominação. Se esta luta já terminou, o que não lhe consta mas tampouco o surpreenderia, já não se pode dizer que ele, Jack Dempsey, continua sendo o campeão do mundo. Estranho: com tudo que essa condição já se tornara natural para ele. Agora o campeão estaria sendo o outro, o Toro Salvaje sabe lá de onde.

Sempre e quando tiver perdido, sempre e quando a luta já tiver terminado. Mas não dá para ter certeza. Não dá para ter certeza. O certo é que caiu. Cair, não obstante, não necessariamente implica perder. Não, caso se levante. De modo que vai se levantar. E uma vez levantado, verá qual é o panorama: se o outro está agachado, de punhos prestes a liquidar o pleito, ou com o outro já empoleirado nos ombros de alguém, saudado como vencedor, exibindo para os fotógrafos e para o público em geral o cinturão reluzente que até antes do início da luta pertencia a ele. Por enquanto não sabe. Ser campeão de boxe é o fato mais importante de toda a sua vida: o grande sonho de sua infância, o grande objetivo de sua juventude, o grande feito de sua maturidade. Mas se é ou não é o campeão, neste momento ele não sabe.

Dez!

Quando um homem ganhou tudo de outro, tudo ou alguma coisa que equivalha a tudo, sua vida corre perigo. Qualquer vida que assuma excessiva importância corre perigo. Nesse momento, matar alguém fica viável.

O instante. A velha obsessão de Donald Mitchell: o instante. A definição da fotografia que mais lhe agrada, que mais o convence: a fotografia é a arte do instante. O ensinamento de vida a que mais recorre: que basta um instante para desviar o curso da história num ou noutro sentido.

Quando um homem perdeu tudo, tudo ou alguma coisa equivalente a tudo, sente que sua vida não vale nada. E pode ser que o que sente seja objetivamente verdade. Então o suicídio se torna viável.

— O senhor sabia que existe uma filmagem da luta entre Firpo e Dempsey?

— Não.

— Pois existe, sim. Precária, claro, não se esqueça de que estamos falando de 1923. Mas existe.

Um homem pode apostar muito ou pouco. Também pode apostar tudo, ou alguma coisa equivalente a tudo. Quando ele aposta tudo, ou alguma coisa equivalente a tudo, está na verdade apostando sua vida. O verdadeiro apostador sempre aposta sua vida. Por isso a roleta-russa, embora aberrante do ponto de vista moral, é a expressão mais genuína do que significa apostar: é a forma mais pura e autêntica da aposta.

— O senhor sabe o que alguém fez a partir dessa filmagem?

— Não.

— Pegou um cronômetro e mediu a duração real da queda de Jack Dempsey.

— Por quanto tempo ele ficou caído.

— Isso mesmo. Do momento em que ele caiu para trás, na direção das cordas, até o momento em que tornou a subir no ringue.

— E quanto tempo foi?

— Passaram-se dezessete segundos.

— Quanto?

— Dezessete segundos.

Abraham Horischnik está vivo, mas não mora no endereço que consta no guia telefônico. Mora, há dois ou três anos, num lar de idosos no bairro de Flores. As pessoas que hoje moram na casa que foi dele me informam com amabilidade qual é seu novo endereço. Anoto.

São exatamente seis da tarde.

Volta à mente a voz da mãe, na hora distante das madrugadas do leste, trinando sem harmonias: vamos levantar, Jack. Esperava-o a escola, que não chegaria a concluir. A mãe insistia de madrugada: vamos levantar, Jack. Foi uma parte indelével dos ritos de sua infância, desses que ficam gravados para sempre. Por isso agora, tanto tempo depois, e tão noturnamente, vêm-lhe à cabeça aquelas palavras da mãe. Aquelas e não outras: vamos levantar, Jack.

— O senhor sabe o que significam dezessete segundos?

— Sei. Um montão de tempo.

— De fato. Não em qualquer circunstância, mas nessa sim. E esse montão de tempo, o senhor sabe o que significa?

— Não.

— Muito simples, Verani. Que em termos estritos de justiça e mérito, a luta com Dempsey deveria ter sido ganha pelo Firpo.

— E ele não ganhou.

— Claro que não ganhou. Vá saber onde ele estava com a cabeça naquele momento. Dezessete segundos se passaram, não estou lhe falando?

— Está. E no fim quem ganhou foi o Dempsey.

Existe uma coisa como um relógio interno em cada ser humano. Dessa forma, por exemplo, entende-se que um agricultor acorde pontualmente às quatro e meia da manhã sem necessidade de ser alertado por algum equipamento mecânico (essas estrondosas campainhas dos relógios) ou natural (o canto nítido do galo turvo). Assim se entende, e é outro exemplo, que um professor primário saiba qual é o instante preciso em que se completam os quarenta minutos que dura sua aula sem precisar consultar o relógio que traz no pulso ou o da igreja que vê pela janela. É que existe esse relógio interno: a capacidade que uma pessoa tem de medir a passagem do tempo sem necessidade de dedicar a isso sua atenção consciente mais plena. Assim se podem calcular horas ou minutos, e mesmo segundos. Mister John Slowest Gallagher, de profissão árbitro de boxe, também dispõe dessa espécie de percepção cronológica. Seu relógio interno, que agora, precisamente agora, faz soar nele um alarme figurado. Assinala para ele um escalão temporal agora, neste mesmo instante, ou seja, está funcionando bem. Mas ele não atina com o porquê nem com o para quê daquele alarme tão somente pressentido. É como uma advertência sonora, só que ele não escuta, ou escuta mas não registra, ou registra mas não reconhece, ou reconhece mas não entende, ou entende mas não chega a reagir a tempo.

Onze!!

Sua percepção, ele sabe muito bem, é fotográfica. Sabe muito bem, já reparou nisso. Olha e enquadra. Presta atenção e bate a foto. Detém imagens com a mente e depois é capaz de recordá-las assim, imóveis, adequadas, com bom desenho, com uma boa disposição de traços e formas. Olha e vê, definitivamente, como o que é: um fotógrafo. Mas além disso, coisa que também sabe muito bem, tem uma imaginação cinematográfica. Também reparou nisso antes. Uma parte de sua cabeça reage às formas do cinema (do cinema que já existe, mas também do cinema que ainda virá) e não somente às da fotografia. Só assim consegue explicar a maneira como as coisas estão acontecendo, ou o modo como as está sentindo. Até ainda há pouco, enquanto o campeão ia caindo, as coisas pareciam transcorrer mais devagar. Ralentadas e numa espécie de vazio sonoro que mal admitia um assobio ou um zumbido. Assim caiu Dempsey: em câmera lenta. Algum dia, no futuro, será difícil acreditar que quando um homem cai por uma janela, ou quando um automóvel cai num precipício, não é assim que caem. Donald Mitchell tem a câmera lenta incorporada à percepção e à memória. Por isso Dempsey caiu daquela maneira espaçosa e silente. Agora, que começa a erguer o corpo, voltam os elementos que até aqui haviam estado ausentes: os sons do mundo e a moderada velocidade com que os fatos acontecem.

São sete da noite.

A palavra "geriátrico" não consta em lugar nenhum. Há um letreiro grande sobre a grade, outro mais reduzido à porta, e na parede uma espécie de cerâmica já um pouco descascada onde também aparecem o endereço e o nome do lugar. Utilizam-se outras fórmulas: "lar de idosos", "residência" ou "a casa dos avós". A verdade é omitida.

Toco a campainha e logo depois me distraio: o arvoredo desigual, o calçamento também desigual, as velhas casas de Flores, os trilhos do que foi o bonde ainda assentados, irreais, em uma ou outra curva. De tão distraído, me surpreendo quando aparece a mulher ("Boa noite"). Uma mulher sem idade, realmente sem idade, capaz de invocar a noite enquanto na rua visivelmente persistem a luz do dia e as lâmpadas apagadas da iluminação pública ("Em que posso ser útil?"). Quando fico nervoso esfrego as mãos ("Procuro pelo senhor Abraham Horischnik"), e neste momento estou esfregando as mãos. Só agora percebo que a mulher exibe a aparência das enfermeiras. Pigarreio ("Ele mora aqui?"), ela me avalia sem dizer palavra, considera sem disfarçar se vai me responder com a verdade ou sem ela. Por fim suspira ("Mora") e me aprova ("Quem gostaria de vê-lo?").

Explico, procurando parecer confiável, quem sou e o que procuro. Ela me pede que espere ("Aguarde um minutinho") e sai na direção de onde veio, sem abrir a porta para mim nem me mandar entrar. Mais uma vez me distraio, desta vez não com o quarteirão do bairro, mas com a voz neutra daquela mulher (que não disse "Me aguarde" nem "Aguarde-o", e sim "Aguarde"). Finalmente ela volta. Dessa vez não utiliza o postigo e abre a porta, o que me leva a acreditar que vou entrar. Mas estou enganado ("O senhor Horischnik mandou dizer que está cansado. Depois do jantar, que está começando agora, pretende ir diretamente para a cama"). Mostrando-me, suponho, mais angustiado que ansioso, permito-me insistir, invocando, para melhor convencer, o assunto que motiva minha presença. É um equívoco ("O senhor Horischnik disse que não quer mais falar sobre esse assunto"), e de repente me vejo de novo contemplando a porta fechada.

Tão somente agora Jack Dempsey compreende onde está e o que aconteceu com ele. O que compreende, na verdade, ou, melhor, o que verifica, é onde ele está: fora do ringue. O que aconteceu com ele, deduz: com certeza aquela outra besta cujo nome não lhe ocorre de jeito nenhum jogou-o para fora. Olha em torno: reinam a consternação, o assombro ou o susto, o olhar pasmado de quem viu acontecer o que não devia acontecer. Os locutores radiofônicos não param de falar (é o meio que impõe essa constância), procurando as palavras de que necessitam e que lhes faltam para explicar o ocorrido. Jack Dempsey se levanta. Já está de pé, completamente de pé. E, não obstante, um pouco do estar caído ainda perdura em seu corpo. A seus pés há um sujeito estatelado; ele geme, agita os braços. Se tivesse pisado em seu pé, por exemplo dentro de um bonde ou num corredor estreito demais, pediria desculpas naquele instante. Pior ainda: toda a sua humanidade acaba de despencar sobre ele, como se diz, e nem por isso atina em dizer alguma coisa ao homem. Claro, as circunstâncias dramáticas em que se encontram explicam tudo e justificam tudo. A seu lado há um outro sujeito, só que esse outro está de pé, e esse outro ele conhece. O rosto lhe diz alguma coisa, mesmo ele estando tão despenteado, de gravatinha torta, óculos fora do lugar. É um dos jurados da luta; acha que o nome dele é Kid, Kid alguma coisa; é um jurado que tem nome de boxeador. Ele está segurando seu braço. Jack Dempsey, depois de sentir-se perplexo, entende por quê. Aquele homem o ajudou a levantar-se. E o fez da seguinte maneira: agarrando seu braço, naquela parte não tão larga que aparece assim que termina a borda da luva, e puxando a mais não poder. Já está na hora de soltá-lo, porque a verdade é que finalmente está de pé. Mas não quer, de maneira nenhuma, ofendê-lo, por exemplo dando um repelão que liberte o braço ou empurrando-o com o braço que permanece livre. Não, de maneira nenhuma; afinal de contas aquele bom homem não fez mais que ajudá-lo, sem ter absolutamente nenhuma obrigação de fazê-lo, ou, para ir mais longe, inclusive tendo a obrigação (que nesse caso teria infringido) de deixar de fazê-lo. E não apenas isso, há outra coisa mais: ele é jurado da luta. Suponhamos que a luta continue (Dempsey, esperançoso, começa a perceber que ainda não perdeu) e que, embora isso pareça improvável, prossiga até o último round sem que sobrevenha o nocaute de um ou de outro. Se isso acontecer, uma terça parte da decisão crucial sobre vitórias e derrotas caberá àquele homem. Um terço do que acontecer com ele, nessa eventualidade, dependerá dele. A mão o ajuda. É impossível, contudo, para Dempsey e para qualquer outro, saber o que ele pensa. Talvez já esteja fazendo contas, dedicado ao cálculo frio do desconto de pontos. O dez, no caso presente tal como em todos os que se regem por essa escala, expressa a perfeição. Quem foi despachado do ringue já não tem como aspirar a ela. Mas quão longe está desse índice? Dois pontos? Três pontos? Quatro pontos? Cinco pontos? Dempsey gostaria de entrever essa dedução no rosto do jurado. Mas olha para ele e não vê nada. O cabelo, com restos de brilhantina, se desmembra em mechas retilíneas. Os olhos se exorbitam, a boca treme. Impossível saber, por aquela fisionomia, se haverá de sua parte uma ajuda como a que a mão está dando e ao mesmo tempo expressando. Na dúvida, compromete-se Jack Dempsey consigo mesmo, se porventura a luta continuar, melhor nocautear.

Nenhum apostador, nenhum em absoluto, nem o mais apático, nem o mais amargo, haveria de pronunciar-se pelo empate. E não só por uma questão de probabilidades (o número de lutas que terminam em empate é muito menor que o das lutas em que um ganha e o outro perde), mas também porque é ingrato que o preço de uma vitória seja a falta de vitória: que para que a pessoa ganhe a aposta seja preciso que ninguém ganhe a luta.

Com esse raciocínio, Ledesma deduziu que Otto Stiglitz devia ter apostado num ou noutro pugilista, mas nunca em nenhum dos dois. Restava averiguar, então, em qual dos dois o fizera. Sabendo isso, também se saberia, por simples inferência, se Stiglitz havia sido morto ou se se matara. Se Dempsey tivesse ganho, havia duas possibilidades: ele apostara no campeão, ganhara e fora morto; ou apostara no argentino, perdera e se suicidara.

Era possível adivinhar a cena: em plena meia-noite, Otto Stiglitz junto à janela de seu quarto. Era preciso levar em conta a localização do City Hotel, a meia quadra da igreja de Santo Inácio, a meia quadra da Câmara Municipal. Daquele lugar, num quarto de frente, era impossível deixar de ver o facho de luz da torre do Palácio Barolo. Aquela visão, hoje obstruída, na época ficava desimpedida, e dera a Stiglitz condições de saber instantaneamente o resultado da luta e de seu invite.

Verani não tinha dúvida de que Stiglitz apostara em Dempsey. Um estrangeiro, disse, sempre vai acreditar mais em outro estrangeiro. Ledesma discordou; recriminava Verani dizendo que, como sempre, ele simplificava demais as coisas ao imaginar que todos os estrangeiros são iguais ou parecidos. Um austríaco e um norte-americano, explicou, não têm nada a ver um com o outro. Além disso, e consideradas as condições em que se encontravam os integrantes da orquestra no hotel, o mais provável era que Stiglitz tivesse apostado com outro músico, ou seja, com outro estrangeiro. E nesse caso qualquer dois poderia ter votado no campeão ou no desafiante.

Ledesma ficou pensando. Ele também intuía que Stiglitz devia ter apostado em Dempsey, mas não conseguia entender por quê. Talvez, sem dar-se conta, estivesse fazendo a dedução ao contrário: parecia-lhe mais provável o crime que o suicídio, e a partir daí concluía que a aposta devia ter sido em Dempsey. Mas nisso percebeu que as possibilidades a considerar não eram duas, como afirmara, e sim quatro. Porque, como ele mesmo informara Verani havia alguns dias, antes que o facho vermelho fosse projetado do alto do Palácio Barolo, outro facho, azul dessa vez, fora exibido por engano. Naquele instante Stiglitz também devia ter dado como certo que o vencedor da luta era Firpo. Era bem possível que o tivessem matado ou que ele tivesse se matado antes que o segundo facho de luz retificasse o primeiro. Uma morte nem sempre leva muito tempo: tudo podia ter acontecido nos breves minutos que transcorreram entre um anúncio de luz e outro. E nesse caso o raciocínio que permitia relacionar o signo da aposta com o signo da morte se deslocava e se invertia. Suicídio significava aposta em Dempsey. A aposta em Firpo significava um crime.

— Existe uma imagem, muito gráfica na minha opinião, que os historiadores da música utilizaram para definir a relação entre Mahler e Strauss. É a seguinte: Mahler e Strauss foram duas toupeiras que se encontraram por estarem cavando em direções opostas. O que lhe parece?

— Muito gráfica.

— Mas o senhor a entende bem?

— Acho que sim. Mais ou menos.

— No entanto ela é muito clara. Não há dúvida de que, em mais de um sentido, Mahler e Strauss chegaram a um mesmo ponto. Com uma trajetória que, apesar de tudo, não era tão evidente para os contemporâneos. Por isso os túneis, percebe? As toupeiras.

— Sei.

— Se encontraram num mesmo ponto, é verdade, mas não fizeram o mesmo percurso. Fizeram percursos opostos, sabe? Perfeitamente opostos. E por isso mesmo se encontraram num mesmo ponto.

No meio das cabeças copiosas e indistintas, uma se diferencia: é a de Jack Dempsey. Se esticar um pouco o pescoço, mister Gallagher, lá do alto do ringue, conseguirá vê-la. Emerge do denso. Vê-a subir, vê-a brilhar, e se surpreende. Só agora entende até que ponto o acontecimento inaudito de o campeão do mundo ser expulso do ringue chegara a lhe parecer terminante. Para ele, agora entende, tudo teria de acabar ali (tal é a condição, afinal de contas, dos fatos terminantes. Depois daquilo não há mais nada). Nada lhe parecia mais definitivo, no boxe e na vida em geral, que um pugilista lançado para fora do ringue. O ringue no boxe é tudo; o fora não existe. O que vai para fora não existe mais. E a partir dali não há mais nada, é o fim. Assim refletiu, sem dar-se conta à luz do plano consciente, todo aquele tempo.

Agora descobre que estava enganado, que de certa maneira ainda está. Dempsey se levanta. Não é o apocalipse, então, não é o dia do juízo final: a vida continua, o mundo continua, a luta também.

Doze!!

Deveria ter contado, deveria estar contando. Não o fez e continua sem fazê-lo. A regra é simples: se um pugilista cai, o árbitro conta. Ele, que conhece a regra, nem por isso, contudo, a aplicou. Não está contando e não contou. Pergunta-se, num rompante, como foi possível que aquilo lhe acontecesse. Não consegue entender como é possível que tenha deixado de fazer aquilo, nada menos que aquilo, contar, contar de um a dez depois que um pugilista caiu. Na verdade consegue entender, sim. O ringue é o boxe: simples assim. O que fica fora do ringue, ou o que ultrapassa o ringue (no presente caso, Jack Dempsey), passa por isso mesmo a estar fora do boxe, e consequentemente as regras do boxe (esta mesma, sem ir mais longe: a de contar para o que caiu) já não se aplicam. Uma coisa desse tipo aconteceu de forma obscura com ele. Repara nesse aspecto, que tranquiliza sua consciência: em sua mente havia apenas o ringue (ou seja, não pecou por distração, mas por excesso de concentração), nada do que se passava fora do ringue lhe dizia respeito. Esqueceu-se de Dempsey porque ele saiu do ringue. Não contou porque não havia o que contar nem para quem contar. Não lhe parece, dentro dessa ótica, um erro garrafal. O fato de que Jack Dempsey tenha sido expulso para fora das fronteiras do ringue não é problema seu. Seu problema é essa outra coisa que agora acontece. Que Jack Dempsey se levanta disposto a retomar a luta.

— Olhe o que são as casualidades. O senhor sabe como se chamava o ginásio onde Luis Ángel Firpo treinou, preparando-se para a luta com Jack Dempsey?

— Não.

— Lembre-se de que ele estava em Nova York, não em Buenos Aires.

— Estou sabendo.

— E sabe como se chamava o ginásio?

— Não.

— Pois o senhor vai ficar de queixo caído. O ginásio se chamava "Abasto Boxing Club".*

— Abasto o quê?

— Abasto, Verani. Abasto: preste atenção nisso, que é o que importa. Não acha incrível?

— Acho.

— Atravessar o continente inteiro de baixo até em cima para chegar... Aonde? A um lugar chamado "Abasto", no número 53 da Siskind Avenue, em pleno Queens.

— O que são, às vezes, as coisas da vida.

— Não é mesmo?

— É. E imagino o seguinte, Ledesma: que Firpo, enquanto

* O Abasto Boxing Club de Buenos Aires, criado nos primeiros anos do século XX no bairro popular do Abasto (sede do grande mercado de abastecimento da cidade), é um dos pontos de referência da história da capital portenha. (N. T.)

treinava, redobrava as energias sabendo que, lá do céu, naquele preciso instante, Carlitos Gardel estava olhando para ele.

— Quem?

— Carlitos Gardel, Ledesma. O moreno do Abasto.* O senhor não falou que ele estava treinando no Abasto?

— Falei.

— E então, me diga, como Carlos Gardel não estaria olhando para ele lá do céu?

— Não lhe digo, Verani: o senhor carece do mais elementar rigor histórico. Estamos em 1923, está lembrado?

— Estou.

— E então a que céu se refere? Naquela época Gardel estava mais saudável que nunca. Saudável, robusto, roliço. Cheio de vida, como poucos. Nem sombra de avião em Medellín.

Apalpam-no, examinam-no cuidadosamente, cautos e maneirosos, admirados; aproximam-lhe dos flancos mãos aciganadas, como se fossem aliviar sua dor, como se fossem verificar se é mesmo ele (e não um fantasma) que se ergue e se posiciona. Com leves tapinhas de veneração e incredulidade, orientam-no na volta. Apontam, insistentes, um lugar: a escadinha. Jack Dempsey vai, um pouco levado, um pouco por conta própria, e a reconhece. Claro que a reconhece. São quatro tabuinhas de madeira opaca, em parte riscada de estrias, em parte cravejada de pregos de tamanho variado. Acabara de utilizá-la. Não fazia muito, uns dez minutos, calcula, doze no máximo, havia subido ao ringue pisando naquelas mesmas peças. Não fora como ia agora: estava de roupão e com o cabelo penteado, a cabeça não tão percutida,

* No início da carreira, Carlos Gardel costumava se apresentar em cafés do Abasto; daí o apelido "El Morocho del Abasto". (N. T.)

uma queda menos em seus haveres de boxeador. Subira com passo firme, sem lacunas no orgulho, passara depressa entre as cordas e saltitara na ponta dos pés sobre a lona; depois erguera os braços, um pouco para este lado, um pouco para aquele, açulando a massa variegada; depois houvera cantoria: entoara seu hino e pouco ligara para o alheio; sob as consabidas estrelas e as rotas correntes ignoradas, despojara-se de tudo que não fosse bota, luva e calção e se dispusera a lutar, que é seu métier. Agora sobe de novo a mesma escada. É a primeira vez, e não haverá outra em toda a sua carreira, que precisa repetir essa breve cerimônia. Vai subir, mas já é outro. Não chega; regressa. Não está de roupão. Não cumprimentará a massa variegada. Não cantará. Não vai imbuído dessa esperança tão especial das coisas que começam: o primeiro dia de aula, os recém-casados, um automóvel novo em folha, um terno recém buscado na alfaiataria. Não começa nada, retoma tudo. Tudo, tudo. Com "tudo" refere-se a quê? À luta pelo título mundial de pesos pesados, categoria máxima reconhecida pelo boxe.

Valentinis telefonou para o jornal um dia no fim da tarde. Eu não estava, Verani também não. O dia de trabalho terminara e, como sempre, fôramos com Ledesma ao café do Touring Club esperar a noite cair. Permaneciam na redação do jornal: os responsáveis pelo fechamento. Naquela época, a política era responsável por todas as urgências: não o esporte, que era o assunto de Verani, muito menos a vida cultural, que era o assunto de Ledesma. Eu fechava o arquivo às seis. As matérias deles ficavam prontas mais ou menos no mesmo horário. Quando Valentinis telefonou, nenhum dos dois estava no jornal.

Quem atendeu foi um rapaz bastante ambicioso, que hoje é chefe de seção e que na época estava mal começando. Valentinis inistiu tanto na necessidade de falar conosco, tanto se recusou a ter paciência e ligar de novo no dia seguinte ou à noite para minha casa, que o rapaz se prontificou a abalar-se até o Touring para nos transmitir o recado. Talvez tenha corrido aquelas duas quadras, porque chegou sem fôlego.

O Touring é comandado por dois irmãos. O mais moço me emprestou o telefone. Ergueu as sobrancelhas quando anunciei que estava ligando para Buenos Aires, sacudiu os dedos como se quisesse secá-los. Disquei e esperei. Do outro lado, houve um único toque e Valentinis atendeu. A ansiedade embaralhava sua maneira de expressar-se; não teria sido possível acalmá-lo sem uma ou duas frases firmes. Era mesmo um assunto urgente. Ficara sabendo de várias coisas que precisávamos saber. Era verdade o que nos dissera antes: que os integrantes da orquestra de Viena viviam praticamente isolados no quarto andar do City Hotel. Mas também havia acontecido outra coisa: um grupo reduzido de músicos argentinos, todos integrantes da Orquestra Estável do Teatro Colón, reunira-se naquela ocasião aos músicos regidos por Strauss.

Gino Marinuzzi, na época diretor geral de Espetáculos do teatro, obtivera aquele favor, certo de que alguma convivência com os mestres austríacos seria de indubitável benefício para a formação dos jovens músicos locais. O que conseguira não era pouca coisa: que eles assistissem e até participassem de todos os ensaios, que presenciassem os concertos em lugares privilegiados, que tivessem oportunidade de encontrar-se e conversar com seus colegas europeus nas horas mortas do City Hotel.

Quando Otto Stiglitz apareceu enforcado com um cinto no meio de seu quarto, Richard Strauss enfrentou diversos problemas: legais, morais e até diplomáticos. E também um problema especificamente musical. A composição da orquestra contemplava um certo número possível de suplências. Um dos violoncelistas não previstos nos planos originais deveria ocupar o lugar de Stiglitz. Isso poderia ser feito, contudo, em todos os casos, exceto num. A música de Gustav Mahler, potente como poucas e por vezes até empolada, exigia, com sua orquestração, a presença de todos os músicos disponíveis. Os demais concertos ainda por fazer podiam ser cobertos sem problema; mas não o de Mahler (às vezes havia músicos que acompanhavam toda uma turnê com o único objetivo de participar da execução da música de Mahler). Para tocar a primeira sinfonia de Mahler, Strauss requeria a presença de todos os músicos da orquestra. De modo que agora, morto Stiglitz, ficava faltando um.

Um regente menos rigoroso talvez tivesse aceitado que a sinfonia soasse com um violoncelo a menos. Era fácil convencer-se de que ninguém perceberia. Mas Richard Strauss não poderia permitir tal coisa. Passara a noite inteira sem conseguir prestar atenção em nada que não fosse a falta de um instrumento. Perturbado pela perda do violoncelista, Strauss se perguntara o que seria possível fazer. Chegara a se preocupar. E então reparara na presença daquele punhado de rapazes argentinos que passavam o tempo todo rondando a orquestra: tão curiosos, tão inquietos, tão bem-dispostos, tão cobiçosos também.

Inquiriu sobre um violoncelista; havia três. Strauss dedicou uma hora de seu tempo fazendo um teste com eles para escolher, entre os três, um que pudesse substituir Otto Stiglitz. Os três lhe pareceram bons, mas um lhe pareceu melhor: o mais jovem, o que na aparência menos prometia. Seu nome (Abraham Horischnik, evidentemente) ficou gravado em minha memória.

Donald Mitchell precisa saber o mais depressa possível se sua máquina de tirar fotografias está funcionando direito. Encontra-a jogada no chão, não muito longe dele, aparentemente intacta. Para certificar-se de que o aparelho não sofreu danos graves, terá de esperar a revelação das fotos que vier a tirar e verificar se elas não apresentam alguma anomalia ou imperfeição. Pode, de toda maneira, ir adiantando um pouco essa avaliação. Se tirar uma foto agora, neste exato instante, poderá ver se a parte mecânica do aparelho ainda funciona ou se está travando, se falha. Claro que nem por isso, só porque está ansioso para provar que tudo está em ordem, pode desperdiçar uma foto. Os meios são limitados e os materiais disponíveis também: nunca se esquece disso. Precisa encontrar uma imagem a seu alcance que valha a pena ser fotografada. Coisa difícil, porque neste momento, neste exato momento, não há luta (se por luta se entende dois homens que se agridem. A luta, contudo, não terminou). Começa a resignar-se que não vai encontrá-la, e nisso a encontra. É uma imagem que sem dúvida carece de maior valor jornalístico: não é testemunha de nada, não certifica nada, não ilustra nada. Não obstante, fulgura por sua vibração humana: é o rosto absorto do árbitro da luta. Nunca em sua vida Donald Mitchell viu (e, embora ainda o ignore, nunca mais verá) uma expressão tão profundamente desolada, tão estranhamente perplexa, no rosto de um homem.

Fui embora sabendo que voltaria. Volto uma hora depois.

São oito horas.

Não defini nenhum tipo de estratégia para melhorar minha sorte em relação à tentativa anterior. É simplesmente uma insistência: tocar de novo a campainha, apresentar-me e dizer que quero falar com o velho Horischnik. Não há nenhuma variante, não venho com uma ideia melhor nem com um argumento melhor, é apenas uma repetição e uma insistência. Estava a ponto de ir embora, já convencido pela sucessão implacável de contratempos da necessidade de admitir que aquela viagem fora inútil, e no mesmo instante em que essa decisão fora tomada houve em mim uma espécie de virada que me levou à decisão exatamente oposta.

Esse tipo de contraordem é frequente mesmo nas pessoas menos volúveis. Alguma coisa do tipo, numa espécie de rara sintonia, também deve ter acontecido com o velho Horischnik. Porque volto à mesma casa; toco a campainha; vejo aparecer uma mulher muito parecida com a anterior, tão parecida que eu seria capaz de confundir as duas, mas que é outra; apresento-me e lhe explico; ela desaparece; depois de um lapso muito curto ela volta e, ao voltar, me diz que entre, que o velho Horischnik ("Dom Abraham vai recebê-lo") quer falar comigo.

Treze!!

O que mais impressiona em Abraham Horischnik são as mãos. E não apenas porque sei que ele é ou foi violoncelista (quanto tempo um violoncelista teria de ficar sem tocar para que se pudesse dizer que deixou de sê-lo?) e que nas mãos está ou esteve sua arte. É por isso, mas também por outra coisa. As mãos são a única parte de seu corpo que não parece ter envelhecido. O resto corresponde a um homem de mais de noventa anos: está encurvado, perdeu estatura, o rosto e o pescoço sobram e pendem, tem os olhos cansados, a cabeça é inteiramente visível e está coberta de manchas claras, não ergue os pés quando caminha. Nas mãos há outra coisa: um resto diáfano de firmeza e lisura. As mãos são iguais ao que foram.

Olho-o enquanto termina de comer. Depois se aproxima. Mostra-se cordial: me diz seu nome e eu digo o meu. Pergunta-me o que sei dele e sobre o quero conversar. Enquanto isso nos sentamos em poltronas retas numa sala quase vazia. Não quero mencionar Otto Stiglitz por enquanto, não quero que em tão pouco tempo falemos da morte. Digo-lhe que sei que tocou com

Richard Strauss, com o grandioso Richard Strauss, há mais de setenta anos; que é uma espécie de milagre, um fato excepcional, que sendo tão jovem, estando tão no início de sua carreira de músico, tenha podido chegar a um ponto tão alto. Ele me olha e pergunta se é disso que quero falar. Digo que sim.

Por um momento ele se distende ("Richard Strauss era um homem sereno, afável, dava indicações muito precisas e também bastante estritas. Não era acessível, quase nenhum regente importante é; mas também não era arredio. Vi-o preparar inúmeros concertos com a Filarmônica no Colón; fiz parte da orquestra somente num deles: no da primeira sinfonia de Gustav Mahler. Gustav Mahler era o meu fraco, talvez porque sou, como ele foi, um judeu renegado. Strauss o conhecera muito. Isso me impressionava. Além do que Strauss representava por si mesmo, eu percebia nele um pouco da aura imponderável de Gustav Mahler. É mais do que se podia sentir, depois, por exemplo, sob a batuta de Bruno Walter. Porque Bruno Walter também foi muito próximo de Mahler, mas era seu discípulo. O predileto, talvez, mas um discípulo. E Strauss, em compensação, fora um parceiro. Ele falava de Mahler como Mahler poderia ter falado dele. Uma coisa curiosa: Strauss se dedicava longamente à personalidade de cada um dos compositores cuja música ia ser executada. Esse conhecimento do que o artista havia sido lhe parecia pertinente para compreender o que era sua arte. Falou muito sobre Beethoven, sobre Brahms, sobre Mozart, sobre Schubert, sobre Berlioz. Sobre Mahler pôde falar mais que sobre todos os outros, claro, porque tivera contato com ele e o conhecera muito. Mas o curioso não é isso, e sim outra coisa: que a orquestra também tocou várias coisas do próprio Strauss: *Dom Juan*, *Dom Quixote*, *Vida de herói*, *Salomé*, a *Sinfonia doméstica*, a *Sinfonia alpina*. E foi a única vez que a música contou por si mesma e que nada foi dito sobre o autor. Strauss não queria falar de si"). Num dado momento, o velho se interrompe. Olha o relógio.

São nove horas.

Olha para mim como se de repente se recordasse de minha presença ou como se estivesse me vendo chegar. Com efeito, retrocede na conversa. Pede-me que lhe recorde meu nome ("Me chamo Roque Alfaro"), quem sou ("Sou jornalista de um jornal de Trelew") e como o localizei ("Há muitos anos sei do senhor"). É sabido como os velhos se lembram bem das coisas remotas. O velho recorda ("Então o senhor deve ser amigo daquele rapaz"), estala os dedos ("aquele que aparecia fazendo perguntas para um jornal de Chubut, como ele se chamava?") e por fim dá uma palmada sobre um dos joelhos ("Valentinis! Não? Augusto Valentinis"). Digo que sim, que fui amigo dele, que fizemos juntos o serviço militar e depois continuamos nos vendo, que trabalhamos na mesma coisa, mas que no fim, um pouco por vivermos tão afastados e outro pouco pelas coisas que quase sempre acontecem, fomos nos distanciando. Digo-lhe que de toda maneira Valentinis morreu há dois anos. O velho não fica muito abalado com a notícia. Dá de ombros e recita combalido algumas palavras que mal escuto ("Morrer todo mundo morre").

Jack Dempsey se espicha e dá uma olhada. Enquanto isso, perto e longe, a massa ruge, enlouquecida. Dempsey se espicha e ao espichar-se aumenta não apenas sua estatura, mas a impressão que dá de ter se restabelecido por completo. Mostra-se duplamente erguido, mais intensamente de pé, mais ereto que o que um homem pode estar pelo mero fato de estar ereto. Não é por isso que se espicha, porém. Espicha-se para dar uma olhada. Deixa que seu corpo de lutador seja tonificado pelo clamor vibrante da inquestionável multidão e daqueles corifeus que, mais perto do local onde ele se encontra, permitem-se estimulá-lo com firmes gritos de incentivo. Tudo isso lhe cai bem e em seu íntimo ele agradece, como daqui a instantes agradecerá diante dos homens da imprensa. Mas não quer avançar às cegas, como faria um touro que se solta do laço e arremete enfurecido. O touro selvagem dos pampas é outro, não ele. Ele quer ter uma ideia clara da situação. Se espicha e dá uma olhada: examina o ringue. No ringue estão o outro, o desafiante, o de nome italiano e murro temível; e o árbitro, mister John Slowest Gallagher, um velho conhecido do meio, um bom sujeito no fim das contas. Estão todos lá menos ele. É isso que Jack Dempsey sente naquele instante: que no ringue falta um, que todos estão lá menos ele. E é essa impressão, a da cena incompleta, a do desconforto de não estar onde deveria estar, que efetivamente lhe dá o empurrão definitivo para voltar ao ringue.

— Não vá imaginar, Verani, que Strauss saiu da Argentina de mãos vazias.

— Imagino que não. Deve ter levado um belo montão de grana.

— Não seja grosseiro, meu amigo. Não estou me referindo a isso.

— Ah, não? Está se referindo a quê?

— Vá lá em casa que eu lhe digo.

— Não faço ideia do que se trata.

— Da música, Verani. Da música, da arte suprema. Anos depois de sua segunda passagem pela Argentina, Strauss compõe uma pequena peça cujos primeiros acordes são, para qualquer argentino, simplesmente inconfundíveis. E sabe por quê?

— Não.

— Muito simples: porque são os primeiros acordes do Hino Nacional argentino.

— Não me diga.

— É mesmo.

— *Oíd morta-les el gri-ito saagraa-ado*?

— Não. A parte cantada é que começa assim. Estou falando do começo: *Tan. Tan. Ta-tan*. Estou falando dessa parte.

— Que maravilha, não é mesmo?

— É.

— E que orgulho para Vicente López.

— Para Vicente López? O senhor deve estar querendo dizer Blas Parera...

— Isso, para Blas Parera. Para Blas Parera.

Sem deixar de ser, como por outro lado não poderia deixar de sê-lo, uma circunstância excepcional, as regras do boxe preveem a eventualidade de que o árbitro da luta se veja na posição de perder a contagem. Consideram-se diversas motivações para a eventualidade de uma tal ocorrência: que o árbitro escorregue, tropece ou caia justamente naquele momento; que o boxeador que cai, e que ao cair requer a contagem, arraste consigo o árbitro e o carregue na queda; que o boxeador que derruba se descontrole e não consiga parar de golpear o caído nem mesmo depois de caído, e que o árbitro seja obrigado a intervir tenazmente para impedir a prolongação indevida da pancadaria. E etcétera (é o que diz o regulamento: etcétera). Em todos esses casos, e nos outros que eventualmente haja, o árbitro pode ver-se na posição de perder a contagem. Está previsto. E está prevista, correspondentemente, a solução do problema. Um dos três jurados posicionados junto ao ringue tem a obrigação de iniciar mentalmente a contagem nem bem um dos dois pugilistas cai. Não tem por que exteriorizar essa contagem, mas o árbitro sabe muito bem que na cabeça dele a contagem está sendo feita. Suponhamos que essa situação ocorra: um dos pugilistas cai e o juiz não começa a contagem por uma das razões enunciadas. Deve começá-la logo, como se diz, *in medias res*, mas não pode começá-la a partir do um. Então tem de olhar para o jurado escolhido para servir-lhe de suporte nessa tarefa e, com o olhar (ou com a palavra, ou com as sobrancelhas erguidas, ou com a mão de dedos reunidos), interrogá-lo sobre o tempo transcorrido desde o momento em que a queda teve início. Então o jurado diligente erguerá uma ou duas mãos (é de se esperar, e de se desejar, que uma única baste) e com os dedos bem esticados e bem abertos lhe indicará quantos segundos se passaram e em que ponto da escala de dez o árbitro deve se inserir. Com essa finalidade, mister Gallagher dirige o olhar para o local onde se encontra, ou deveria encontrar-se, o jurado a quem ele deve recorrer: mister Kid McPartland. Localiza o lugar dele, porém ele não está em seu lugar. Sua cadeira está, mas caída. Procura-o, ansioso, na desordem reinante. Não o encontra.

Tal como eu agora, mas há dezessete anos, Valentinis foi procurar Abraham Horischnik. Tal como eu, só que na ocasião recebeu da parte dele uma negativa tão contundente a toda e qualquer possibilidade de encontro que lhe pareceu impossível que essa atitude pudesse se reverter. Uma diferença, talvez não tão importante, entre o que aconteceu na época e o que acontece agora é que Valentinis localizou o velho no que ainda era sua casa, na avenida Ángel Gallardo, mais perto do Parque Centenario que da avenida Corrientes. Não teve de tergiversar com enfermeiras, mas tratar de fazer-se compreender em meio aos guinchos de um porteiro eletrônico com defeito.

Horischnik concedeu a entrevista depois de recusar-se por duas vezes. Exigiu que fosse breve: falar deixava-o cansado. Convidou Valentinis a entrar num apartamento escuro e úmido cujo único atrativo era a música tocada por uma vitrola antiga de cores claras. Valentinis fora direto ao ponto: falara de Otto Stiglitz, ou melhor, de sua estranha morte; revelara a Horischnik que sabia que os fatos na época haviam sido diminuídos e abafados pelos responsáveis da delegação de músicos e pelo próprio Richard Strauss. Contara a ele de que maneira ficara sabendo, ao examinar os velhos registros do City Hotel, que um certo número de músicos argentinos tinha acesso ao setor reservado aos austríacos. Essa constatação lhe permitira mitigar sua impressão, firme até aquele momento, de que, uma vez que a Orquestra Filarmônica de Viena deixara Buenos Aires, todos os rastros da ocorrência se apagavam. Sendo assim, recolhera mais dados nos arquivos do Teatro Colón, onde uma funcionária de sobrenome basco lhe revelara a existência do substituto argentino na noite em que a primeira sinfonia de Mahler fora executada.

Depois lhe falara de nós, dos jornalistas de Trelew. Apresentara-lhe a história conjeturada por Ledesma: a história das apostas na luta entre Firpo e Dempsey. Exatamente naquele momento o disco chegara ao fim. Depois de duas ou três asperezas no trecho final do último sulco, o braço se levantara e com um pouco da rígida docilidade exibida pelos robôs voltara a sua posição original. O toca-discos se desligara sozinho. Mesmo assim Abraham Horischnik se levantara, visto que queria pôr outro disco. Escolhera sem pressa e sem pressa o colocara no aparelho. Depois guardara na capa (nas duas capas: primeiro a de celofane, depois a de cartolina) o disco retirado.

Só depois retomara a conversa. E nesse momento admitira que era verdade, que tudo o que Valentinis lhe dissera era verdade. Os europeus isolados, os argentinos perto deles, a morte disfarçada, a história das apostas, tudo verdade. Pura verdade. Valentinis observou então que a história das apostas abria diferentes possibilidades, todas eventualmente viáveis, e perguntou a Horischnik se sabia qual era a verdadeira.

* * *

Donald Mitchell dispara e a foto aparentemente sai. Dá essa impressão: não se percebe nada de anormal no mecanismo da máquina, nenhum bloqueio, nenhum impedimento. O clarão ocorre. O disparador também está em ordem. Um certo orgulho de fotógrafo o invade nesse momento. Já sabe, porque sabe o que viu, que a foto será boa. Não como documento, não para ser publicada ao lado da matéria sobre a luta; mas em razão de algo que mal se intui: que uma fotografia também pode ser, tal como os quadros, objeto de contemplação e deleite estéticos. Nem sempre se trata de mostrar o mundo tal como ele é ou um fato tal como ele foi.

Catorze!!!

Só que a foto não sairá. Donald Mitchell ainda o ignora, por enquanto não tem como saber. Não sairá: nem esta, a que acaba de tirar ao perceber a expressão atribulada do árbitro da luta, nem nenhuma das outras que passou toda aquela longa noite tirando. Nada nem ninguém jamais poderão subtrair-lhe a profunda emoção de cada vez que selecionou uma imagem do que se passava diante dele e tomou a decisão de capturá-la e retê-la. Aquela vibração, repetida em sucessivos presentes, lhe pertence. Mas nada daquilo ficará, como passado, para que uma outra pessoa possa recuperá-lo e tornar a contemplar algum dia, no decorrer do tempo que transcorre e dura.

Os fatos ocorreram da seguinte maneira: durante a tarde, prelúdio da luta, o tema do boxe se instala entre os músicos. Quase nenhum deles tem intimidade com o tema, mas muitas vezes é a ausência de intimidade, de conhecimento, que desperta interesse. Assim funciona, afinal de contas, o fervor dos viajantes, atraídos pelo que desconhecem e não pelo que reconhecem. E esses homens agora são, estão sendo, viajantes. De boxe não sabem nada, mas tratam do assunto com a audácia do principiante. Para apostar, tanto faz saber ou intuir. Começam a apostar. Desafios e anuências se cruzam entre austríacos e entre argentinos, e também entre estes e aqueles.

Assim, sem vacilar, Abraham Horischnik rememorou o que ocorrera em matéria de aposta: Otto Stiglitz simpatiza com Dempsey. Isso se deve a diversas razões, embora não as explicite todas. Um campeão dos Estados Unidos luta nos Estados Unidos com um juiz dos Estados Unidos: esses fatores lhe parecem suficientes para discernir o que talvez venha a acontecer na noite de Nova York.

Quando chega a hora da luta, depois de uma noite de concerto, se debruça, com alguns outros, a um janelão que dá para a Avenida de Mayo. Horischnik está entre aqueles que, como ele, olham para o céu à espera do facho de luz. Até que o facho de luz aparece, e sua cor é azul. Então Otto Stiglitz se declara vencido e se retira para seu quarto. Quando o facho de luz vermelha aparece para desmentir o precedente, um grupo de três ou quatro vai avisá-lo que se está triste é por engano: que não perdeu, mas ganhou. Horischnik faz parte desse grupo que vai, sem pressa (sem pressa, claro, porque não imaginam que haja algo de irreparável a evitar), dar a boa-nova.

Chegam, abrem e descobrem que Otto Stiglitz se enforcou. Na mesma hora, previsivelmente, se entregam à tarefa de desmontar a cena horrível que no início os sobressalta: cortam o cinto com um canivete, descem o corpo, descomprimem o pescoço, tentam diversas técnicas (todas inúteis) de reanimação.

Tudo, de certo modo, é desmanchado, exceto a passagem da vida à morte. Acabam por conformar-se e participam o fato às autoridades.

* * *

Ali está ele, ali está ele: é aquele de gravata-borboleta e óculos. Neste exato momento ele se dedica à pulcra acomodação de um e de outro. E também de seu terno escuro com riscas, que ficou molhado e enrugado. Mister Gallagher busca seu olhar com o olhar. Por enquanto o muito distraído não se dá conta desse olhar que o busca porque ainda ressona em espessa modorra. Depois, sim, a vaga errância de sua vista conduz seus olhos ao encontro dos olhos do árbitro. Os do árbitro interrogam, os seus se surpreendem. Sem que desapareça, ou desapareça por completo, aquela surpresa repentina, suas duas mãos começam a elevar-se, abertas, quase horizontais, dos dois lados do corpo. Quantos dedos vai lhe mostrar? Ou seja, quantos segundos vai indicar? As duas mãos se exibem completas. O que significa isso? Que está mostrando todos os dedos (os dez que tem)? Não, não pode estar fazendo isso, não deveria estar fazendo isso. E não: não está mesmo. Não está mostrando os dez dedos. Está exprimindo, até onde alguém consegue se exprimir com nada mais que duas mãos abertas, a intensa ansiedade do muito por que passou: o campeão do mundo de todos os pesos caiu em cima dele (dele e do outro que estava ao lado dele) e quase o esmagou. Depois foi preciso um esforço enorme para endireitá-lo e erguê-lo, foi preciso tranquilizá-lo, foi preciso ajudá-lo a se recompor. Foi preciso abrir caminho para que conseguisse passar, e depois apontar-lhe o caminho aberto, para que efetivamente passasse. Impossível encarregar-se de tudo isso e ao mesmo tempo contar. Assim explica, ou pelo menos dá a entender, Kid McPartland a John Gallagher, com suas duas mãos abertas dos dois lados do corpo, o que se passou. Com esse gesto tão parco ele argumenta: o que o senhor queria que eu fizesse? Mediante esse trejeito tão econômico, ele o informa, com um duplo sentido nem um pouco premeditado, que não conte com ele.

* * *

— Veja bem, Verani, aquela luta era um acontecimento tão importante que o jornal *Crítica* instalou uma estação radiotelegráfica.

— Não me diga.

— Pois é. O senhor deve conhecer o *Crítica*.

— Mas claro. Como não ia conhecer.

— Deve estar a par de suas constantes contribuições para a modernização do jornalismo argentino.

— Lógico que estou.

— E por ocasião daquela luta, nada menos que no ano de 1923, o jornal vai lá e instala uma estação radiotelegráfica especial.

— Pioneira.

— Pioneira é pouco. Deixa-a a cargo do aficionado Horacio Martínez Seeber. Antes fez um contrato de linha direta com a International News Service.

— Puxa.

— Então se realiza uma retransmissão complexa que sai dos Estados Unidos e chega à Transradio Internacional, Villa Elisa, La Plata.

— Villa Elisa?

— É. Desculpe o prosaísmo. Villa Elisa. É um lugar como qualquer outro.

— Imagino.

— Ou seja, a transmissão vai para a Transradio Internacional em Villa Elisa, de lá para a Radio Sudamérica, e desta para a Rádio Cultura. A transmissão da luta é feita pela Rádio Cultura.

— Rádio o quê?

— Rádio Cultura.

— Não estou dizendo? Depois não venha me dizer que só as coisas que tocam no Teatro Colón é que são cultura.

— O senhor faz interpretações forçadas.

— Só estou dizendo o que é.

— Além disso, graças aos desvios antropológicos, nos habituamos a chamar tudo de cultura. Desse ponto de vista, a flecha envenenada feita com as mãos rudes do índio também é cultura. E pouco importa a evidência: o fato de que um índio está a meio caminho entre a dignidade humana e a condição animal. Os colarezinhos básicos que ele tece usando continhas precárias também são cultura. De modo que não vá imaginar que me surpreende ao observar que a palavra cultura, na casualidade do nome dessa rádio, se misturou à papagaiada de uma luta de boxe.

Dez horas.

Horischnik se cansa dos espaldares retos e severos destas poltronas aqui de baixo: não permitem que se relaxe o corpo. Em voz baixa, como se fizesse referência a um mistério, se aproxima e me pergunta se disponho de tempo ou se já preciso ir embora. Digo que disponho de tempo ("Até amanhã na hora do avião, tenho todo o tempo do mundo") e então me explica que se subirmos para o quarto poderemos ficar mais à vontade.

O lugar é simples, como era de esperar, sem pretensão nem excesso. Há duas camas, duas cadeiras, uma mesa, um roupeiro, um espelho, nada do outro mundo. Até há pouco Horischnik o partilhava com um velho insone que nunca se queixava e que um dia amanhecera morto, sem nenhuma queixa prévia, em sua cama, sempre de olhos abertos. Naquela mesma tarde o levaram. Agora Horischnik tem o quarto só para si.

Vejo-o remexer em algumas coisas. Pergunta-me se tenho interesse por dados. Respondo, por cortesia, que sim. Sucintamente, aponta a mesa e as cadeiras e adiciona três elementos à cena: um copinho com dados, uma caderneta e um lápis de ponta rombuda. Diz que acha ótimo eu poder ficar ("O senhor sabe, nós, velhos, dormimos muito pouco"). Senta-se e me convida a sentar-me.

Crio coragem e me animo a puxar o assunto do morto. No início ele hesita, mas depois se gaba de que se lembra muito bem de tudo, mesmo depois de tantos anos. Menciono, talvez pouco diplomaticamente, que o morto tocava, como ele, violoncelo ("É, violoncelo. Tocava violoncelo. E tinha um sobrenome que em alemão significa pintassilgo"). Sacode o copinho sem exageros, mas não solta ainda os dados, que se entrechocam lá dentro.

Comento o transtorno que deve ter significado uma morte daquelas em semelhantes circunstâncias: um escândalo já produzido, uma situação a controlar. Dá de ombros ("Coisas que acontecem"), mas admite que havia momentos em que Richard Strauss parecia um tanto assoberbado pela situação. Imagino o gênio perturbado pela chateação das coisas terrenas ("Não, não, nada disso. Não vá pensar que ele ficou chorando o morto") e lhe pergunto se haviam considerado a possibilidade de cancelar algum concerto. Horischnik empurra a caderneta e o lápis para mim e me pede para anotar os resultados ("Suspender concertos? De maneira nenhuma. Strauss estava basicamente preocupado com duas coisas: uma, evitar que a imprensa tomasse conhecimento do ocorrido; outra, conseguir um substituto para o músico que estava faltando").

Faz muitos anos, desde a infância, que não escrevo a lápis. Mesmo assim reconheço, como se fossem imediatos, o cheiro da madeira raspada e a rugosidade do traço no papel. Horischnik se desculpa por dar-se o direito de ser o primeiro a jogar ("Éramos três violoncelistas argentinos disponíveis para Strauss. Fiz o teste confiante, sabendo que era o melhor dos três"). Escrevo duas letras na página: um A e um R. Faço uma linha horizontal abaixo delas e outra vertical, dividindo a página ao meio ("Toquei, não fica bem eu mesmo dizer, com especial inspiração, e fui o escolhido").

O velho joga: dois três, dois uns, um dois.

Joga outra vez: um três, um seis, um quatro.

Joga outra vez: um um e um quatro ("Hoje posso dizer a quem quiser ouvir: toquei Mahler no Colón regido por Richard Strauss"). Pede-me que anote para ele nove no três e faço o que me pede.

O pé direito passa direto para o segundo degrau e o pé esquerdo passa direto para o quarto: o primeiro e o terceiro degraus são, como se vê, pulados. E é pulando degraus, aos saltos, que Dempsey sobe, imponente, a escadinha para voltar ao ringue (e no ringue, à luta). Percebe-se que vem imbuído de um ânimo renovado. Parece refeito, sobe decidido, nenhum prostrado poderia permitir-se o brio de uma subida tão otimista. É verdade que os caminhos do atordoamento e da dor são sinuosos, até mesmo labirínticos; temos a impressão de tê-los deixado para trás e de repente tornamos a encontrá-los (no descanso entre este round e o seguinte, Jack Dempsey, ainda competindo, ainda campeão, à maneira dos bêbados, haverá de delirar). Mas agora ostenta uma vitalidade inusitada, que não tem nada de canto de cisne. Tiraram-no do ringue, é verdade. Mas agora volta a ele com o ar resoluto de quem volta para casa.

Quinze!!!

Mais que segurar-se às cordas, ele as afasta. É sinal de fortaleza. O fraco se agarra, se apoia, vai atrás de qualquer coisa que possa sustentá-lo, tratando de eliminar o cambaleio. O forte, por sua vez, avança afastando obstáculos. E assim procede Jack Dempsey com as cordas: não tira proveito delas, afasta-as para um lado a fim de conquistar um lugar todo seu. Elas que se abram e o deixem passar de uma vez por todas. Também poderia estar afastando moscas, ramos de arbusto ou pessoas de pouquíssima importância. Dá no mesmo. Nem olha para aquelas restrições tão dispensáveis, porque seu único intento é chegar a um destino que não admite obstruções no trajeto. Esse destino tem nome e sobrenome (dois nomes e um sobrenome: Luis Ángel Firpo), e, embora a frágil memória de Dempsey não seja capaz de guardá-los (mal consegue dar conta de uma alcunha: a de Touro Selvagem dos Pampas), sabe perfeitamente quem encarna aquele destino e onde tal pessoa se encontra. Não sobe, não, para ver o que está acontecendo. Sobe sabendo-se portador de um estigma indelével: o de ter sido despachado do ringue por um sopapo certeiro. Sobe para vingar a afronta, para acertar as contas com aquele grandalhão de nome italiano e para proporcionar-lhe o castigo de uma derrota que talvez nem sequer seja suficiente para compensar o que ocorreu.

Valentinis raciocinara em termos estritamente comerciais: começara falando em dinheiro. Afinal de contas, apostas também eram uma forma de transação, embora com uma dose maior de fracasso e risco. Para suicidar-se devido a uma aposta perdida seria preciso ter arriscado uma soma muito elevada. Aquele que não tem apreço pela própria vida e não lamenta perdê-la bem pode suicidar-se porque lhe deu na telha. Mas não faria isso por ter perdido, numa aposta de boxe, uma quantia desprezível. Para justificar o esforço de amarrar o cinto ao teto e depois prendê-lo ao pescoço, depois subir em alguma coisa e afinal deixar-se cair, o dinheiro perdido devia necessariamente significar a ruína: uma vida inutilizada que já não valia a pena conservar.

Horischnik o deixara falar. E Valentinis fora em frente com seu raciocínio: seria razoável supor que um músico da Filarmônica de Viena fosse bem pago. Mesmo naquela época, ainda prejudicados pelas desgraças do pós-guerra, não devia ganhar tão mal assim. Mas tampouco seria o caso, como se diz, de receber uma fortuna. Nem mesmo uma fortuna modesta, se é que isso existe. Otto Stiglitz não era, ademais, um solista da orquestra, nem mesmo uma figura de destaque. Por último, e mesmo que fosse rico, não teria por que carregar consigo uma quantidade considerável de dinheiro ao fazer uma turnê pelos países distantes do sul da América. E o pagamento não poderia ser protelado se seu oponente fosse argentino.

Horischnik bufara, irritado. Dissera a Valentinis que seu raciocínio estava errado. Que os elos estavam encadeados corretamente, mas que as premissas gerais de que ele partia estavam equivocadas. Para entender a morte de um músico, era preciso privilegiar exatamente isto: o fato de que se tratava de um músico. Havia formas específicas de orgulho e de determinação envolvidas nisso. Stiglitz, efetivamente, não possuía nenhuma fortuna. Muito pelo contrário, acabava de contrair uma dívida importante na Áustria em decorrência de três ou quatro decisões equivocadas. Eram dívidas realmente difíceis de honrar; nem mesmo os proventos de um solista, coisa que ele não era, seriam suficientes para saldá-las; com os proventos de um regente, coisa que ele não era nem nunca seria, teria necessitado de vários anos.

Atormentado em Buenos Aires por esses problemas pendentes, Stiglitz encontrara inesperadamente um argentino endinheirado que dava mostras de acentuado fervor patriótico. Ele acreditava, como se acredita nas religiões, que a Argentina era um país superior sob todos os pontos de vista. Artes, esportes, economia, climas ou ciências: o jovem país era para ele o melhor de todos (prosperava como os Estados Unidos, mas sem sua vulgaridade). Stiglitz não teve a menor dificuldade em provocá-lo com a ideia de que naquela noite Luis Ángel Firpo perderia a luta. O outro engrenou e entabulou com ele um ácido confronto de argumentos. Quando, pouco depois, esse mesmo confronto se traduziu numa aposta, a soma envolvida era muito alta.

Stiglitz não tinha um centavo com que disputar, mas não podia perder aquela oportunidade extraordinária. Então tomou sua grande decisão. É preciso levar em conta que nem por um instante ele contemplou a possibilidade de que Dempsey pudesse perder. Estava certo de que iria ganhar, o que também explica que tomasse a decisão que tomou: a decisão que decidiria sua vida. O outro, o argentino, apostou uma parte moderada de sua imoderada riqueza. Otto Stiglitz apostou a única coisa que possuía: seu violoncelo.

* * *

— Alma Schindler, para sua informação, também compunha.

— A esposa de Mahler?

— A mulher de Mahler, isso. Ela também era compositora.

— E era boa?

— Confesso que não sei.

— Não tem discos dela.

— Não sei se existem.

— Então ela não foi longe.

— Na música, não.

— Não estou falando?

— Mas na verdade Mahler teve participação nisso. Quando a relação deles começou, as ambições musicais de Alma estavam intatas. Vai ver que ela era boa.

— Vai ver.

— Mas ele era mais que bom, era um gênio, e tinha perfeita consciência de ser um gênio. Então um belo dia teve uma conversa com Alma Schindler e explicou a ela com franqueza brutal sua visão das coisas: um dos dois (ela) era uma aficionada promissora; o outro (ele), um gênio excepcional. A vida diária e a arte apresentam com grande frequência, talvez sempre, dicotomias inexoráveis que exigem sacrifícios. Para Mahler era perfeitamente claro qual dos dois deveria se sacrificar como músico. E com a mesma clareza comunicou o fato a Alma.

— E ela aceitou?

— Aceitou, sim.

— Um caso exemplar de mulher submissa.

— Em alguns aspectos, sim. Mas só em alguns aspectos. Não se poderia dizer o mesmo em relação aos fatos de sua vida amorosa.

— O senhor mencionou: muita zoeira.

— Por assim dizer.

— Muita zona.

— Se preferir.

— E o que o senhor queria, Ledesma, a vida não é sempre a mesma coisa. Ela perdeu como artista, mas se vingou como mulher.

A máquina de reter imagens também é uma máquina de deter o tempo. Cada um desses momentos destinados a passar, se fotografados, em vez de passar perduram. Não é que Donald Mitchell saiba disso; ele não sabe; é um fotógrafo, um homem de ação, não um teórico da fotografia. Mas de certa maneira o intui, e a nitidez de suas intuições podem muito bem equivaler à exposição argumentada de outra pessoa num ensaio reflexivo. Em Donald Mitchell tudo não passa de uma impressão, mas de uma impressão certeira. Quando ele tira uma fotografia, intui que está capturando algo que era fugaz, que era irrepetível; e que dessa maneira, no futuro, ao revelar a foto e contemplá-la, poderá voltar a esse algo para torná-lo atual. Cada foto sua impede o desvanecimento no tempo de tudo aquilo que, meramente contemplado, mas não fotografado, estava destinado a perder-se. Por isso, quando for revelar as fotos que tirou esta noite e constatar a completa nulidade de seu resultado, não deixará de perceber que há certos deuses do tempo (ele nada sabe de Cronos, não aspira a dizer seus nomes) que se vingaram de suas ousadias aparentemente tão inocentes.

Minha vez.

Jogo: dois quatros, dois cincos, um um. Separo os cincos.

Jogo outra vez: dois uns, um três.

Jogo outra vez: um cinco, um três, um seis.

Anoto quinze no cinco e passo o copinho para Horischnik ("No começo da carreira, o que se ambiciona? Ser solista. E qual é nosso maior sonho? Aparecer com destaque num concerto para violoncelo e orquestra, por exemplo no de Dvorak, embora não seja esse o meu preferido; ou então estar completamente sozinho no palco do teatro, tocando quem sabe as Suítes de Bach, para sentir-se um Pablo Casals; ou acompanhado por um Schnabel, se eu pudesse escolher, nas sonatas de Beethoven").

O velho joga: três cincos, um dois, um três.

Joga de novo: um três e um um ("Mas claro: só alguns privilegiados podem atingir essas alturas, e mesmo esses têm de esperar muitos anos para chegar lá").

Joga de novo: um cinco e um seis. Pôquer. Anoto. Me passa o copinho.

Onze horas.

Eu que jogo: dois três, um seis, um quatro, um dois.

Jogo de novo: um quatro, um dois, um um.

Jogo de novo: um cinco e dois quatros. Anoto seis no três na minha tabela.

Passo o copinho para ele.

O velho joga: dois quatros, um um, dois três ("Eu estava na situação, sendo ainda muito jovem, de ter uma oportunidade muito alta que nunca mais haveria de se repetir para mim").

Joga de novo: um seis ("Mesmo que minha carreira chegasse a ter muito destaque. Uma oportunidade como aquela jamais se repetiria").

Joga de novo: um três. Full.

Anoto o resultado dele. Recebo o copinho. Pergunto pela luta ("A luta, pois é. Firpo e Dempsey"). De que maneira aquela história se introduzira no mundo fechado da música e da orquestra.

O velho dá de ombros, um trejeito da boca altera seu rosto. Aponta o copinho, para que eu jogue.

Jogo: três uns, um cinco, um seis.

Jogo de novo: um quatro e um cinco.

Jogo outra vez: um dois e um três ("E o senhor, de onde tirou que a luta tinha essa importância toda?").

Anoto três no ás para mim. Devolvo o copinho a ele. Olho-o nos olhos, cravados em sua mão e no ruído dos dados que se agitam. Relembro-o de que Stiglitz se suicidara por ter perdido uma aposta ou por acreditar que a perdera, apostando na vitória de Dempsey.

O velho joga: dois cincos, dois uns, um quatro.

Joga de novo: um seis, um dois, um um.

Joga de novo: dois três, um um ("A história das apostas, sim, claro que me lembro. Que maluquice"). Pede-me para anotar dez no cinco. Por um momento parece hesitar, pelo resultado pouco significativo ("A história das apostas, claro"). Mas finalmente confirma a anotação de apenas dez no cinco ("Que maluquice") e me passa o copinho para que eu jogue.

John Gallagher vê Dempsey chegar e se impressiona. Ele parece tão alto, tão grande, tão forte, tão pleno, tão recuperado de tudo, tão seguro de si, parece tão campeão, tão resoluto, tão luminoso, tão compacto que impressiona. Dempsey olha para ele. Espera alguma coisa dele, espera que faça alguma coisa. Uma determinada coisa ou uma coisa qualquer, mas alguma coisa. Afinal de contas ele encarna, por sua mera presença, pelo simples fato de estar ali, o império da lei e da justiça sobre o ringue. Alguma coisa ele precisa fazer. E mister Gallagher age: se aproxima do pugilista, estende um braço, estende um dedo; deixa cair o braço, mas o dedo não; enquanto isso, escolhe um número qualquer entre um e dez e, enquanto o braço reto descreve seu arco descendente, cravando os olhos em Dempsey, encara-o e grita com voz descontrolada: "*Four*!".

Dezesseis!!!

Faz uma pausa, uma pausa de um segundo, depois da qual, com voz idêntica e gesto idêntico, sempre olhando para Dempsey, exclama: "*Five*!". Dempsey escuta e concorda. De certa maneira acata aquela admoestação e aqueles números. Mas faz isso com um semblante tão isento de surpresa que ao mesmo tempo que admite, objeta. Querem contar um pouco para ele, tudo bem. Não é para menos. Mas também é preciso prestar atenção na evidência: ele já está de volta ao ringue, está de pé, está pronto para lutar, está ali sem nenhuma ânsia de vômito, sem nenhuma ausência mental, fresco como as manhãs, tão em forma quanto no início. Tudo bem que contem um pouco para ele. Tudo bem. Mas já não há motivos válidos para que continuem contando além daquele ponto. Mister John Slowest Gallagher, árbitro com uma trajetória e pessoa perceptiva, entende-o assim, e age em consequência. Se porventura, e por um sentido de previsão, o número seguinte já tomava forma em sua mente, ali permanecerá, virtual, abstrato, sem ser proferido por sua boca. Mister Gallagher já não exclama: "*Six*!", não faz isso e não o fará, pelo menos até dali a pouco. E dali a pouco, quando o fizer, numa mesma escala ascendente que dessa vez não se interromperá, não estará se dirigindo exatamente a Dempsey.

— E não é só isso. Na fachada da sede do jornal *Crítica*, foram instalados potentes alto-falantes que difundiam as notícias da luta enquanto ela acontecia.

— Não diga.

— É.

— E juntou gente.

— Juntou, claro.

— O senhor diz isso e parece que estou vendo. O senhor imagina? Eu imagino: a massa comprimida lotando toda a largura da Avenida de Mayo.

— Está certo dizer que imagina, Verani, toda vez que a imaginação é uma coisa e a verdade histórica é outra. Na época, em 1923, a sede do jornal *Crítica* ainda não era na Avenida de Mayo, mas na rua Sarmiento. Que na época, assim como hoje, era uma rua meio estreitona.

Também é possível ver a coisa assim: a foto não é uma recordação, mas aquilo que exime de recordar. Sabendo que existe uma foto, fica válido aliviar a memória de todo esforço de retenção. Bastará, quando der vontade, contemplar as fotos para que o que algum dia foi volte a ser. Nenhuma evocação será mais perfeita que a que pode ser despertada pelas imagens fiéis do que aconteceu no passado. Assim, sim, faz sentido deixar que o esquecimento entre em ação. Não haverá nada que uma foto não seja capaz de reverter.

Por essas mesmas razões, porém, não havendo fotos, como

não haverá nenhuma daquela noite, os recursos da memória serão os únicos a permitir que, de tudo isto que agora existe, algo permaneça no futuro. Quando souber, Donald Mitchell se encarregará de passar suas lembranças em revista e de fixá-las até torná-las indeléveis. Enquanto isso, sem saber que é assim, insiste com sua mania de selecionar cenas e disparar o aparelho.

Richard Strauss não estava, evidentemente, a par de nada. Não teria permitido; nem sequer no caso de que o motivo das apostas tivesse sido digno ou prestigioso, coisa que, aliás, não era nem um pouco. O fato mesmo de apostar, e de apostar assim, generalizadamente, dava ao local o indubitável aspecto de um antro de jogatina, e seus músicos se transformavam a seus olhos em marinheiros de tugúrio, em magros operários de indústrias suburbanas, em desocupados encrenqueiros que jogam entre cervejas pensando no que está por vir.

Os que apostavam sabiam muito bem o tipo de recriminação que receberiam se suas transações vazassem. Por isso não facilitaram, sussurrando e cochichando, dando a tudo a aparência de um nada. Dissimularam todos os desafios concertados, para que Richard Strauss não tivesse como desconfiar do que estava acontecendo em torno dele. Ao aproximar-se das janelas que revelariam o facho projetado por um canhão de luz, souberam fingir o interesse generalizado do indolente: um interesse tão mortiço que bem poderia ser confundido com seu exato oposto, o desinteresse.

Com um mesmo silêncio cauteloso haveriam de circular, mais tarde, as coisas que tivessem apostado: cédulas de diversas latitudes, anéis rotundos, relógios precisos. Nesse contexto predominante de discrição e surdina, Otto Stiglitz fora longe demais. Claro que por ter confiado em sua capacidade de raciocínio (que de fato existia) e em que era impossível perder a aposta, mas fora longe demais. Um músico não corre o risco de perder seu instrumento nem que esteja seguro de não existir risco. Não faria isso pelas mesmas razões pelas quais não caminharia pelos trilhos de um trem mesmo sabendo que esse trem já não passa por ali e nunca mais voltará a passar.

E foi o que ele fez: apostou seu violoncelo. Fez isso num desses impulsos de audácia ou negligência de que só se dá conta quando já é tarde demais. Se Richard Strauss tomasse conhecimento de seu ato, com toda a certeza o desligaria da orquestra, mesmo que Dempsey ganhasse a luta e Stiglitz a aposta. A afronta não era ter perdido seu instrumento: a afronta era tê-lo apostado. Tê-lo perdido, para Stiglitz, significava a impossibilidade de manter oculta sua decisão prévia, o verdadeiro opróbrio, a desonra cabal.

Ele teria sabido suportar qualquer outro tropeço. Qualquer outra forma de traição: como austríaco, como marido, como pai, como amigo, como colega. Otto Stiglitz era um homem capaz de se sobrepor a qualquer outra defecção que não fosse aquela em que havia incorrido: a que o anulava como músico. Bastava-lhe, para o vexame, a mortificação de sua própria consciência. Bem poderia ter se suicidado somente com isso, somente por isso. Mas também havia Strauss: Richard Strauss. O homem famoso com quem, às vezes, até conversava sobre música. A reprovação cortante de Richard Strauss o aguardava agora, indeclinável; segura, como uma ameaça de execução certa (tão certa quanto a morte, mas inspirando-lhe um temor maior que o que a morte poderia inspirar-lhe). Violoncelista sem violoncelo: não era mais ninguém. A reprimenda de Richard Strauss, seu menosprezo concludente, não faria mais que certificar essa nulidade. Um olhar de reprovação vindo de Richard Strauss lhe parecia, naquelas circunstâncias, uma provação pior que a morte. Para evitá-la, suicidou-se.

* * *

Assalta-o uma grande dúvida, uma espécie de inquietação: por que o outro, o desafiante, o que acaba de derrubá-lo de modo a despedi-lo, taxativo, para o lado de fora do ringue, parece agora, na retomada, diminuído? Basta olhar para ele, desarvorado, já quase vencido, torturado, aparentemente, por fantasmas de outra laia. Se ele não fosse um boxeador, e nessa qualidade um valente, até seria o caso de dizer que está com medo. O que se passa? Objetivamente, tudo indica que deveria acreditar que venceu. Esta noite o herói é ele, foi ele quem consumou a façanha. Deveria estar cheio de si, pronto para arrematar o serviço, como se diz, com ares de carrasco, de mero executor. Contudo, não, muito pelo contrário, sua fisionomia revela certo receio palpável. O que será que o deixa assim pesaroso, quando a euforia de um já quase triunfo é o que, pela lógica, deveria dominá-lo? Por que posiciona os punhos em atitude defensiva, em vez de apresentá-los à frente para começar a atacar? Jack Dempsey não consegue entender. Olha para ele e não consegue entender. Mas existe, não obstante, uma explicação razoável. Para o outro a luta já estava ganha. Aquilo mesmo que Dempsey, embora afetado, considera um "já quase triunfo", um triunfo na iminência de ocorrer, para o outro era um triunfo já consumado, já sucedido, nada havia a esperar senão a glória. Para o outro a vitória já ocorrera, ele até se sentira campeão. Com Dempsey expelido daquele jeito, não havia outra possibilidade cabível: sua vitória já era um fato. Agora o vê regressar. Olha de relance para o árbitro, tem a sensação de ouvi-lo pronunciar um número irrisório, entende que a luta prossegue, que necessita continuar lutando, vê que Dempsey está inteiro, registra seu aspecto de campeão. No cinema do futuro isso acontecerá milhares de vezes: um sujeito enche o outro de tiros, mata-o e torna a matá-lo, deixa-o todo esburacado, dá-o por morto e suspira; então o outro, o morto presumido, de alguma maneira se recupera e se levanta, e diante daquilo não há medo maior que o que sente o que se acreditara verdugo. Coisa semelhante está acontecendo agora. Jack Dempsey se levantou e voltou. É preciso continuar lutando. O campeão não terá mais que fazer o que fará: ganhar a luta em seguida, na manha, agarrar e abraçar e imobilizar um corpo com o outro, reiterar o clinch, esfregar em vez de bater, e assim fazer o tempo passar até soar o gongo. Quando o gongo soar, terá um respiro: um minuto inteiro para descansar, relaxar, delirar, voltar a si, recuperar-se completamente, renascer como homem novo. Será um primeiro descanso, ao fim do primeiro round. Estão apenas no primeiro round, a luta não terminou, está começando. É verdade que o momento culminante já passou. Mas algumas lutas de boxe, assim como algumas sinfonias, não terminam em seu momento culminante.

Doze.

Jogo: dois quatros, dois seis, um dois.

Jogo de novo: um cinco.

Jogo outra vez: um um ("Esse amigo seu, o Valentinis, falava muito, falava demais. Gostava mais de se ouvir que de ouvir o outro"). Anoto oito no quatro para mim: pouco.

O velho sacode o copinho durante algum tempo ("Ele apareceu uma tarde com a tal história das apostas. Estava ansioso para contá-la, orgulhoso da própria inteligência, sentindo-se esperto. Só perguntou qual era a minha versão depois de apresentar a dele"). Joga: dois três, um quatro, um cinco, um seis.

Joga outra vez: um cinco.

Joga outra vez: de novo um cinco ("Acontece que a história das apostas me pareceu atraente"). O velho me pede que anote seis no três para ele e lhe digo que o três já está preenchido. Sabe que o cinco também já está preenchido e confirmo esse fato. Então me pede, não sem irritação, que risque seu duplo general ("Imagine como foi fácil convencer aquele rapaz com a história das apostas, afinal no fundo ele, quando foi falar comigo, já estava convencido").

Eu jogo: um quatro, dois três, dois seis.

Jogo outra vez: um dois.

Jogo outra vez: um um ("A única coisa que eu fiz foi reforçar a versão imaginária que ele tinha dos fatos. Acrescentei dois ou três detalhes precisos que reforçaram a impressão de verdade. Deixei-o ir embora feliz com aquela história do suicida que acreditou que Dempsey havia perdido").

Duvido e resolvo anotar doze no seis para mim. Pergunto ao velho, enquanto lhe passo o copinho, o que foi então que Otto Stiglitz apostou. O velho recebe o copinho com um gesto de perplexidade e começa a sacudi-lo com impaciência ("O senhor não entende. Não entende ou não quer entender. Não houve nenhuma história de aposta naquela noite. Ninguém apostou nada"). Por fim joga: dois seis, dois três, um um.

Joga outra vez: um seis, um três, um dois.

Joga outra vez: um seis e um dois.

Pede que eu anote vinte e quatro no seis. Faço isso e pergunto a ele o que foi então que aconteceu naquela noite de 1923. Se é verdade que conheceu Stiglitz, Strauss, que frequentava o hotel, que tocou Mahler no Colón ("Claro que toquei. Foi a noite mais importante da minha vida"). Pergunto-lhe outra vez, repetindo as palavras, que foi então que aconteceu naquela noite de 1923 ("Houve um morto"). O velho me pede para jogar ("Claro que houve um morto").

Jogo: três quatros, um um, um dois.

Jogo outra vez: um três e um um.

Jogo outra vez: um quatro e um dois.

Pôquer. Anoto o pôquer para mim ("Olhe, senhor. O que aconteceu, no fundo, é muito simples. Terrível, talvez, mas muito simples"). O velho joga: dois três, um cinco, um seis, um um. Duvida e escolhe. Joga outra vez ("Eu queria tocar com aquela orquestra"). Um seis ("Regido por Richard Strauss, o senhor se dá conta?"). Joga outra vez: um quatro. Sequência ("Gustav Mahler, regido por Strauss, com a Orquestra Filarmônica de Viena. O senhor entende?).

Minha vez: três dois, um um, um quatro.

Jogo outra vez: um dois, um cinco.

Jogo outra vez: um seis. Oito no dois.

O velho recebe o copinho e o sacode, absorto ("Eu estava disposto a fazer qualquer coisa pra tocar com eles"). Faz barulho com os dados durante algum tempo. Depois, joga.

Dezessete

Disse Wilhelm Kienzl: "Mahler trabalhou a contrapelo de seu tempo; Strauss, a favor".

Seus argumentos serão o êxito e a fortuna. Mas seus pais não apenas não apreciam aqueles aspectos da vida como temem neles o que lhes parece mera ambição e avidez. Só poderiam conceder seu perdão se o filho desse mostras de um arrependimento sincero. Coisa impossível por enquanto e para sempre: Donald Mitchell não se gaba do que fez, mas, atento a suas consequências e à virada favorável que teve sua vida, tampouco pode arrepender-se para valer.

— Gustav Mahler disse: "Sou, nas palavras de Nietzsche, um homem que não corresponde a seu tempo. Isso é válido principalmente para o tipo de obras que faço. Richard Strauss é o verdadeiro contemporâneo. Essa é a razão pela qual ele pode desfrutar da imortalidade em vida".

— Quando ele disse isso?

— Em agosto de 1906, viajando de trem para Salzburgo. Dividia o camarote com Bernard Scharlitt, um crítico da *Musikalisches Wochenblatt*.

— E o cara publicou.

— É, publicou, mas não naquele momento. Saiu como entrevista na *Neue Freie Presse* de 25 de maio de 1911.

— Cinco anos depois.

— Quase cinco anos depois da conversa, na verdade. E exatamente uma semana depois da morte de Gustav Mahler, no sanatório Loew, de Viena. O tempo de sua própria imortalidade havia começado.

Agarra seus dois punhos e os aperta, antes de autorizar o início da luta. É o gesto típico que precede a autorização: pegar as luvas do boxeador e segurá-las. É também o momento em que o árbitro verifica se o pugilista está realmente recuperado (se não está com os olhos perdidos, a boca entreaberta, o nariz sangrando, o equilíbrio incerto) e se não o está mandando para a morte. Os olhos de Dempsey estão límpidos, e límpidos se fixam nos olhos do juiz. John Gallagher não é insensível a essa vibração tão intensa. E há outra coisa: existe energia naqueles punhos. Nos punhos quietos, contidos, ainda sossegados de murros e *uppercuts*, há energia. Ele os agarra e percebe a energia. E assim sabe, por sensibilidade e por experiência, o que os outros só saberão daqui a pouco: que Jack Dempsey vai ganhar.

Quelita terminara os deveres e perambulava pelo bar. Estava entediada. A infância é brincadeira e diversão, mas também há muito tédio nas horas mortas que nunca terminam. Aproximou-se da mesa onde nós estávamos e disse que estava com vontade de explorar os recantos do hotel onde nunca ninguém ia. Ledesma disse à filha que ficasse quieta e acabasse os deveres da escola. A menina fez bico: já terminara os deveres, estava entediada, estava com vontade de fazer um reconhecimento dos recantos do hotel onde nunca ninguém ia.

Ledesma bufou. E Verani disse: "Eu levo você. Venha comigo".

Os dois saíram pelo corredor.

Ah, sim: agora se lembra. Seu nome é Firpo. Luis Ángel Firpo. O sobrenome é italiano, mas o sujeito não. O sujeito é de algum outro lugar. Já não faz diferença. Ele pode se chamar como quiser e ser de onde quiser, porque vai ganhar dele.

Uma em ponto da manhã.

Os dados caem: são cinco quatros. Cinco quatros de uma vez só: general na mesa.

Horischnik sorri. Aperto o lápis contra o papel para anotar seus muitos pontos. ("O que posso lhe dizer? Parabéns"), sabendo que vamos continuar jogando, mas que ele já ganhou.

O velho recolhe os dados e os põe dentro do copinho. Me passa o copinho com um gesto amável ("Não posso negar: sou um homem de sorte") e me aconselha a jogar com fé.

— O senhor não gostaria, então, de ir uma noite dessas até a minha casa? Tomamos uns vinhos, comemos uns queijos e ficamos ouvindo música juntos?

— Na verdade, não.

ESTA OBRA FOI COMPOSTA PELO GRUPO DE CRIAÇÃO EM ELECTRA E
IMPRESSA PELA PROL EM OFSETE SOBRE PAPEL PÓLEN SOFT
DA SUZANO PAPEL E CELULOSE PARA A EDITORA SCHWARCZ
EM MARÇO DE 2012